AF185455

Tim Herden

Harter Ort

Ein Hiddensee-Krimi

mitteldeutscher verlag

Tim Herden, geboren 1965 in Halle (Saale), arbeitete nach dem Studium der Journalistik in Leipzig zunächst als wissenschaftlicher Assistent und Journalist, ehe er 1991 Redakteur beim Mitteldeutschen Rundfunk in Dresden wurde. Heute ist er Korrespondent im ARD-Hauptstadtstudio Berlin. „Gellengold" war sein erster Hiddensee-Krimi, 2012 und 2014 erschienen mit „Toter Kerl" und „Norderende" zwei Fortsetzungen.

Alle in diesem Buch geschilderten Handlungen und Personen sind frei erfunden. Ähnlichkeiten mit lebenden oder verstorbenen Personen wären zufällig und nicht beabsichtigt.

Für Katinka

Ein Schrei. Es war ein Schrei gewesen. Er hatte einen Schrei gehört. Oder hatte er sich getäuscht? Hatte er diesen Schrei nur geträumt?

Stefan Rieder drehte den Kopf hin und her. Nein, da war nichts. Wieder starb ein Stück Hoffnung. Denn nun war wieder nur das Glucksen des Wassers zu hören, wie es an der Bootshaut leckte. Als wolle es sich Appetit holen, bevor es das leichte Boot in die Tiefe ziehen würde. Das Paddelboot antwortete mit dem Knarren der hölzernen Spanten. Je tiefer die Wellentäler, umso lauter stöhnte der Bootskörper. Noch hielt er stand.

Um sich herum sah Rieder nur tiefe Dunkelheit. Kein Blinken eines Leuchtfeuers. Keine Bojen. Keine Positionslichter eines Schiffes. Das Meer glitzerte nicht, sondern erschien wie ein wogender dunkelgrauer Sumpf. Hier draußen gab es keine Wellenkämme. Nur Wasser. Beständig bewegte es sich auf und ab. Darüber lag ein grauer Nebelschleier.

Wie lange hatte er geschlafen? Ein paar Minuten? Ein paar Stunden? Rieder wusste es nicht. Auch nicht, wie lange Damp und er jetzt schon über die Ostsee trieben. Er war froh gewesen, als endlich der Schlaf über die Angst gesiegt hatte. Das nährte seinen Wunsch, den Tod nicht zu spüren. Den nassen Tod. Hier auf dem offenen Meer. Wenn er ehrlich zu sich selbst war, so hatte er den Glauben an eine Rettung längst aufgegeben.

Er rief nach Damp. Doch von hinten kam keine Antwort. Umdrehen konnte er sich nicht. Das verhinderten die straffen Fesseln an seinen Unterarmen. Was war mit Damp? Noch einmal rief er den Namen seines Kollegen. Doch wieder blieb es still. Schlief Damp? War er bewusstlos? Oder vielleicht schon tot? Immerhin hatten sie ihn mehrmals mit einem Elektroschocker traktiert.

Rieder verfiel ins Grübeln. Es war auf alle Fälle seine Schuld gewesen, dass sie jetzt hier auf der Ostsee trieben. Zwischen Hiddensee und dem Nirgendwo. Aber was brachte ihm diese Erkenntnis jetzt noch? Er senkte den Kopf. Sein Nacken schmerzte. Eine lähmende Müdigkeit überkam ihn aufs Neue, aber die Angst vor einem Todeskampf mit dem Wasser hielt ihn noch wach. Er stellte sich vor, wie es mit salzigem Geschmack in seinen Mund spülen würde. In seinen Rachen. Sein Körper würde sich ein letztes Mal aufbäumen. Der letzte Versuch zu überleben. Er schüttelte sich. Es war doch sinnlos, darüber nachzudenken. Es war doch besser, sich durch das monotone Anschlagen der Wellen am Boot und das Rauschen des Wassers betäuben zu lassen. Langsam döste er wieder ein.

Da war es wieder! Untrüglich! Ein Schrei! Ein Rufen! Er öffnete die Augen. Grelles Rot blendete ihn. Was war das? Das Licht des Jenseits? Raste er in diesen letzten Tunnel vom Leben zum Tod? Das wollte er nicht sehen. Er kniff die Augen zusammen.

Stimmen drangen an sein Ohr und waren doch weit weg. Sie klangen dumpf. Sein Kopf schien von Watte umhüllt. Er verstand kein Wort. Wer hatte auch gesagt, dass man im Jenseits seine Sprache sprechen würde? Gleichzeitig begann jemand, an ihm zu zerren. Er schrie auf! So laut hatte er sich noch nie schreien hören! Der Schmerz hatte sich einen Weg durch seinen Körper gebahnt und war durch seine Kehle als Urschrei nach außen gedrungen. Von den Schultern ins Herz. Er versuchte sich zu wehren, wollte seine Arme bewegen. Doch er spürte sie nicht mehr. Er spürte seine Arme nicht mehr. Seine gefesselten Arme fühlten sich taub und schwer an. Ein Griff unter seine Achseln hob seinen Körper an. Er glaubte, seine Schultern würden brechen. Der erneute tiefe Schmerz ließ ihn ohnmächtig werden. Stefan Rieder empfand das als letzte Gnade, die ihm gewährt wurde.

I

Er lehnte den Kopf an die kühle Scheibe. Trotzdem wurde ihm nicht kälter. Er schwitzte in seinem gefütterten Anorak und der dicken Allwetterhose. In dem überfüllten Bus mussten fast dreißig Grad sein. Trotzdem war es wohl die richtige Entscheidung am Morgen gewesen, nicht nach Stralsund, sondern nach Bergen auf Rügen zu fahren. Rechtzeitig hatte er noch erfahren, dass die Silvesterfährlinie zwischen Stralsund und Hiddensee wegen Eisgangs eingestellt worden war. Die Fahrrinne war zugefroren, nachdem es seit Weihnachten fast ununterbrochen geschneit hatte und die Temperaturen beständig unter null gefallen waren. Auch jetzt schneite es wieder. Doch den Schnee sah er nur durchs Fenster, wenn der Bus an einer Straßenlaterne vorbeifuhr und in ihrem Licht der Flockenwirbel zu sehen war. Von Schaprode, dem kleinen Fährort auf Rügen, ging eigentlich immer ein Schiff nach Hiddensee. Dort gab es auch die einzige Fähre, die zum Eisbrechen taugte. Sie hatte zwar schon einige Jährchen auf dem Buckel, aber in den letzten Jahren immer ihren Dienst getan. Auch bei Eis und Schnee. Das Schiff war jetzt das Ziel nicht nur für ihn, sondern auch für zahlreiche Urlauber, die Hiddensee bis zum Abend erreichen wollten, um dort den Jahreswechsel zu feiern. Ein paar Raketen schauten aus seiner Tasche, die er unter dem Sitz verstaut hatte.

Der Bus hielt in Trent, dem vorletzten Ort vor Schaprode. Er schaute kurz auf, um zu sehen, wer zustieg. Aber es war kein Platz mehr für neue Fahrgäste. Vorn diskutierte lautstark der Busfahrer mit einem Wartenden. Dann rief er ein paarmal in den Bus, ob man nicht zusammenrücken könnte. Doch mehr als ein ärgerliches Raunen und Brummen bekam er nicht zur Antwort. Niemand bewegte sich. Der Fahrer schloss die Tür, der Bus fuhr an und er konnte im Schein des Wartehäuschens einen Mann und eine Frau erkennen, die über ihr Zurückbleiben miteinander in Streit gerieten. Sicher wäre noch Platz für die beiden gewesen, wenn der eine oder andere Fahrgast in Bergen bereit gewesen wäre, seinen Rollkoffer im Laderaum des Busses zu verstauen. Doch keiner wollte Zeit verlieren beim anstehenden Wettlauf von der Bushaltestelle zum Ticketschalter der Fähre. Die Zeit bis zur Abfahrt der Fähre war knapp. Er konnte gelassen sein. Er besaß eines der billigen Insulaner-Tickets für die Einwohner Hiddensees.

Sein dicker Nachbar auf der Sitzbank drückte ihn immer mehr an die Bordwand des Busses. Schmerzhaft stießen nun die Kanten der Langlaufski gegen seine Knie. Er hatte sie samt Schuhwerk und Stöcken kurz entschlossen in Bergen erworben. Bei mittlerweile über fünfzig Zentimetern Schnee auf der Insel würde er damit gut vorankommen und müsste nicht zu Fuß durch den Schnee stapfen. Wenn es weiter so schneite, würde über kurz oder lang der Inselbus seine Fahrten einstellen.

Endlich Schaprode. Die Passagiere wurden kurz durchgeschüttelt, als der Fahrer heftig vor dem Schneeberg bremsen musste, der an der Endhaltestelle aufgetürmt worden war. Er wartete, bis sich die meisten schon durch die enge Bustür geschoben hatten, bevor er sich aus seinem Sitz schälte. Draußen schlug ihm ein eisig kalter Wind entgegen. Er zog sein Basecap aus braunem Cord tiefer ins Gesicht. Nicht ohne Genugtuung marschierte er am Reederei-Gebäude vorbei. Es hatte sich eine lange Schlange gebildet. Wie nicht anders zu erwarten, war nur ein Ticketschalter geöffnet. Die „Vitte" lag schon da. Ansonsten waren die Schiffe im Hafen Schaprode vom Eis eingeschlossen. Bis es Tauwetter gäbe, würde also der Eisfahrplan gültig sein und nur die „Vitte" zwischen Hiddensee und Rügen verkehren. Fünfmal am Tag. Sonst gab es selbst im Winter zehn Verbindungen. Er ging über die Gangway, zog seinen Fahrschein aus der Tasche und hielt ihn dem Matrosen hin, der einen Abschnitt abriss. Doch als er weiterwollte, hielt ihn der Mann in der blauen Wattejacke mit der Aufschrift „Reederei Hiddensee" auf.

„Frachtschein?", fragte er und zog dabei das Wort mit dem typischen norddeutschen Zungenschlag in die Länge.

„Was für ein Frachtschein?"

Der Mann der Reederei zeigte auf die Langlaufskier und wiederholte: „Frachtschein?"

„Dafür?", antwortete er verwirrt.

„Genau."

„Aber die gehören doch zu meinem Gepäck."

Der Matrose schüttelte den Kopf. „Das ist ein Fortbewegungsmittel. Dafür braucht's einen Frachtschein." Damit war die Diskussion für das Besatzungsmitglied der Fähre offenbar beendet. Er schob ihn zur Seite und winkte den nächsten Fahrgast heran.

So einfach wollte er sich nicht verdrängen lassen. Er trat wieder nach vorn und versperrte den Weg, was sofort mit einem ärgerlichen Murren der Nachfolgenden beantwortet wurde. Solidarität war hier nicht zu erwarten.

„Und kriege ich den Frachtschein hier bei Ihnen?", fragte er, obwohl er die Antwort kannte. Sie wurde dann, statt mit Worten, durch zwei Gesten gegeben. Der Matrose deutete einmal mit dem Arm zum Reederei-Gebäude und wedelte ihn dann noch mal kurz mit der Hand zur Seite. In ihm kam das alte Kindergefühl auf, wenn er beim „Mensch ärgere Dich nicht" mit seiner Figur nur noch einen Schritt vom Ziel entfernt gewesen war, ihn aber sein Bruder noch abgefangen und rausgeworfen hatte. Seine Wut hatte dann innerhalb von Sekunden den Siedepunkt überschritten und das Spielbrett war vom Tisch geflogen.

Mit dieser Wut im Bauch marschierte er zum Fahrkartenschalter und reihte sich in die Schlange ein. Immer wieder ging sein unruhiger Blick auf die Uhr an der Wand. Noch fünfzehn Minuten bis zur Abfahrt und noch knapp ein Dutzend Leute vor ihm. Er war nicht der Einzige, der mit seiner Geduld am Ende war. Jemand brüllte durch den Raum: „Macht mal einen zweiten Schalter auf?" Der Ruf schien ungehört zu verhallen. Dann schob sich aber doch noch in Zeitlupe und mit Kaffeetasse in der Hand eine Angestellte aus einem Nebenraum, stellte die Tasse betont langsam an einem zweiten Schalter ab, setzte sich und winkte den nächsten Kunden heran.

Endlich war er dran. Noch fünf Minuten bis zur Abfahrt.

„Ich brauche einen Frachtschein", fauchte er die Frau am Ticketschalter an.

Sie schaute ihn ratlos an. „Wofür?"

Statt zu antworten, hielt er ihr die Skier entgegen. Sie zuckte mit den Schultern. „Skier hatten wir noch nicht." Sie wandte sich an ihre Nachbarin. „Petra, hatten wir schon mal Skier?"

Petra stellte ihre Arbeit ein. Verständnislos blickte sie ihre Kollegin an und schüttelte dann den Kopf. „Nö, hatten wir noch nicht."

„Aber der Mann auf der Fähre verlangt einen Frachtschein", versuchte er den Vorgang zu beschleunigen. „Die Skier seien ein Fortbewegungsmittel."

„Ach so", meinte nun die Frau, tippte in ihren Computer etwas ein und stoppte dann aber wieder. „Petra, meinst du Fahrrad- oder Handwagenkarte."

Jetzt zuckte Petra mit den Schultern.

„Ich nehme die teurere, dann bin ich auf der sicheren Seite", schlug er völlig entnervt vor.

„Also Fahrradkarte."

Er hatte im Inneren der Fähre weder einen Sitzplatz noch einen Stehplatz gefunden. Er stand mit einigen anderen Fahrgästen auf der offenen Stellfläche für die Fahrzeuge. Er hatte sich hinter den Traktor gestellt, der immer auf der Fähre mitfuhr, um Hänger an Bord zu ziehen oder an Land zu schieben. Er versuchte, sich so ein wenig gegen den frostigen Fahrtwind zu schützen. Hinten am Heck konnte er beobachten, wie der Schiffskörper das gebrochene Eis zur Seite drängte. Die Schollen waren schon gut zehn Zentimeter dick. Als er endlich auf die Fähre gelangt war, hatten einige der anderen Gäste abfällig auf die Raketen in seinem Rucksack geblickt.

„Also ich finde es nicht gut, wenn die Ruhe im Biosphärenreservat nun auch noch durch diese Knallerei gestört wird", ereiferte sich eine Frau so laut, dass er es hören musste. „Wir sind doch extra aus Berlin hierhergekommen, um diesem Krach zu entfliehen. Ich finde diese Knaller müssten auf Hiddensee verboten werden."

„Mir egal", antworte ihr Mann, „ein bisschen Feuerwerk ist doch ganz nett."

In Vitte stürmten die Menschen von Bord. Auf dem Kai warteten Vermieter mit Handwagen und Schlitten auf ihre Gäste. Einige Passagiere gingen gezielt auf die wartenden Hiddenseer zu. Wahrscheinlich waren es Stammgäste oder Verwandte. Pferdekutschen standen bereit, um Touristen nach Kloster im Norden und nach Neuendorf im Süden zu bringen. Beide Orte wurden bei Eisgang nicht von der Reederei angefahren. Ihn beachtete keiner, als er die Fähre verließ, obwohl er auch den einen oder anderen kannte.

Er überlegte kurz, gleich die Skier auszuprobieren. Doch das Hafengelände war gut geräumt. So strömte er mit den meisten am Kai entlang, beobachtete dabei, wie sich Leute mit einem Nicken wiedererkannten, sich manche freudig in die Arme fielen, andere überrascht schienen, wen sie auf Hiddensee trafen und, wie er zu erkennen glaubte, nicht unbedingt hatten treffen wollen.

Der Deichweg war nicht geräumt. Er schnallte die Skier an, griff die Stöcke, machte ein paar gleitende Bewegungen mit jedem Fuß. Dann stieß er sich kräftig ab. Obwohl er wohl über zwanzig Jahre nicht mehr auf Skiern gestanden hatte, kam er gleich gut voran und verschwand in der Dunkelheit.

II

Malte Fittkau schreckte hoch. Das Geräusch einer Kreissäge hatte ihn geweckt. Er schaute auf seinen Wecker. Kurz nach drei Uhr. Nachts. Selbst auf Hiddensee benutzte um diese Zeit niemand eine Kreissäge. Eigentlich. Da hörte er wieder dieses hohe Kreischen. Vielleicht balgten sich zwei Kater. Aber dafür war es eigentlich zu kalt. Sein eigener grauer Kartäuser, der abends immer auf der Pirsch war und keinen Kampf scheute, um sein Revier zwischen Wiesenweg und Sprenge zu verteidigen, hatte es in den letzten Tagen vorgezogen, die Nacht vor dem warmen Ofen zu verbringen. Draußen war es einfach zu kalt.

Malte schwang sich aus dem Bett, ging zum Fenster und hob vorsichtig die Gardine. Auf der Sprenge, dem Weg hinter dem Boddendeich in Vitte, war kein Mensch zu sehen. Es war tiefe Nacht, nur durch den weißen Schnee etwas heller als sonst. Da war es wieder! Diesmal ein ganz hohes Sirren, als schneide jemand Metall. Am Ende gab es einen dumpfen Klang. Wie ein tiefer Gong. Jetzt ahnte Malte, was gerade geschah. Er riss seine Sachen vom Stuhl, sprang in seine Latzhose, zog sein Hemd und seinen dicken Wollpullover darüber. Er rannte die Treppe hinunter. Aus den Augenwinkeln sah er seinen Kater auf dem Fensterbrett sitzen, nach draußen schauen und heftig mit dem Schwanz schlagen. Auch ihn beunruhigten diese seltsamen Töne.

Malte schnappte sich seine Stiefel und die Wattejacke. Die Schapka stülpte er sich auf den Kopf. Der Kater folgte ihm bis zur Schwelle und trat dann beim ersten Kontakt seiner Pfoten mit dem Schnee den Rückzug in die warmen Gefilde des alten Reetdachhauses an.

Malte rannte durch den tiefen Schnee den Deich hinauf. Er schaute nach rechts. Wie er es erwartet hatte: Die „Caprivi", ein alter Dampfer aus DDR-Zeiten, hatte Schlagseite. Immer mehr neigte sie sich nach Steuerbord. Wahrscheinlich hatte das Eis die stählerne Schiffshaut durchbohrt. Daher das kreischende Geräusch. Stählern war allerdings an dem alten Kahn schon lange nichts mehr. Der Rost fraß sich seit Jahren Stück für Stück durchs Schiff. Der Gong war dann das Platzen des Schiffskörpers gewesen. Nun drang Boddenwasser in das Leck ein. Malte hörte das Wasser unter der Eisfläche rauschen und glucksen. Das Schiff drohte zu sinken. Die Taue am Festmacher waren gespannt. Die Frage war nur, wer stärker war, die Hafenmauer oder die Taue. Wurden die Taue nicht gekappt, könnte auch noch ein Teil der Hafenanlage zerstört werden und sich das Wasser seinen Weg in den Deich bahnen. Würde es dort zu Eis, drohte eine Katastrophe. Das Eis konnte den Deich sprengen und dann würde sich der Bodden über die tieferen Grundstücke von Vitte ergießen.

Was tun? Malte lief hin und her. Er brauchte ein Beil, um die Taue zu zerschlagen. Warum hörte denn kein Mensch, was hier vorging? Er stürmte zurück, lief zu seinem Schuppen, riss die Tür auf und griff sich ein Beil. Dann sprintete er zum Anleger der „Caprivi", zerschlug das Tau vorn am Bug. Knapp an seinem Kopf vorbei zischte es auf die vordere Bootsplattform. Dann rannte er zum Heck. Dort brauchte er drei Schläge, um das Tau zu kappen. Nun krängte das Schiff noch mehr aufs Eis. Malte erschrak. Die „Caprivi" drohte seitwärts zu sinken. Doch dann blieb das Schiff plötzlich in der Bewegung stehen. Das Rauschen wurde leiser und langsam bewegte sich das Schiff wieder in Richtung Kai zurück. Malte sah es auf sich zukommen. Er wich Schritt um Schritt zurück. Das Schiff kam wieder in die Waagerechte und brach durchs Eis. Fontänen schossen nach oben. Dann sank die „Caprivi" auf den Boden des Boddens, der hier allerdings nicht tiefer als höchstens einen Meter war. Malte war wie vom Donner gerührt. Wie erstarrt blickte er auf das gesunkene Schiff.

Vorsichtig ging er bis an die Kante des Kais. Da lag die „Caprivi", als wäre nichts geschehen. Allerdings jetzt einen Meter tiefer. Aus der Tiefe drang wieder das Gurgeln des eindringenden Wassers. Die Eisschollen färbten sich langsam schwarz. Malte sammelte sich. Er rannte, so schnell er konnte, auf dem Deichweg vor zum Feuerwehrhaus. Dort schlug er die kleine Scheibe neben dem Tor ein und drückte den Knopf für die Sirene. Langsam begann sie zu heulen und weckte die Insel.

III

Barnhöft kam angerannt. Er knöpfte sich im Laufen noch die Uniform zu. Er stutzte, als er Malte am Feuerwehrschuppen sah. „Was soll denn das?"

„Die ‚Caprivi' ist gesunken", brachte Malte japsend hervor. Er war noch völlig aus der Puste.

Barnhöft schaute den Deich hinab. „Die liegt doch da."

„Ja, aber einen Meter tiefer."

Jetzt sah es der Feuerwehrmann auch. Er kratzte sich am Kinn. „Das ist vielleicht ein Scheiß. Aber da kann man nun auch nichts mehr machen."

„Muss man aber", erwiderte Malte, „Öl tritt aus. Oder was weiß ich. Jedenfalls ist das ganze Eis drum herum schon schwarz."

„Was?", brüllte ihn Barnhöft ungläubig an, um dann seinen heranstürmenden Kameraden zuzurufen: „Ölalarm!"

Doch die Feuerwehr konnte nicht ausrücken. Der Schnee lag in der Sprenge zu hoch. Gut einen Meter. Hier war auch in den letzten Tagen nicht geräumt worden. Das Fahrzeug würde sofort stecken bleiben. Barnhöft überlegte. Sie mussten Ölsperren auslegen. Sie bis zum Schiff zu bugsieren, war den Männern nicht zuzumuten. Er hatte eine Idee. „Ich hol den Schneepflug und ihr fahrt dann gleich hinterher."

Barnhöft lief zum Gewerbehof der Hiddenseelogistik im Hafen. Keine drei Minuten später kam er in hohem Tempo mit dem Schneepflug durchs Tor. Wie Mehlstaub stob der Pulverschnee zur Seite. Halsbrecherisch lenkte Barnhöft das Räumfahrzeug um das Feuerwehrgebäude, am alten Hafenschuppen vorbei, dann nach rechts über den Deich. Nur mit Mühe bekam er bei der Geschwindigkeit die Kurve nach links in die Sprenge. Die Feuerwehr fuhr hinterher.

Am Schiff gab es für die Feuerwehrleute neue Schwierigkeiten. Sie konnten nicht auf das brüchige Eis treten. Die Gefahr einzubrechen war zu groß. Aber sie mussten um das Schiff noch mehr Eis wegschlagen, um die Ölsperren in einigem Abstand von der „Caprivi" ins Wasser zu bringen, wenn sie was bewirken sollten.

Verdrießlich stiegen drei Männer in ihre Wathosen und ließen sich neben dem Schiff in das eisig kalte Wasser gleiten. „Hier holt man sich ja den Tod", jammerte einer.

„Nun hab dich nicht so", trieb Barnhöft seine Leute an. „Was seid ihr doch alles für Memmen."

Malte stand dabei, die Hände in den Taschen seiner Wattejacke. „Du kannst ruhig auch was tun", herrschte ihn Barnhöft an.

„Bin ich Feuerwehrmann?", gab Malte zurück. „Mach mal deinen Dreck schön alleine."

Aber Barnhöft hörte nicht richtig hin. „Wer hat denn eigentlich die Taue gekappt?" Er sah Malte wütend an.

„Ich dachte …"

„Du dachtest … Was hast du dir gedacht?", brüllte der Feuerwehrkommandant. „Nichts hast du dir gedacht! So hätten wir vielleicht den ganzen Mist noch über Wasser aus dem Kahn pumpen können."

„Hätte, hätte! Der alte Hättich ist tot", keifte Malte zurück. „Außerdem hätte der Kahn den halben Kai mit sich gerissen."

Barnhöft musste Malte im Stillen recht geben, wollte es aber nicht zeigen. Er winkte ab und drehte sich um. Malte zuckte mit den Schultern. Er fühlte sich ungerecht behandelt.

Barnhöft winkte seinen jüngsten Kameraden heran. „Poschau, du kletterst ins Schiff und versuchst in den Maschinenraum zu kommen. Ich will einen Bericht, wie es da unten aussieht. Wasserstand, Lecks in den Tanks. Aber zack, zack!"

„Und wie soll ich da reinkommen?", fragte Bernd Poschau.

Barnhöft schob sein Gesicht ganz nah an das des jungen Feuerwehrmannes. „Draufklettern, Luke öffnen, einsteigen. Los jetzt!"

Bernd Poschau ließ sich auf das Vorderdeck des Schiffes gleiten und versank bis zur Hüfte im Schnee. Dann schob er die Hebel an der Einstiegsluke zum Fahrgastraum zur Seite und kletterte in das Schiff, kam aber gleich wieder rückwärts heraus. Das Gesicht leichenblass, den Arm ausgestreckt, zeigte er mit dem Finger immer wieder ins Innere des Schiffes.

„Mensch, Poschau, haste nicht verstanden, was ich dir gesagt habe, du sollst nicht raus, sondern rein ins Schiff", donnerte Barnhöft von oben.

„Chef, da sitzt einer!"

Die Sirene hatte auch die Bewohner der umliegenden Häuser aus den Betten getrieben. Zum Teil schauten sie aus dem Fenster, was sich dort rund um die „Caprivi" abspielte. Einige standen aber nun auch frierend auf dem Deich. Einer war sogar mit Skiern gekommen und beobachtete das Treiben.

Malte hatte es sich nicht nehmen lassen, Barnhöft auf das Vorderdeck zu folgen. Er blickte mit ihm durch die geöffnete Luke unter Deck. Der Schein einer Taschenlampe beleuchtete einen leblosen, halb nackten, sitzenden Mann. Reif hatte sein Haar und seinen Bart überzogen. Die Haut war grau gefärbt. Über dem leblosen Körper stand der Schriftzug „Bar Blue Mayday" in goldener Farbe.

„Möselbeck muss her", meinte Barnhöft.

„Der braucht keinen Arzt mehr", erwiderte Malte trocken.

Barnhöft sah ihn an und schüttelte den Kopf. „Trotzdem muss der Doc her und ihn sich ansehen. Und der Damp. Wo ist der eigentlich? Braucht der neuerdings eine Extraeinladung?"

Barnhöft holte sein Funktelefon hervor und rief den Inselarzt an. Danach wollte er gerade den Inselpolizisten Ole Damp anrufen, als dessen mächtiger Körper oben an der Kaikante erschien.

„Schön, Damp, dass du es einrichten konntest. Hier liegt, entschuldige, sitzt einer für dich."

„Mensch, Damp, kaum wieder auf der Insel und schon eine neue Leiche", rief einer der Feuerwehrmänner.

Damp zeigte ihm den ausgestreckten Mittelfinger. Mühsam und umständlich kletterte er auf das Vordeck der „Caprivi". „Barnhöft, du kannst dir deine blöden Sprüche sparen. Versuch mal mit Sommerreifen bei dem Schnee von Neuendorf hierher zu fahren. Hat nicht jeder einen Schneepflug. Was ist eigentlich los?"

„Schau doch selbst?"

Ole Damp nahm Barnhöfts Lampe und blickte durch die Luke. „Scheint mir einer von der Insel zu sein", meinte er. „Aber der Name?"

„Könnte mein ehemaliger Biologielehrer sein", rief Bernd Poschau. „Dehne heißt der, eh, hieß der. Martin Dehne."

Alle drehten sich zu ihm um. „Dein Biologielehrer also", stellte Barnhöft fest. „Warum hast du das nicht gleich gesagt."

„Ich habe doch in dem dunklen Loch da nichts weiter erkannt", verteidigte sich der junge Mann. „Nur diese weißen toten Augen."

„Und jetzt plötzlich fällt dir aber ein ..."

„Als wenn wir momentan auf der Insel nicht genug Probleme haben", unterbrach Inselarzt Möselbeck Barnhöfts Tirade.

Seit Neujahr war Hiddensee von der Außenwelt durch einen dicken Eispanzer abgeschnitten. Die einzige eisgängige Fähre lag seit dem Silvesterabend mit Motorschaden in Schaprode, mittlerweile auch von Eis umschlossen. Dutzende Urlauber saßen auf der Insel fest. Die Versorgungslage war angespannt. Der einzige Eisbrecher war auf dem Strelasund im Einsatz, um für die Handelsschiffe den Seeweg frei zu halten. Auch aus der Luft gab es keine Hilfe. Sowohl die Bundespolizei als auch die Bundeswehr hatten durch den Wintereinbruch und Katastropheneinsätze auf Rügen und Usedom keine Hubschrauberkapazitäten frei.

Doktor Möselbeck hatte sich auch vom Kai auf das Deck des Wracks gehangelt. „Guten Morgen, die Herren. Wo liegt der Tote?"

Damp wies auf die Luke. Möselbeck kletterte in das Vorschiff. Er begann die Leiche zu untersuchen. Der Körper des Mannes war völlig steif. Sein Rücken war an der Kabinenwand aus Metall festgefroren. „Mein Gott", stöhnte der Arzt. „Er ist wahrscheinlich erfroren. Die Haltung, die aufgerissene Kleidung … alles deutet auf einen Tod durch Erfrieren hin."

„Aber warum reißt sich einer, wenn er erfriert, die Kleider vom Leib? Das ist doch völlig unlogisch", zweifelte Damp.

„Es ist nicht selten, dass ein Erfrorener nackt aufgefunden wird oder sich seiner Kleidung entledigt hat", belehrte Möselbeck den Polizisten. „Kurz bevor er bewusstlos wird, empfindet ein Mensch in der Kälte Wärme, ja fast Hitze. Das hängt damit zusammen, dass er dann schon nicht mehr recht bei Sinnen ist. Aber trotzdem …" Möselbeck schaute sich um. „So recht verstehe ich nicht, wie er hier erfrieren konnte? War die Tür abgesperrt?"

Alle schauten wieder auf Bernd Poschau. Der schüttelte den Kopf. „Die Luke ging ganz leicht auf. Jedenfalls von außen."

Möselbeck überprüfte die inneren Hebel an der Luke. Auch sie funktionierten ohne Probleme.

„Vielleicht war er Vögel gucken und ist dabei eingeschlafen", meinte Poschau. „Wir mussten mit ihm ständig irgendwo hinwandern und Vögel gucken. Das nervte vielleicht."

Möselbeck entdeckte in einer Ecke einen Rucksack. Er durchsuchte ihn. „Also Fernglas Fehlanzeige. Aber vielleicht wollte er ein Feuerwerk veranstalten." Er zeigte den Inhalt Barnhöft und Damp. Der Rucksack war voll mit Raketen und Böllern. „Jetzt wissen wir jedenfalls, seit wann er ungefähr hier sitzt. Mindestens drei Tage, gestern war der zweite Januar, wenn nicht sogar vier", erklärte der Arzt. „Die Sachen waren ja wahrscheinlich für Silvester. Klar ist auch, ich stelle keinen Totenschein aus."

IV

Damp rieb sich die Augen, nahm die Beine vom Schreibtisch und streckte sich. Sein Rücken hatte zwei Stunden unbequemen Büroschlafs unbeschadet überstanden. Sein Blick fiel auf den leeren Schreibtisch mit dem riesigen Weihnachtsstern gegenüber. Dort hatte früher Hauptkommissar Stefan Rieder gesessen. Nun lag er im Koma in einer Klinik auf der dänischen Insel Møn. Nach Auskunft von Polizeidirektor Bökemüller waren die Chancen auf ein Erwachen oder auf eine Heilung gleich null.

Damps Mitleid hielt sich in Grenzen. Er gab Rieder die Schuld, dass sie beide vor knapp drei Monaten in der Ostsee beinah ertrunken wären, hätte sie nicht die Besatzung eines dänischen Fischkutters entdeckt und gerettet.

Sie hatten eine Mörderin verfolgt. Rieder wollte nicht auf Verstärkung warten und glaubte, Damp und er würden eine Verhaftung schon zuwege bringen. Aber da hatte sich Rieder überschätzt. Mit einem Komplizen hatte die Frau die beiden Polizisten überwältigt, gefesselt, dann in ein Paddelboot gesetzt und auf das Meer hinaustreiben lassen. Rieder hatte bei ihrer Rettung durch die dänischen Fischer das Bewusstsein verloren und bis heute nicht wiedererlangt. „So dicke hätte es nun für ihn auch nicht kommen müssen", sagte Damp leise zu sich.

Damp selbst war mit einer Unterkühlung ins Marinekrankenhaus Flensburg ausgeflogen worden. Hinzu kamen Herzprobleme, weil ihn der Komplize mit einem Elektroschocker bearbeitet hatte. Nach drei Wochen Krankenhaus hatte er noch sechs Wochen in einer Rehaklinik im Harz zugebracht. Nun war er seit knapp drei Wochen wieder im Dienst. Sofort war allen aufgefallen, dass er deutlich abgenommen hatte. Fast zwanzig Kilo. Er wog nur noch knapp zwei Zentner und fühlte sich deutlich fitter als früher. Sicher würde er sich nicht am Inselmarathon beteiligen, aber er kam nicht mehr so schnell außer Atem.

Vor seiner Rückkehr hatte Polizeidirektor Bökemüller es ihm freigestellt, seinen Dienst auf Hiddensee wieder anzutreten, nach allem, was passiert war. Aber Damp wollte zurück, obwohl ihn die Einheimischen nicht leiden konnten. Zum einen, weil er von der Nachbarinsel Rügen kam. Mit den Rüganern verband die Hiddenseer eine innige Hassliebe. Zum anderen machten sie sich über seinen penetranten Ordnungssinn lustig. Gnadenlos bestrafte er jeden mit einem Bußgeld, dessen Fahrrad nicht verkehrstüchtig war. Und das tat er oft. Immerhin war das Fahrrad hier das Hauptverkehrsmittel. Autos waren verboten, ausgenommen einige Versorgungsfahrzeuge, von denen es allerdings zu Damps Leidwesen Jahr für Jahr mehr gab. Früher hatten nur Arzt, Feuerwehr und er Anrecht auf ein Auto gehabt. Ansonsten war alles per Pferdefuhrwerk oder Fahrrad transportiert worden. Und es war auch gegangen.

Hiddensee war Damp in den vielen Jahren ans Herz gewachsen. Früher hätte er sich das nicht eingestanden. Aber während seiner Kur war ihm das klargeworden. Wenn er abends in seinem Bett gelegen hatte, war es um ihn herum still gewesen. Da hatte ihm das Rauschen des Meeres gefehlt. Das Pfeifen des Sturms in den Dünen. Das Pferdegetrappel am Morgen. Das Schreien der Möwen. Damp hatte Heimweh bekommen.

Während seiner Abwesenheit hatte ihn eine junge Beamtin aus Bergen vertreten. Nelly Blohm. Damp vermutete, dass sie gehofft hatte, er würde nicht wiederkommen und sie könne sich auf seine Stelle bewerben. Damit war es nun Essig.

Damp hatte schon der eine Tag zur Übergabe gereicht, den er mit Nelly Blohm im Revier verbringen musste. Mangels aktueller Anzeigen und Vorkommnisse war nichts zu übergeben gewesen. Den ganzen Tag hatte ihn Nelly Blohm stattdessen mit ihrem Laptop genervt, um Damp die neue Software der Polizeidirektion zu erklären. Damp interessierten diese Computerprogramme nicht die Bohne. Er musste nur wissen, wie er Formulare für eine Anzeige oder einen Bußgeldbescheid auf dem Computer öffnen, ausfüllen und absenden konnte. Im letzten Jahr hatte er außerdem seine digitalen Kenntnisse um das Lesen und Schreiben von E-Mails erweitert. Das reichte seiner Meinung nach für die Amtsgeschäfte auf der Insel Hiddensee.

Nelly Blohm hatte auch den Weihnachtsstern für Rieders Schreibtisch gekauft und ihn auf einem Deckchen platziert. Rieder hatte gemeinsam mit Nelly Blohm auf Rügen Spuren in dem verhängnisvollen Mordfall verfolgt. Damp war sich sicher, dass die beiden in dieser Zeit was miteinander gehabt haben mussten. Warum sollte sie sonst diesen Gedenkaltar errichtet haben? Andererseits hatte Rieder zur gleichen Zeit ein Verhältnis mit der Wirtin vom Strandcafé in Neuendorf gehabt. Aber das war nun wohl Geschichte. Nicht nur weil Rieder im Koma lag. Charlotte Dobbert hatte ihre Zelte auf Hiddensee abgebrochen und war nach Mallorca gezogen, um dort ein Restaurant aufzumachen. So meldete es jedenfalls der Inselfunk in Person von Malte Fittkau.

Apropos Fittkau. Damp schaute auf seine Uhr. Gleich halb neun. Kurz nach sechs hatte er Malte Fittkau vor dem Revier in Vitte getroffen. Fittkau war auf seinem täglichen Rundgang rund um Vitte gewesen. Auch heute, obwohl er in der Nacht die sinkende „Caprivi" entdeckt hatte. Damp kam gerade unverrichteter Dinge von der Adresse in Vitte, wo der tote Martin Dehne laut Polizeicomputer gemeldet war. Aber dort wohnte niemand mehr. Das Haus war eine Baustelle. Damp hatte Malte gebeten, sich doch bei seiner Tour mal umzuhören, was man über Dehne so redete. Malte würden die Insulaner eher was erzählen als ihm, dem Polizisten. Malte traf auf seinem Weg durch den Inselort am Morgen jede Menge Leute: am Strand, im Zeitungsladen, im Supermarkt, beim Bäcker. Überall machte er einen kleinen Plausch und versorgte sich so mit den Inselneuigkeiten. Damp wartete deshalb ungeduldig auf Fittkau, um zu hören, was die Insel über den Toten zu berichten wusste.

V

Die schlanke Frau mit den braunen Locken schaute aus dem Fenster. Auf der Straße war keine Menschenseele zu sehen. Es gab nicht mal Spuren im Schnee. Kein Wunder. Die Pendler, die im Westen Arbeit hatten, waren gestern sofort losgefahren, nachdem die Straßen auf Rügen frei waren und die Eisenbahn wieder fuhr. Die anderen Bewohner der Plattenbausiedlung waren Rentner oder hatten keine Arbeit. Obwohl Bergen die größte Stadt auf Rügen war, gab es wenig zu tun. Erst recht im Winter.

Nelly Blohm kam sich hier oft verloren vor. All ihre Schulfreunde waren längst nach Hamburg, Kiel oder Bremen gezogen. Der Arbeit hinterher. Nur sie war geblieben. Für eine Polizistin gab es auf Rügen eine Menge zu tun. Häusliche Gewalt, Körperverletzung, Diebstahl, Drogendelikte. Schon öfters hatte sie überlegt, sich wenigstens nach Stralsund versetzen zu lassen. Aber wie sollte sie dort als alleinstehende Mutter im Polizeidienst klarkommen. Hier hatte sie wenigstens ihre Mutter, die sich um Lukas kümmern konnte.

Gerade heute wurde ihr das bewusst. Der Vierjährige spielte auf dem Küchentisch mit seinen neuen Matchbox-Autos. Er hatte sie mit einer Polizeiwache und einer Feuerwehrstation zu Weihnachten bekommen. Immer wieder schickte er den Streifenwagen und das Krankenauto auf den Weg zu einem Unfall zwischen einem Tankwagen und einem Pkw. Dazu imitierte er mit einem leisen Summen die Sirenen. Nelly hatte einen Anruf des Stralsunder Polizeichefs bekommen. Im ersten Moment hatte sie sich gefreut. Ein ungeklärter Todesfall auf Hiddensee. Ein Toter auf einem gesunkenen alten Dampfer. Bökemüller hatte an sie gedacht, die junge Kommissarin aus Bergen. Doch der Stolz war im nächsten Moment der Sorge um Lukas gewichen. Sie würde ihren Sohn eine Weile allein lassen müssen. Es war aussichtslos, bei diesen Wetterverhältnissen jeden Abend von Hiddensee nach Bergen zurückzukommen. Sie wusste, dass der Fährverkehr seit Neujahr eingestellt war, weil die Fähre mit Motorschaden in Schaprode festlag. Natürlich hatte ihre Mutter sofort versprochen zu kommen, um sich um Lukas zu kümmern. Gleichzeitig hatte sich aber auch Nellys schlechtes Gewissen gemeldet, ihre Mutter so in Beschlag zu nehmen und die eigenen Pläne der rüstigen Rentnerin zu durchkreuzen.

Nelly streichelte Lukas über den Kopf. Er hatte ihre Ankündigung, ein paar Tage auf Dienstreise gehen zu müssen, nicht weiter tragisch genommen. Die Aussicht auf selbst gemachte Eierkuchen und Makkaroni mit Tomatensoße, die keiner besser machen konnte als seine Oma, war ihm Trost genug. Aber dann hatte er bei Nelly eine Wunde aufgerissen. „Triffst du den Stefan auf Hiddensee?"

Lukas hatte Stefan Rieder kennengelernt, als er im Herbst einmal bei ihr übernachtet hatte. Ihr Sohn hatte ihren Hiddenseer Kollegen gleich gemocht und beide hatten eine Weile miteinander gespielt. Lukas hatte Stefan Rieder nicht vergessen.

„Er wollte doch wiederkommen und mit mir spielen. Das hat er mir versprochen."

„Du weißt doch, dass Stefan sehr krank ist. Deshalb haben wir doch auch in seinem Haus in Vitte gewohnt, als ich ihn dort vertreten habe. Und jetzt mach ich das wieder."

„Wie lange ist der Stefan noch krank?", fragte Lukas weiter.

„Ich weiß es nicht."

Nellys Augen waren feucht geworden, wie immer, wenn sie an Stefan Rieder erinnert wurde. Er würde sicher nie wieder in diese Wohnung kommen, nie wieder mit Lukas spielen und nie wieder mit ihr das Bett teilen, wie in dieser einzigen gemeinsamen Nacht. Silvester hatte sie sich beim Anstoßen mit ihrer Mutter auf das neue Jahr im Stillen versprochen, nein: befohlen, sich Rieder endlich aus dem Herzen zu reißen. Aber das war leichter gesagt als getan. Als sie aus dem Fenster schaute, sah sie eine Frau die Straße heraufkommen. Sie pflügte mit ihren schnellen Schritten durch den Schnee. Nelly erkannte sie trotz Mütze sofort.

„Oma kommt", rief sie Lukas zu. Der Junge sprang vom Tisch auf, rannte zur Tür und stürmte den Hausflur hinunter. ‚Nicht gerade sehr vorsichtig für eine Polizistin und Mutter', dachte Nelly bei sich. Sie klappte den Laptop zusammen, denn sie hatte schon versucht, ein paar Dinge über den Toten, einen gewissen Martin Dehne, zu erfahren, war aber nicht weit gekommen.

Ihre Mutter kam herein, von Lukas mit tausend Fragen bedrängt, was sie alles tun würden, denn der Kindergarten hatte noch bis zum Ende der Woche geschlossen. Nicht gerade praktisch für berufstätige Mütter wie Nelly. Sie hätte noch Urlaub gehabt, aber nun rief sie die Pflicht.

Nellys Mutter nahm sich einen Kaffee. „Ist das eine gute Idee?", fragte sie ihre Tochter.

„Was meinst du?"

„Tu doch nicht so. Du weißt ganz genau, was ich meine. Hiddensee wird dir nicht guttun. Erinnere dich, wie du im Dezember wiedergekommen bist. Total durcheinander, weil du diesen Rieder nicht aus dem Kopf bekommst."

Ihre Mutter setzte sich an den Tisch.

„Das ist vorbei", belog Nelly sich und ihre Mutter. „Jetzt geht es um einen Fall. Vielleicht einen Mord. Das ist auch eine Chance."

„Ich glaub dir kein Wort. Wie willst du überhaupt rüberkommen? Fährt doch kein Schiff."

„Mit dem Hubschrauber. Die Kollegen der Spurensicherung holen mich vom Flugplatz Güttin ab."

„Außerdem hast du noch Urlaub."

„Mutti! Du erinnerst dich doch sicher noch an die Zeiten mit Papa, wie das bei einem Polizisten sein kann."

„Ja, das tu ich. Ich weiß es noch sehr gut", seufzte ihre Mutter. „Sein Pflichtbewusstsein hat ihn mit dreiundsechzig ins Grab gebracht. Immer war jeder Fall wichtiger als die Familie oder Urlaub."

Nelly legte ihrer Mutter die Arme von hinten um den Hals. „Vielleicht ist es doch nur ein Unglücksfall und ich bin heute Abend schon wieder zurück."

Ihre Mutter griff nach ihren Händen und drückte sie. „Du bist jedenfalls ganz die Tochter deines Vaters. So hat er mich auch immer vertrösten wollen. Dann war er Tage, Wochen weg, kam nur mal nach Haus, um die Wäsche zu wechseln."

Lukas kam durch die Tür und schleppte mehrere Kinderbücher heran. Er legte sie auf den Tisch. „Kannst du mir jetzt endlich vorlesen?", quengelte der Kleine und versuchte den Schoß seiner Oma zu erklimmen.

„Ich seh schon, ich werde hier nicht mehr gebraucht", bemerkte Nelly spitz. „Ich muss auch los. Bis später, ihr beiden."

VI

Malte klopfte nicht an. Er öffnete einfach die Tür zum kleinen Polizeirevier im Rathaus Vitte. Er schlug den Schnee von seinen Klamotten und ließ sich auf Rieders ehemaligen Stuhl fallen. Sein Blick blieb an dem Weihnachtsstern hängen. „Was ist das? Damp, hast du den grünen Daumen entdeckt?"

„Ist ein Überbleibsel von der Blohm."

„Ach, die hübsche Polizistin aus Bergen. Die sah nicht schlecht aus."

„Seit wann interessierst du dich für Frauen?", fragte Damp.

„Nicht von sich auf andere schließen", antwortete Fittkau. Er prüfte mit dem Finger die Feuchtigkeit im Blumentopf. „Der braucht mal Wasser."

„Bin ich hier bei ‚Du und Dein Garten'? Mir doch egal, was aus dem Topf wird."

Malte lehnte sich zurück und betrachtete den Schreibtisch genauer. „Ich verstehe. Das war so eine Art Andenken an den Kommissar. Hatten die beiden was miteinander?"

Damp zuckte mit den Schultern.

„Hast du denn mal was von Rieder gehört?"

Damp schüttelte den Kopf.

„Schon klar", meinte Malte. „Du und Rieder, ihr wart nicht unbedingt das Traumpaar hier auf der Insel. Aber …"

„Können wir zur Sache kommen", unterbrach Damp ihn barsch. „Hast du was über unsere Leiche, diesen Dehne rausbekommen?"

Malte setzte seine Schapka ab und legte sie auf den Tisch. Dann öffnete er seelenruhig seine Jacke. Damp wurde ungeduldig. Er rutschte auf seinem Stuhl unruhig hin und her.

„Damp, was du auch nach zwanzig Jahren Marktwirtschaft noch nicht begriffen hast: das Verhältnis von Angebot und Nachfrage. Da bist du nicht der Einzige hier auf der Insel. Aber das nur mal so nebenbei. Um es klar zu sagen: *Du* willst was von *mir*, denn *ich* habe nicht blöd vor einem Haus in Vitte Süderende gestanden, in dem kein Mensch mehr wohnt, sondern …", er zeigte grinsend auf Damp, „*du!* Und wer kann dich von dieser Unwissenheit befreien?" Er drehte den Finger in seine Richtung. „*Ich.*"

„Schon gut. Also, was hast du erfahren?"

„Es wird dir nicht gefallen." Malte beugte sich nach vorn. „Dehne hat das Haus und das Haus der Eltern seiner Frau in der Dünenheide im vergangenen Frühjahr verkauft. Die ist übrigens vor etwas mehr als zwei Jahren an Krebs gestorben. War wohl ziemlich hart für Dehne. Und weißt du, an wen er verkauft hat?" Malte machte eine Kunstpause. Damp verdrehte die Augen. „An Ulrike und Peter Stein."

Damp schnappte wie ein Fisch nach Luft. Malte bekam schon Angst, der Polizist würde kollabieren, aber dann atmete er tief aus und schüttelte sich. Es war Ulrike Stein gewesen, die Damp und Rieder mit gezogener Waffe gezwungen hatte, in ein Paddelboot zu steigen, um sie auf der Ostsee dem fast sicheren Tod entgegentreiben zu lassen.

„Und das ist noch nicht alles", setzte Malte seinen Bericht fort, nachdem er sicher war, dass sich Damp etwas erholt hatte. „Die Häuser werden jetzt von der Hausverwaltung Zabel betreut."

„Zabel?"

„Kurt und Marie Zabel."

Das waren Freunde von Ulrike Stein. Sie hatten ihr ein falsches Alibi für den Mord an ihrem Mann, dem Bauunternehmer Peter Stein, gegeben.

„Sitzen die nicht im Knast wegen Beihilfe?", fragte Damp wütend.

„Bist du der Polizist oder ich?"

„Wieso verwalten die Zabels jetzt die Häuser der Steins? Da war doch noch der Bruder von dem Peter Stein? Dieser Jan!"

Malte schüttelte den Kopf. „Du bist echt nicht auf dem Laufenden. Jan Stein ist in einer Entzugsklinik, irgendwo bei Schwerin. Da hat er sich am selben Tag eingewiesen, als Ulrike Stein euch auf große Fahrt geschickt hat." Malte lachte kurz in sich hinein, wurde aber gleich wieder ernst, als er Damps wütenden Blick sah. „Die Zabels konnten offenbar glaubhaft machen, dass sie nicht bemerkt hätten, wie Ulrike mal kurz während der Grillparty verschwunden war, um ihrem Ex, dem lieben Peter, das Licht auszuknipsen. Sie hätten gedacht, sie wäre mit ihrem Lover, diesem Russen, im Bootshaus für ein Schäferstündchen abgeblieben. Damit sind sie schön raus. Außerdem kann man als Mörderin auch weiter Hausbesitzerin sein. Jan allerdings will wohl klagen, um wenigstens die Firma ‚Inselbau' zu bekommen. Aber der Rechtsstreit ist noch nicht entschieden."

Damp stöhnte auf. „Ich dachte, all das läge hinter mir."

„Tja, falsch gedacht."

„Und was ist sonst mit dem Dehne?"

„Hat jetzt ein Hotel in Kloster, oben am Dornbusch. Ist aber wohl noch nicht in Betrieb. Die alte Vogelwarte. Mehr wissen die Vitter auch nicht. Ist ja in Kloster." Kloster war der nördliche Inselort und gerade mal drei Kilometer von Vitte entfernt. Aber die Hiddenseer blieben in ihren Orten meistens sehr unter sich.

„Soll wohl ziemlich schick sein", erzählte Malte weiter. „Hat übrigens alles Peter Stein mit seiner ‚Inselbau' noch gebaut. Davor war Dehne Biolehrer an der Inselschule. Aber wenigstens das wusstest du ja schon."

Das Telefon klingelte. Damp ging ran. Seine Miene verfinsterte sich immer mehr mit der Dauer des Gesprächs. Er warf den Hörer auf die Gabel. „Nicht mein Tag", raunte er mehr zu sich selbst.

„Was?", fragte Malte.

Damp winkte ab. „Sie schicken mir die Blohm als Verstärkung. Kommt mit Behm von der Spurensicherung. Außerdem fliegt der Pathologe aus Greifswald, dieser Krüger, mit einem Rettungshubschrauber ein, um die Leiche zu holen."

„Wird auch Zeit", bemerkte Malte. „Lange könnt ihr das den Feuerwehrmännern nicht mehr zumuten, an dem alten Kahn die Totenwache zu halten."

Damp rieb sich das Kinn. „Wo bringe ich nur die Blohm unter?" Er sah Malte an. „Kann sie wieder in Rieders Haus im Wiesenweg?"

„Wenn du sie morgen auch auftauen möchtest?", gab Malte trocken zurück. „Du kriegst die Bude nicht warm. Das ist ein Sommerhaus mit dünnen Wänden. Außerdem habe ich das Wasser abgedreht. Ich grabe mich jedenfalls nicht durch den Schnee, um den Schieber wieder zu öffnen."

„Kannst du die Blohm nicht bei dir unterbringen?"

„Ich vermiete nicht im Winter."

„Aber die Hotels sind zu teuer. Es soll nicht mehr als vierzig Euro kosten. Außerdem sind ‚Godewind' und ‚Hitthim' ausgebucht, so lang die Touris nicht von der Insel runter sind."

„Da gibt's doch noch 'ne Menge anderer Vermieter."

„Erstens haben die alle auch noch die Buden voll und zweitens machen die meisten gleich zu, wenn die Urlauber weg sind."

Malte überlegte. „Gut, für die vierzig kann sie bei mir übernachten." Das wäre für ihn ein gutes Geschäft. Sonst vermietete er ein Bett für nicht mehr als dreizehn Euro.

„Aber mit Frühstück", setzte Damp hinzu.

„Vergiss es. Bei mir gibt's kein Frühstück. Müssen sich die Gäste selbst machen. Da mach ich keine Ausnahme. Wenn sich das rumspricht."

„Wo soll sie sich hier was kaufen? Warst du mal im Supermarkt? Die Regale sind leer."

„Tütensuppen und Konserven gibt's noch jede Menge."

„Ich könnte noch was drauflegen."

„Für wie lang soll es denn sein?"

„Wenn der Dehne nur erfroren ist, biste sie morgen wieder los. Wenn nicht, kann es dauern. Mindestens 'ne Woche, denke ich. Vielleicht sogar länger."

Malte überschlug im Kopf, was ihm die Übernachtung bringen

würde. Jetzt waren seine Zimmer nur totes Kapital. Außerdem schien er hier noch was rausholen zu können. „Gut. Dann aber fünfundvierzig pro Nacht."

Er reichte Damp die Hand über den Tisch. Der schlug ein. „Abgemacht."

Damp grinste. „Ich hätte auch fünfzig zahlen können."

Malte wollte etwas Gemeines entgegnen, da flog die Tür auf und Bürgermeister Thomas Förster stürmte herein. „Hallo, Damp." Malte nickte er nur kurz zu. „Haben Sie mal aus dem Fenster gesehen. Da stehen schon wieder mindestens fünfzig Leute mit Kindern, Sack und Pack."

Damp drehte sich mit seinem Drehstuhl kurz um. Seit Neujahr wiederholte sich jeden Morgen das gleiche Schauspiel. Touristen marschierten vor dem Rathaus auf und warteten auf eine Möglichkeit, von der Insel zu kommen. Stumm standen sie dort im Schnee und forderten mit ihrem stillen Protest von der Inselverwaltung Hilfe.

„Wir müssen da raus, Damp, und mit den Menschen reden."

Doch der Polizist hob abwehrend die Hände. Er zeigte auf Malte. „Zeugenvernehmung. Ich muss Herrn Fittkau über das Auffinden des toten Herrn Dehne befragen. Stralsund will so schnell wie möglich einen Bericht."

„Kann das nicht warten?"

„Tut mir leid. Polizeichef Bökemüller hat schon angerufen und Druck gemacht."

„Gibt es denn schon neue Erkenntnisse, wie der Mann zu Tode gekommen ist?"

Damp schüttelte mit einem bedauernden Gesichtsausdruck den Kopf. „Deshalb sitze ich hier mit Herrn Fittkau. Er war der Erste an der „Caprivi" und er wohnt ja auch dicht dran am möglichen Tatort."

„Dann machen Sie mal ihre Arbeit", sagte Förster enttäuscht.

„Kommt denn nun mal irgendwann ein Hubschrauber von der Bundeswehr?", mischte sich Fittkau ein. „Die können uns hier nicht verhungern lassen."

„Ich habe gerade heute Morgen mit dem Krisenstab in Stralsund telefoniert", berichtete der Bürgermeister. „Sie haben mir kaum Hoffnung gemacht. Die Bundeswehr hat das Hilfeersuchen abgelehnt. Die meisten Kapazitäten seien in Afghanistan. Hier in Deutschland gebe es kaum noch Reserven. Und die wären auch nicht alle einsatzfähig, weil Ersatzteile fehlen."

„Tja, siehste, Malte", meinte Damp, „die Freiheit wird am Hindukusch verteidigt und nicht auf Hiddensee."

VII

Ein eisiger Wind wehte von der Ostsee herüber. Es schneite nicht mehr wie an den vergangenen Tagen. Nur noch ein leichter Schneegriesel fiel aus den Wolken. Es waren mindestens zehn Grad unter null.

Thomas Förster versuchte, die aufgebrachten Menschen zu beruhigen. „Wir wollen endlich weg", rief einer aus der Menge. „Wer bezahlt uns denn den Arbeitsausfall?"

„Machen Sie endlich Ihre Arbeit!"

„Wir tun, was wir können", beteuerte der Bürgermeister. „Aber uns sind hier die Hände gebunden. Der Krisenstab in Stralsund bemüht sich, Hilfe von der Bundeswehr zu bekommen, um Sie auszufliegen. Aber so schnell geht es leider nicht."

„Schieben Sie doch nicht die Verantwortung auf andere. Wir wollen weg!", schrie ihm ein Mann wütend entgegen, der direkt vor ihm stand. Dann begannen alle zu skandieren: „Wir wollen weg! Wir wollen weg!"

Förster wusste sich nicht zu helfen. Er wedelte mit den Armen, schaute sich Hilfe suchend nach den paar Hiddenseern um, die von der Straße vor dem Sportplatz interessiert zuschauten, wie ihr Bürgermeister versuchte, die Leute zu besänftigen. Da rief einer: „Seid doch mal still. Hört doch mal."

In der Luft war plötzlich ein Brummen zu hören. Auf einen Schlag verstummten die Menschen. Alle schauten in den Himmel. Beifall und Jubelrufe waren nun zu hören, obwohl noch nichts zu sehen war. Kaum einer beachtete, dass Damp mit seinem Polizeiwagen auf das Vorfeld des Hubschrauberlandeplatzes fuhr, die Blaulichter auch weiter rotieren ließ, nachdem er schon aus dem Wagen gesprungen war, und mit einem Feldstecher den Himmel absuchte. Das Blaulicht war das vereinbarte Signal für die Piloten. Dann tauchten aus der dicken Wolkendecke zwei Hubschrauber auf. Vorn flog ein blauer Helikopter mit der Aufschrift „Bundespolizei". Er wurde eskortiert von einem gelben ADAC-Rettungshubschrauber. Der Beifall verebbte, als die Wartenden sahen, dass es sich nur um kleine Hubschrauber handelte.

Während der Polizeihubschrauber auf dem Landeplatz aufsetzte, kreiste die andere Maschine über dem Hafengebiet von Vitte. Der Pilot wollte offenbar näher bei der „Caprivi" landen und ging dann auch auf dem kleinen Platz am Anleger des gesunkenen Schiffes runter.

Nachdem die Rotoren abgestellt waren, öffnete sich die Tür des Kopiloten und eine Schiebetür wurde aufgezogen. Damp war erstaunt. Nicht nur Holm Behm, ein weiterer Kollege der Spurensicherung und Nelly Blohm kletterten aus dem Helikopter, sondern auch Polizeidirektor Bökemüller.

„Hallo, Damp, wie ist die Lage?", begrüßte er seinen Revierleiter auf Hiddensee betont jovial. „Haben Sie schon neue Erkenntnisse?"

Damp berichtete, was er über den toten Hotelier von Malte Fittkau erfahren hatte. Auch Bürgermeister Förster kam dazu.

„Vielleicht können Sie sich gleich mal als Mitglied des Krisenstabes ein Bild machen, dass wir hier dringend Hilfe brauchen", drang er auf den Polizeichef ein. „Die Menschen müssen nach Hause und die Vorräte in den Supermärkten, aber auch an Treibstoff für die Schneepflüge und den Inselbus gehen zur Neige."

Bökemüller nickte immer wieder bedächtig bei den Worten Försters. „Mir sind da auch die Hände gebunden. Ich verstehe schon Ihre Lage, aber momentan vertröstet uns die Bundeswehr von Tag zu Tag."

Förster deutete auf den Hubschrauber. „Könnten wir damit nicht wenigstens die Eltern mit Kindern ausfliegen?"

Bökemüller legte altväterlich dem Bürgermeister den Arm um die Schultern. „Lieber Herr Förster! Wie oft soll die Maschine denn hin und her pendeln zwischen Hiddensee und Rügen? Da passen doch nur fünf Passagiere rein. Das ist völlig unmöglich. Außerdem handelt es sich hier um einen Polizeieinsatz", er hob den Zeigefinger, „möglicherweise in einem Mordfall. Das hat jetzt erst mal Priorität."

Holm Behm, der mittlerweile vom Warten kalte Füße bekam, nutzte die letzten Worte des Polizeidirektors. „Ich würde dann gern auch mal zum Tatort, wenn's möglich ist. Denn Krüger ist uns jetzt schon voraus und ich würde mir nicht gern die vorhandenen Spuren zertreten lassen."

Während der Trupp sich dem Polizeiwagen näherte, wurde wieder Unmut unter den Wartenden laut.

„Eh, was wird denn nun mit uns?"

„Wo bleibt denn die Hilfe für uns?

„Warum werden wir nicht ausgeflogen?"

Und dann begannen wieder die Sprechchöre: „Wir wollen weg!" Die Menschen schoben sich immer näher an den Landeplatz heran. Förster sah ängstlich zu Damp. Die Situation drohte zu eskalieren. Da sprang Nelly Blohm nach vorn, wedelte kurz mit den Armen und überraschend wurde es wieder still.

„Wir können Ihren Unmut verstehen", rief sie den Leuten zu, „aber wir müssen uns hier um einen Toten kümmern."

Ein Raunen ging durch die Menge. Bökemüller verzog das Gesicht und zupfte am Ärmel von Nelly Blohm. Doch die Polizistin ließ sich nicht beirren. „Mein Vorschlag wäre, wir stellen jetzt einen SMS-Verteiler zusammen und Sie werden dann sofort benachrichtigt, wenn es möglich ist, die Insel zu verlassen. Außerdem sollten wir eine Art Reihenfolge aufstellen und Wartenummern ausgeben, falls nicht alle sofort zur gleichen Zeit ausgeflogen werden können. Die Familien mit Kindern sollten als Erste Nummern bekommen, dann Kranke und Alte, die medizinische Versorgung brauchen, und so weiter. Ich denke, nein, ich hoffe, Ihre Arbeitgeber werden Verständnis haben für Ihre Situation. So müssen Sie auch nicht weiter hier stehen und frieren."

Offenbar hatte Nelly damit alle so verblüfft, dass sich zunächst ein großes Schweigen breitmachte. Dann kamen aus der Menge zustimmende Rufe. Bökemüller sah seine junge Beamtin mit einigem Stolz an, fragte sich aber im Stillen, ob das nicht sein oder Försters Job gewesen wäre und Nelly ihm die Show gestohlen hätte.

Damp raunte Behm zu: „Machen wir jetzt hier Urlauberbetreuung oder wollen wir einen möglichen Mord aufklären?"

Nelly kramte schon nach einem Block aus ihrer Tasche und wollte anfangen, die Telefonnummern zu notieren, da mischte sich Bökemüller ein. Er legte ihr die Hand auf den Arm. „Vielleicht kann das Notieren der Namen und Telefonnummern sowie die Ausgabe der Wartemarken die Inselverwaltung übernehmen." Dabei schaute er zu Förster, der auch sofort zustimmend nickte. „Und die Beamten machen mal ihren eigentlichen Job." Sein Ton ließ keinen Widerspruch zu. Dann schob er Nelly mit leichtem Druck zum Polizeiwagen. „In Zukunft wäre ich Ihnen dankbar, wenn Sie solche Aktionen mit mir absprechen", flüsterte er ihr beim Einsteigen in den Wagen noch zu.

„Was ist das eigentlich für ein Schiff, auf dem sie den Toten gefunden haben?", fragte Bökemüller Damp, als sie im Auto saßen.

„Es war ein Hotelschiff, früher mal ein Jugendklub", antwortete der Polizist. „Lief aber zuletzt nicht mehr so gut. Der Bürgermeister versucht gerade, den Besitzer aufzutreiben. Das scheint aber gar nicht so leicht zu sein."

„Die Bergungskosten werden immens sein. Das wird der kaum bezahlen können."

„Die Insel kann das aber auch nicht bezahlen", erwiderte Damp.

„Dann bleibt das Wrack sicher, wo es ist. Auf dem Grund des Boddens."

Der Wagen hielt.

Krüger, der Rechtsmediziner von der Uniklinik in Greifswald, stand auf dem Vorschiff der „Caprivi" und schaute in den Raum mit Dehnes Leiche. „So wünscht man es sich", begrüßte er den Chef der Stralsunder Spurensicherung, Holm Behm. „Die Leiche schon schön gekühlt. Da bleiben die Spuren frisch."

„Waren Sie schon drin?", fragte Behm nicht ohne Schärfe.

„Gott bewahre", antwortete Krüger. „Ich werde Ihnen doch nicht vorgreifen, obwohl ich es kaum erwarten kann, endlich an die Beute zu kommen. Hier draußen wird es auch langsam etwas kühl. Allerdings fürchte ich, drinnen ist es nicht besser", er zeigte auf Dehne, „wenn ich den Herrn da auf der Bank sehe."

„Haben Sie schon mal darüber nachgedacht, wie Sie ihn hier raus und nach Greifswald bringen wollen?"

Krüger legte die Stirn in Falten. „Gute Frage. Nächste Frage." Er kratzte sich am Kopf. „Am besten wäre tiefgekühlt, aber so passt er wahrscheinlich nicht in die Luke des Rettungshubschraubers. Wir werden ihn auftauen müssen. Die Leichenstarre wird schon vorbei sein, wenn es stimmt, was die Feuerwehrmänner erzählt haben und er eine Tasche mit Silvesterraketen bei sich hatte. Aber ich müsste genau die Temperatur beim Auftauen kontrollieren. Bei dem Wetter könnte es außerdem ohne Hilfe etwas dauern."

„Vielleicht mit so einem Gasheizer, die immer in den Biergärten stehen", kam es von Barnhöft. Der Feuerwehrmann wollte endlich auch mit dem Auslegen der Ölsperren um das gesunkene Schiff vorankommen. Seit dem Fund der Leiche hatten sie die Arbeit eingestellt. Je schneller der Tote geborgen war, umso weniger Öl konnte weiter unters Eis in den Bodden laufen.

Krüger drehte sich zu Barnhöft um und schlug ihm auf die Schulter. „Guter Mann", lobte er, „aber wo kriegen wir so ein Ding her? Jetzt ist nicht unbedingt Biergartensaison."

„Vielleicht beim ‚Hiddenseer'", vermutete der Feuerwehrmann, „gleich im Wiesenweg. Die haben solche Dinger im Sommer auf ihrer Terrasse und müssten noch aufhaben. Die hatten bestimmt Pensionsgäste über den Jahreswechsel."

Barnhöft winkte drei seiner Leute heran und gab ihnen Befehl, einen Wärmestrahler vom „Hiddenseer" zu holen. Wenn es Probleme gäbe, sollte der Wirt Damp oder ihn anrufen.

Behm hatte inzwischen angefangen, den Raum mit der Leiche zu inspizieren. Er pinselte das Schott, die Riegel und den Rahmen der Luke ab, die in den ehemaligen Barraum der „Caprivi" führte. Dann wandte er sich dem Innenraum zu. „Wieder alles zerlatscht und wahrscheinlich auch angegrabscht. Wie schon bei diesem Bauunternehmer!", fluchte er. „Könnt ihr nicht mal lernen, dass ein Tatort keine Spielwiese ist."

Krüger grinste. „Behm, Sie haben ganz recht!", meinte er mit gespielter Entrüstung, „mir sind diese Outdoor-Tatorte auch total suspekt. Aber man kann es sich nicht immer aussuchen."

Behm schaute ihn grimmig an. „Hatte ich Sie nach Ihrer Meinung gefragt?"

„Nicht direkt."

Behm beließ es dabei. „Sascha!", rief er nach seinem Assistenten. „Wir brauchen von allen Feuerwehrleuten und wer sonst noch hier in den letzten Stunden herumgetollt ist, Fingerabdrücke zum Vergleich. Die Fußspuren sind für den Ar... eh, ich meinte unbrauchbar", verbesserte er sich, als er Nelly Blohm auf dem Vorschiff entdeckte.

„Wird gemacht, Chef", antwortete der junge Spurensicherer und notierte die Anweisung in einem Block.

Während Behm jetzt in das Schiffsinnere kletterte, sprach er seine Beobachtungen in ein umgehängtes Mikrofon. „Nicht gerade gemütlich, diese ‚Bar Blue Mayday'", meinte er mit Blick auf das recht schlichte Mobiliar aus billigen Barhockern und Plastiktischen.

Damp stand mit Bökemüller noch am Kai. Beide traten vor Kälte von einem Fuß auf den anderen.

„Sollte nicht erst mal der Pathologe schauen, ob sich der Aufwand überhaupt lohnt?", fragte Damp leise. „Vielleicht hat sich Dehne hier nur einen eingetüdert, ist dann eingeschlafen und erfroren. Wie sagt man?, dumm gelaufen."

Krüger hatte Damps Worte trotzdem gehört. „Im Prinzip keine schlechte Theorie, Herr Kommissar. Aber wo ist dann bitte die leere Flasche? Ich frage mal nach."

Krüger lief zurück zur geöffneten Luke. „Behm?"

„Was ist denn schon wieder?", blaffte der Spurensicherer ärgerlich.

„Haben Sie dort eine leere Flasche Alkohol gefunden?"

Behm sah sich um. „Nö, hier ist nix."

„Dann könnte er natürlich die Flasche auch noch weggeworfen haben", sagte Krüger leise zu sich. Er blickte sich um, doch der Schnee lag ringsherum so hoch, dass es sinnlos war, nach einer Flasche zu suchen. Allerdings entdeckte er etwas anderes. „Interessant", flüsterte er. „Behm?", rief er dann laut.

„Mein Gott! Kann ich hier mal in Ruhe arbeiten?"

Aber Krüger ließ sich nicht beirren. „Haben Sie das hier schon gesehen, Behm? Eine Skispur! Vom Schiff auf den Bodden."

Die Polizisten liefen heran und lehnten sich wie der Pathologe über die Schiffswand. Auf der Eisfläche des Boddens waren noch die Spuren von zwei Skiern zu erkennen, obwohl sie schon von Neuschnee überdeckt waren. „Wir könnten ihr folgen", schlug Krüger vor.

„Hier ist das Eis aber ziemlich brüchig, nachdem wir eine Rinne um das Schiff frei gekloppt haben."

Nelly hielt das nicht auf. Sie kletterte wieder zum Anleger hoch, lief dann ein Stück an Land, bis sie auf den vereisten Bodden abbog. Die Spur führte nach Süden, in Richtung der Fährinsel.

„Mensch, Damp, trägt denn das Eis da draußen?", fragte Bökemüller besorgt. „Die Frau hat doch ein Kind."

Damp zuckte mit den Schultern.

„Keine Sorge, da ist es mittlerweile fast vierzig Zentimeter dick. Da können Elefanten drauf tanzen."

Nelly Blohm blieb plötzlich stehen. Sie hockte sich in den Schnee und schüttelte dann den Kopf.

„Haben Sie was gefunden?", schrie Bökemüller.

Die Polizistin winkte ab und kam wieder zurück. „Die Spur endet da hinten. Ganz plötzlich. Wahrscheinlich ist die vom Neuschnee zugedeckt oder vom Wind verweht worden."

„Gestern Nacht, da habe ich einen Skifahrer hier in der Nähe vom Schiff gesehen. Als die Leiche entdeckt wurde. Er stand da hinten." Damp wies in Richtung der alten Pizzeria, die schon vor Jahren geschlossen hatte, aber deren Werbung immer noch an dem Haus prangte.

„Wir sollten dem nachgehen", meinte Bökemüller.

Behm hatte mitgehört. „Sascha! Schau mal, ob du da eine Skispur findest."

Sein Assistent lief über den Kai zur geschlossenen Pizzeria. Da drehte er sich um und hob den Daumen. „Hier ist eine Spur. Sie führt hier weiter", rief er.

„Da ist der alte Poststeig entlang der Bäk zum Wiesenweg", erklärte Damp. „Er endet fast genau am alten Postamt."

In Bökemüller erwachte der Jagdinstinkt des Polizisten. „Kommen Sie, wir sehen uns das selbst an." Er stürmte von Bord. Damp folgte ihm. Sie liefen Behms Mitarbeiter hinterher, der auf dem Weg schon weitergelaufen war, immer neben der Skispur.

Als Damp und Bökemüller ihn erreichten, prüfte er gerade die Spur. Hier hatten die Bäume und das dichte Buschwerk verhindert, dass sie von Neuschnee bedeckt war. „Ich würde sagen, Langlaufski. Billigware. Plastikbeschichtung mit eingepressten Lamellen." Sascha hockte sich hin. „Sehen Sie hier. Ab und zu sieht man das Muster der Lauffläche. Ich schätze, der Besitzer nutzt kein Wachs. Ein Amateur."

Sie liefen weiter bis zum Wiesenweg. Dort endete die Spur, weil der Schneepflug schon die Straße geräumt hatte. „Mist", fluchte Bökemüller. Der Spurensicherer nahm es gelassener. „Ich mache mal ein paar Aufnahmen von der Skispur. So kann man die Laufflächen vergleichen", wandte er sich an Damp, „wenn euch doch einmal ein Skifahrer über den Weg läuft."

Da vernahmen sie plötzlich Geschrei aus Richtung der „Caprivi". Damp und Bökemüller eilten zurück. „Sie können da nicht durch", hörten sie Barnhöft rufen.

„Ich muss aber." Es war eine weibliche Stimme.

Als Damp und Bökemüller am Schiff ankamen, hielten zwei Feuerwehrmänner eine junge Frau an den Oberarmen fest. Sie strampelte und versuchte mit aller Kraft sich loszumachen. „Ich muss auf das Schiff. Ich suche meinen Chef!"

„Wer soll das denn sein?", fragte einer der beiden.

„Martin Dehne, der Besitzer vom Hotel ‚Dornbusch'."

VIII

Laura Ihlow umklammerte mit den Händen die Tasse mit dem dampfenden Tee. Sie saß auf dem Besucherstuhl im Hiddenseer Revier. Sie hatte ein schmales helles Gesicht mit vielen blassen Sommersprossen. Ihre langen rotblonden Haare fielen über die Schultern herab. Einige kräuselten sich leicht. In der Wärme des kleinen Polizeireviers wandelten sich die Eiskristalle in ihren Augenbrauen und Haarspitzen zu kleinen Wassertröpfchen und glitzerten nun im Licht der alten Neonröhre. Damp war überwältigt von der Schönheit der jungen Frau. Alles an ihr schien perfekt zu sein. Er schätzte sie auf Anfang, höchstens Mitte zwanzig. Sie strich sich ein paar feuchte Locken aus der Stirn und wirkte plötzlich nervös. „Stimmt etwas nicht?"

„Nein, nein", stammelte er. „Ich war nur in Gedanken", fügte er verlegen hinzu. Nelly Blohm suchte in ihrer Reisetasche unterdessen nach ein paar trockenen Sachen. Durch den langen Weg im tiefen Schnee vom Hochland in Kloster bis nach Vitte war die Kleidung der Frau völlig durchnässt.

Jetzt hielt die Polizistin ein Paar Jeans erst bei sich an und reichte sie dann der jungen Frau. „Mit Schuhen oder Stiefeln kann ich nicht dienen, aber die Hose könnte Ihnen passen. Wir haben ungefähr die gleiche Figur."

Damp zog sich kurz auf den Flur zurück, damit sich Laura Ihlow umziehen konnte. Nelly Blohm folgte ihm.

„Wie wollen wir vorgehen?", fragte sie ihn auf dem Flur.

„Na, wie wohl?", entgegnete Damp. „Wir fragen, was passiert ist. Und dann sehen wir weiter."

„Wäre es nicht besser, wenn ich als Frau …"

„Noch bin ich hier der Revierleiter, Frau Blohm", erklärte Damp ärgerlich. Rieder hatte ihm bei so manchem Fall die Wurst vom Brot genommen. Das würde ihm nicht wieder passieren.

„Ich dachte ja nur …", wandte Nelly Blohm ein, verschreckt von der Reaktion Damps.

Sie gingen wieder zurück ins Zimmer. Die nassen Stiefel lagen auf der Heizung und die klamme Hose hing über dem zweiten Besucherstuhl.

Damp setzte sich an seinen Schreibtisch. Nelly lehnte sich hinter ihm an die Wand.

„Frau Ihlow, erzählen Sie uns erst mal, was passiert ist. Sie kommen also vom Hotel ‚Dornbusch'? Der früheren Vogelwarte?"

„Genau. Und der Herr Dehne ist seit …", sie zählte die Tage mit ihren Fingern ab, „ja, er ist seit vier Tagen verschwunden. Er wollte nach Rügen und dort Feuerwerk für Silvester kaufen … und, und, und … nun ist er tot", stieß sie hervor und begann zu schluchzen. Tränenströme liefen ihr übers Gesicht. Damp schaute zu Nelly Blohm. Sie verstand seinen Blick, ging zu der jungen Frau, legte den Arm um ihre Schultern und versuchte sie zu trösten. „Beruhigen Sie sich", sagte sie zu Laura Ihlow, die immer wieder von Weinkrämpfen geschüttelt wurde. Schon auf der „Caprivi" war Laura Ihlow dem Zusammenbruch nah gewesen, als sie ihren toten Chef identifiziert hatte. „Wie soll ich das nur seiner Frau beibringen", stieß sie schluchzend hervor. Nelly reichte ihr ein Taschentuch. Mehrmals schnäuzte sie sich, ohne mit dem Weinen aufzuhören.

„Na, das können Sie ruhig uns überlassen. Dafür sind wir da", meinte Damp besänftigend, stutzte dann aber. „Seiner Frau? Ich dachte, Herr Dehne sei Witwer?"

Laura schüttelte den Kopf. „Nein. Wie kommen Sie darauf?", fragte sie verwundert.

„Nicht so wichtig … Aber warum ist denn dann seine Frau nicht zu uns gekommen und hat sein Verschwinden angezeigt?", wunderte sich Nelly.

„Sie wollte ihre beiden Kinder nicht allein lassen …"

„Kinder auch noch?", warf Damp erstaunt ein. Warum hatte ihm das Malte Fittkau nicht erzählt? Offenbar konnte man sich auf ihn als Informationsquelle auch nicht mehr verlassen.

„Ich glaube, es sind ihre Kinder, nicht seine … äh, ich meine, er ist nicht der Vater", erklärte Laura. „Auf mich kann man da oben momentan am besten verzichten. Die Gäste hocken meistens in ihren Zimmern. Da muss ich nicht saubermachen. Neue Gäste kommen auch nicht auf die Insel, um deren Ankunft ich mich kümmern muss."

„Sie sind also die Putzfrau", meinte Damp.

„Nein", widersprach Laura Ihlow heftig. „Ich bin die Hausdame im Hotel ‚Dornbusch‘." Aus ihrer Stimme klang ein gewisser Stolz. „So eine Art Mädchen für alles. Eigentlich soll ich die Gäste betreuen. Aber bis das Hotel richtig läuft und Geld einspielt, muss ich auch putzen. Ist aber kein Problem für mich. Hauptsache, ich habe eine Stelle."

Nelly Blohm lehnte sich wieder an das Regal. „Trotzdem bleibt die Frage, warum Sie oder auch seine Frau vier Tage warten, bis sie Herrn Dehne hier als vermisst melden."

Laura schaute sie an. „Wissen Sie nicht, was los ist?", fragte sie verärgert. „Wir sind da oben total abgeschnitten. Es liegt über einen Meter Schnee. Wir kommen nicht aus dem Haus. Das Telefon geht nicht mehr, auch nicht die Funktelefone. Das Internet ist tot. Niemand kommt vorbei. Ich habe fast zwei Stunden gebraucht, um hierher nach Vitte zu kommen. Und als ich dann ins Rathaus kam", ihre Stimme wurde hysterisch, „sagte mir irgendjemand, ich solle mal zum Hafen gehen, da hätten sie einen Toten entdeckt … Und dann …" Sie konnte nicht weiterreden, ein erneuter Weinkrampf schüttelte sie.

IX

Wut war kein guter Beifahrer. Das musste Damp gleich zur Kenntnis nehmen, als er das Auto vom Hof des Rathauses in Vitte auf die Straße nach Kloster steuerte. Als er heftig das Lenkrad nach links einschlug, brach das Heck des Streifenwagens aus. Nur Gegensteuern konnte verhindern, dass der Wagen in den nahen Graben rutschte. Laura Ihlow auf der Rückbank hatte Augen und Mund vor Schreck aufgerissen und hielt sich krampfhaft an der Rückenlehne des Beifahrersitzes fest. Nelly Blohm fiel das Handy aus der linken Hand, mit der rechten griff sie nach der Seitenlehne.

„Geht es vielleicht auch etwas vorsichtiger?", fragte sie empört ihren Kollegen. Aber Damp brummte nur etwas Unverständliches. Innerlich kochte er. Der Pilot des Hubschraubers war nicht bereit gewesen, noch einen Abstecher ins Hiddenseer Hochland zu machen, um die Polizisten und Laura Ihlow zum Hotel „Dornbusch" zu fliegen, damit sie dort Frau Dehne über den Tod ihres Mannes informieren und gleich vernehmen könnten. Bei der Schneehöhe sei es unmöglich, den Hubschrauber zu landen. Bökemüller hatte ihn bei seiner Bitte auch nicht unterstützt, sondern durch einen deutlichen Blick auf die Uhr klargemacht, dass er zum Aufbruch nach Stralsund drängte. Nun stand den Polizisten und ihrer Zeugin eine Tiefschneewanderung bevor. Außerdem war Damp sauer auf den Pathologen. Auch Doktor Krüger wollte sich bei der Todesursache nicht festlegen. Sicher würden alle Anzeichen, auch an der aufgetauten Leiche, auf Erfrieren hindeuten, aber er könne, wie der Inselarzt, nicht ausschließen, dass der Mann nicht doch eines anderen Todes gestorben sei. Das könne nur die Obduktion ergeben. Bökemüller wies daraufhin an, bis zu einem endgültigen

Bericht des Pathologen weiter zu ermitteln, was mit Dehne passiert sein könne. Also blieb auch Nelly Blohm auf der Insel. Sie würde damit einen Fuß in die Tür seines Polizeireviers bekommen und sicher bald auf Rieders Stuhl sitzen. Dann wäre es mit der Ruhe dahin. Ständig klapperte sie auf der Tastatur ihres Laptops herum, suchte nach irgendwelchen Ermittlungsansätzen, recherchierte über das Mordopfer und dessen Hotel im Internet und anderswo. Ganz zu schweigen von ihrer Telefon-SMS-Aktion für die Urlauber, die der Bürgermeister und Bökemüller noch mal ausdrücklich als hervorragenden Einfall gelobt hatten. Irgendwann würde schon ein Hubschrauber kommen oder wieder eine Fähre fahren. Wer im Winter auf eine Insel fuhr, musste damit rechnen, nicht wieder zurückzukommen. Pech gehabt! Da musste man nicht gleich bei dem bisschen Protest einknicken. Bei der Kälte wären die Leute irgendwann abgezogen. Alles Weicheier, diese Chefs.

Damp spürte, wie das Auto mehr schlitterte als fuhr. Die Reifen griffen kaum auf der glatten geräumten Schneefläche. Blohm war im Fußraum abgetaucht und suchte nach ihrem Telefon. Sie wollte bei der Telekom in Bergen anrufen, um zu erfahren, was mit den Telefonleitungen und Mobilfunkverbindungen im Norden Hiddensees los war. Als sie wiederauftauchte, starrte sie Damp an. „Haben Sie noch Sommerreifen drauf?"

Damp sah sie kurz an. „Und wenn?"

„Sind Sie verrückt?"

„Ich nicht", gab er zurück, „aber die Polizeidirektion. Sparmaßnahme. Da es hier oben so selten schneit, fahren wir mit Ganzjahresreifen. Nur dass sie nicht für das ganze Jahr taugen. Wie wir gerade sehen. Hat Ihnen das Ihr Revierleiter in Bergen nicht mitgeteilt?"

„Das kann doch nicht wahr sein."

„Ist es aber."

Nelly Blohm schüttelte ungläubig den Kopf. Damp fuhr langsamer.

In Kloster schaffte das Auto nicht den kleinen Anstieg vor dem Gerhart-Hauptmann-Haus. Das Auto glitt zurück auf den Platz vor dem Inselmuseum. Damp nahm einen neuen Anlauf, ließ den Motor jaulen. Ein kleines Stück fuhren sie bergauf, doch dann drehten die Reifen durch. Wieder rutschte der Wagen zurück.

„Endstation", verkündete Damp. Er legte den Rückwärtsgang ein und fuhr auf den Platz vor dem Inselmuseum. „Hier geht's nur zu Fuß weiter."

Damp stieß die Fahrertür auf, stieg aus, griff auf dem Rücksitz nach seiner Schapka, stülpte sie auf den Kopf und knallte die Tür zu.

Auch die beiden Frauen stiegen aus. Laura Ihlow starrte auf ihre feuchten Stiefel. Nelly Blohm war mit richtigen Schneeboots gut gerüstet. Damp hoffte, dass er mit seinen Filzstiefeln keine kalten Füße bekäme. Er ließ die Zentralverriegelung zuschnappen. Dann stapften sie schweigend los. Der Kirchweg in Kloster war ganz gut geräumt, aber doch sehr glatt. Sie liefen bis zur Bäckerei „Kasten" und bogen dann nach links in den Hügelweg ein. Im tiefen Schnee gab es ein paar Fußspuren. Hier wohnten noch Hiddenseer, die immer mal vor die Tür mussten. So kamen sie ganz gut voran. Doch nachdem sie das Stromhäuschen passiert hatten, versanken sie auf dem Weg „Zum Hochland" bis zu den Oberschenkeln im Schnee. Hier gab es zwar auch links und rechts des Weges Häuser, versteckt hinter Hecken und den tief hängenden Zweigen der Bäume, ihre Besitzer kamen aber nur im Sommer auf die Insel. Durch die hohe Schneedecke waren die Ferienhäuser im gräulichen Tageslicht kaum zu erkennen. Damp überlegte, ob die Dächer die schwere Last aus Eis und Schnee auf Dauer aushalten würden.

Der Weg war nicht zu erkennen, aber es gab eine Spur. „Das sind noch meine Abdrücke", bemerkte Laura Ihlow. „Weiter oben wird es noch schlimmer."

Damp verzog das Gesicht. Nelly Blohm stöhnte.

„Wir hatten gehofft, Herr Böhnke würde vielleicht mit seinem Schlitten mal vorbeikommen und so wenigstens mit den Pferden eine begehbare Spur in den Schnee ziehen", erklärte die Hotelangestellte. „Herr Dehne hatte es mit ihm verabredet, damit sich die Urlauber auch bei diesem Wetter auf der Insel bewegen könnten. Aber er hat sich nicht gemeldet."

Das wunderte Damp. Böhnke betrieb ein Fuhrunternehmen in Kloster. Sein alter Eisschlitten, mit dem schon früher sein Vater übers Eis nach Rügen gefahren war, galt als Attraktion auf der Insel. Er hatte Böhnke damit in den letzten Tagen auch gesehen. Der Fuhrunternehmer hatte Touristen, eingepackt in Decken und Felle, über die Insel kutschiert. Warum war Böhnke dann nicht auch zu Dehnes Hotel gefahren? Damp würde der Sache mal auf den Grund gehen.

Laura Ihlow bog nach links ab in einen zunächst schmalen, gassenartigen Weg. Die Polizisten folgten ihr. Bald öffnete sich die Landschaft und vor ihnen lag ein weites Schneefeld. Am Ende stand ein Haus. Die alte Vogelwarte, nun das Hotel „Dornbusch". Damps Ärger war durch die Anstrengung fast verflogen. Er blickte sich um. Links ragten hinter dichten Büschen die dunklen Gemäuer der Lietzenburg auf. Er sah einen Lichtschein. „Dort ist ja jemand", rief er aus. Auch die beiden Frauen sahen sich um.

„Nein, das ist nur ein Baustellenlicht", erklärte Laura Ihlow. „Es brennt nicht immer, sondern ist an eine Zeitschaltuhr gekoppelt. Der Besitzer will damit Einbrecher abschrecken, damit sie ihm nicht wieder ausbauen, was er gerade hat einbauen lassen."

Damp schüttelte den Kopf. So etwas war noch nie auf Hiddensee passiert. Er konnte sich nicht mal genau erinnern, wann ihm das letzte Mal ein Einbruch gemeldet worden war. Vielmehr sorgte er sich über die unvorsichtigen Hiddenseer, die gern mal ihre Hausschlüssel unter Blumentöpfen oder in einem geöffneten Fenster ablegten. Dafür brachten die Zugereisten aus den Großstädten nun neue Marotten mit und ließen das Licht brennen, wenn sie nicht da waren.

Endlich hatten sie das Hotel „Dornbusch" erreicht. Sie trampelten sich auf der Eingangsstufe den Schnee von Kleidung und Schuhwerk. Von dem Vorraum ging es in ein dunkles Treppenhaus. Die Wände waren grau gestrichen, zu den Stufen durch einen ochsenblutroten Sockel abgegrenzt. Die Holzstufen waren im selben Farbton gestrichen, aber mit einem hellen Kokosläufer. Es roch noch nach frischer Farbe. Links öffnete sich eine Tür. Eine Frau schaute heraus.

„Endlich!", rief sie aus. „Haben Sie etwas erreicht?"

Laura Ihlow deutete hinter sich. „Frau Blohm und Herr Damp von der Polizei. Sie haben keine guten Nachrichten." Sie fing wieder heftig an zu weinen und rannte ohne ein weiteres Wort die Treppe nach oben.

Die Frau starrte die beiden Polizisten an. „Was ist mit Martin?" Damp sah kurz Nelly Blohm an. Sie hatten nicht ausgemacht, wer die Todesnachricht überbringen sollte. Aber er war der Chef, dachte sich Nelly. Damp ging einen Schritt nach vorn, doch die Ehefrau kam ihm zuvor. „Ist er … ist er tot?", fragte die Frau mit leiser, ungeduldiger Stimme.

Damp hielt kurz die Luft an, dann nickte er. „Wir haben Ihren Mann letzte Nacht auf der ‚Caprivi' entdeckt. Ihre … äh, Mitarbeiterin hat ihn identifiziert. Wahrscheinlich ist er erfroren."

„Erfroren! Auf der ‚Caprivi'", wiederholte die Frau verstört und schüttelte dann verständnislos den Kopf. „Was ist die ‚Caprivi'? Ein Fährschiff?"

„Ein altes Hotelschiff", erklärte Nelly Blohm. „Es liegt im Hafen von Vitte, ist aber nicht mehr in Betrieb."

„Und was wollte er da?" Wieder schüttelte sie den Kopf. „Ich versteh das alles nicht."

„Deshalb sind wir auch hier. Wir würden gern, Frau Dehne, auch wenn der Moment vielleicht etwas ungünstig ist, Ihnen ein paar Fragen stellen", erklärte Damp etwas umständlich. „Aber zunächst erst mal mein, äh, unser Beileid."

Dehnes Frau schien Damps Worte gar nicht gehört zu haben. „Hat er dort einen Unfall gehabt? Wie konnte er denn erfrieren?"

„Das müssen wir herausfinden", sagte Nelly Blohm. „Momentan behandeln wir den Tod Ihres Mannes noch als ungeklärten Todesfall, weil weder der Inselarzt noch ein Rechtsmediziner bei einer ersten Leichenschau am Fundort einen Totenschein ausstellen wollten."

Die Frau blickte die beiden Polizisten mit großen Augen an. „Ungeklärter Todesfall?", wiederholte sie leise und verharrte dann ein paar Minuten in einer völlig erstarrten Haltung. Langsam schien sie zu begreifen, was das bedeuten konnte. „Wollen Sie sagen, mein Mann ist ermordet worden?"

„Nein, nein, dafür gibt es momentan keine Beweise", wiegelte Damp ab. Er hoffte immer noch, dass sich Dehnes Tod als Unglücksfall erweisen würde. „Wir müssen nur versuchen, genau zu …", er suchte nach dem richtigen Wort und wedelte dabei mit der Hand. Nelly sprang ein. „… zu rekonstruieren, was Ihr Mann Silvester gemacht hat, nachdem er hier weggegangen ist." Dann schaute sie sich etwas ungeduldig in der Halle um und erreichte damit ihr Ziel.

„Oh, Entschuldigung, ich bin völlig von der Rolle. Kommen Sie doch hier herein." Sie öffnete die Tür etwas weiter. Die Polizisten folgten ihr in einen Raum, an dessen Wänden ringsum hohe Regale standen. Allerdings waren sie nur zum Teil mit Büchern gefüllt. In vielen Fächern standen ausgestopfte Vögel: von kleinen Sperlingen, Meisen und anderen Wiesenvögeln bis zu ausgewachsen großen Schwänen und Seeadlern. Damp und Blohm blieben stehen und blickten sich mit großen Augen im Raum um. Die Glasaugen vieler Präparate leuchteten im diffusen Licht des Raumes bedrohlich, fast angriffslustig.

„Übrigens, ich heiße nicht Dehne", verkündete die Frau. „Mein Name ist Leetz, Isa Leetz. Ich habe meinen Namen bei der Heirat behalten." Sie drehte sich um und sah die staunenden Gesichter der Polizisten. „Das Hobby meines Mannes, Exmannes ja nun", erklärte sie kühl. „Er war Hobbyornithologe. Vögel waren seine Leidenschaft, die ich leider nicht so richtig geteilt habe. Aber er wollte mit diesem Zimmer auch an die alte Nutzung des Hauses als Vogelwarte erinnern. Und es ist nun mal *sein* Hotel."

Nelly Blohm wunderte sich, wie gefasst die Frau plötzlich war. Sie wirkte nun sehr distanziert, wenig berührt vom Tod ihres Mannes. Der Eindruck wurde durch die geschäftsmäßige Kleidung und die Frisur verstärkt. Die Haare waren halblang geschnitten, die Spitzen leicht eingedreht nach innen, wie man es oft bei Geschäftsfrauen sah. Ihre Augen waren sehr hell, der Mund schmal. Sie trug ein sportlich-elegantes Twinset mit Pullover und Jacke aus Kaschmir, wie Nellys geschultes Auge sofort registrierte, kombiniert mit einem knielangen Rock und nicht allzu hochhackigen Pumps. Nelly blickte auf ihre eigenen Schuhe und sah, wie sich kleine Rinnsale des tauenden Schnees ihren Weg auf die schweren Teppiche suchten, die auf dem Parkett lagen. Es bildeten sich feuchte Flecke neben den Sohlen. „Sollen wir die Schuhe ausziehen?", fragte Nelly schuldbewusst.

Frau Leetz winkte ab. „Ist auch nur Wasser. Das wird uns nicht umbringen." Sie wies auf eine Sitzgruppe aus Leder, die um einen runden Rauchtisch vor einem brennenden Kamin stand. Während sie sich auf das Sofa setzte, sanken Damp und Blohm in den erstaunlich weichen Polstern der Sessel ein. Plötzlich tauchte hinter der Lehne des Sofas der Kopf eines Kindes auf und blickte neugierig auf die Polizisten.

„Wer bist du denn?", fragte Nelly lächelnd. Da erschien noch ein zweiter blonder Jungenkopf.

„Das sind meine Kinder. Florian und Jonas. Sie stammen aus meiner ersten Ehe", klärte Isa Leetz auf. Die beiden wurden mutiger und kamen aus ihrem Versteck nach vorn und kletterten auf das Sofa. Sie setzten sich links und rechts von ihrer Mutter und schmiegten die Köpfe an ihren Körper. Jeder hatte kleine Autos in den Händen. Sie begannen damit über den Rock und die Beine ihrer Mutter zu fahren. Nelly schätzte, dass die Jungen entweder gerade in die Schule gekommen waren oder kurz davor standen. Sie dachte sofort an Lukas und spürte einen kleinen Stich im Herzen.

„Mein erster Mann ist bei einem Autounfall vor drei Jahren ums Leben gekommen. Martin habe ich erst Anfang Dezember geheiratet, ganz spontan bei einem Ausflug nach Quedlinburg." Die Erinnerung ließ ein kurzes Lächeln über ihre Lippen gleiten. Es verschwand aber sofort wieder. „Und nun bin ich schon wieder Witwe. Ich scheine den Männern kein Glück zu bringen."

Es entstand eine bedrückende Pause. Damp überlegte, wie er das Gespräch fortführen sollte. Er überlegte, ob es nicht besser wäre, es Nelly Blohm zu überlassen. So von Frau zu Frau. Doch seine Kollegin schien seit dem Auftauchen der Kinder völlig in Gedanken versunken. Er selbst spürte jetzt, wie müde ihn der anstrengende Weg hier hoch doch gemacht hatte. Seine Wangen glühten von der Wärme des Feuers. Seine Augen verengten sich zu Schlitzen und der Schlaf drohte ihn zu übermannen. Doch dann riss er sich zusammen. Er fragte, ob denn die Kinder alles hören dürften. Isa Leetz zuckte mit den Schultern. „Sie hatten keine so eine enge Beziehung zu Martin. Sie müssen wissen, wir drei leben eigentlich in Stralsund. Ich bin dort als Lehrerin tätig. So habe ich Martin auch kennengelernt. Er hat bei einer Weiterbildung ein Seminar über Vogelkunde geleitet. Martin war für sie mehr so ein entfernter Onkel und die Reisen nach Hiddensee sind für sie eher Ausflüge." Dann schaute sie auf ihre Söhne. „Aber vielleicht haben Sie recht." Sie schickte die Jungen aus dem Zimmer. Die beiden folgten mürrisch und zögerlich. Als sie das Zimmer verlassen hatten, begann Damp von Neuem. „Erzählen Sie uns doch einfach mal, was Ihr Mann am Silvestertag gemacht hat. Wann er nach Rügen losgefahren ist, wo er hinwollte und wann sie mit seiner Rückkehr gerechnet haben?"

Isa Leetz fasste sich kurz. „Es begann eigentlich mit dem Streit um dieses blöde Feuerwerk."

„Wir haben eine Tasche mit Raketen und Böllern bei ihm gefunden", warf Nelly ein. Sie war hellhörig geworden. „Wer hat sich gestritten?"

Isa Leetz machte mit ihren flachen Händen eine abwehrende Geste und bat damit die Polizisten um Geduld. „Ich muss vielleicht ein wenig weiter ausholen. Eigentlich haben wir erst vor ein paar Tagen das Hotel eröffnet. Martin wollte, dass für die ersten Gäste alles perfekt ist. Darunter sind auch Journalisten. Sie sollen über das Haus schreiben und Werbung für uns machen …"

„Wie viele Gäste sind jetzt hier?", fragte Damp dazwischen.

„Fünf", antwortete Isa Leetz etwas unwirsch, weil die Frage sie offensichtlich aus dem Konzept gebracht hatte. „Jedenfalls sollte es Silvester auch ein riesiges Feuerwerk geben. Herr Zakis …"

„Wer ist das?" Diesmal unterbrach Nelly Blohm. Isa Leetz knetete ihre Hände und versuchte ihre aufwallende Wut zu unterdrücken.

„Herr Zakis ist der Koch. Er hatte von seinen Einkäufen in Stralsund und auf Rügen schon einiges an Böllern mitgebracht. Es waren diese typischen Packungen, die man beim Discounter bekommen kann. Aber Martin reichte das nicht. Er wollte etwas ganz Besonderes. Darüber haben sich die beiden in die Haare bekommen. Martin hat sich dann seine Sachen geschnappt. Er wollte nach Rügen fahren, um richtiges Feuerwerk zu besorgen. Er hatte da von einem Laden gehört, wo man wohl Zeug kaufen könne, dass eben nicht nur puff macht, sondern am Himmel glitzernde Kugeln oder Funkenregen erzeugt. Was weiß ich. Dann ist er also noch mal los. Zur Fähre und dann nach Bergen. Er wollte am frühen Nachmittag wieder zurück sein. Aber er kam nicht. Ich konnte ihn auch nicht erreichen, denn er hatte in der ganzen Hektik sein Handy hier vergessen. Zuerst habe ich mir auch keine Sorgen gemacht. Der Fährverkehr war ja eingestellt und ich dachte mir, er wäre auf Rügen geblieben und vielleicht zu seiner Schwester gefahren. Er konnte uns ja auch nicht mehr anrufen, denn ab Neujahr war hier oben alles tot. Das Telefon ging nicht mehr. Nicht mal die Funktelefone. Durch den starken Schneefall konnten wir auch nicht raus. Ich hatte gehofft, dass er sich vielleicht bei Herrn Blank gemeldet hat, aber der hat sich hier auch nicht blicken lassen …"

„Herr Blank?", fragte Nelly.

„Der Rabe", rutschte es Damp heraus, noch bevor Isa Leetz antworten konnte. Er schlug die Hand vor den Mund. Isa Leetz konnte sich ein Grinsen nicht verkneifen. Nelly sah beide überrascht an.

„Blank war früher Angestellter der Vogelwarte, muss schon fast achtzig sein", klärte Damp seine Kollegin auf. „Er fühlt sich als so eine Art Herr über die Hiddenseer Vogelwelt und nervt gewaltig, traktiert mich ständig mit Anzeigen, wenn irgendjemand die

Vogelschutzgebiete auf der Insel unberechtigt betritt oder über die Absperrungen an der Steilküste steigt. Den Rangern vom Nationalparkhaus liegt er auch andauernd in den Ohren, sie müssten mehr für die Vögel tun. Wegen seiner Kleidung, einem alten Hut und einem weiten Mantel, nennen ihn alle auf der Insel den Raben."

Nelly nickte.

„Er hat meinen Mann auch auf die Idee gebracht, die Vogelwarte zu kaufen und hier dieses Vogelzimmer einzurichten", meinte Isa Leetz abschätzig. „Es sollte eine Mischung aus Hotel und Museum sein. Sonst war er jeden Tag hier oben, auch wenn ich da war, und hat mit Martin ewig über die Vögel, den Vogelzug und die Auflösung der Vogelwarte geredet. Aber seit Silvester war er auch nicht mehr hier. Was mich wundert."

Damp und Blohm nickten sich zu.

Isa Leetz stand auf und ging zum Kamin. Sie warf ein paar Scheite in das brennende Feuer.

„Dass Martin tot ist ... Ich kann es noch nicht fassen", sagte sie mehr zu sich selbst. Dann stützte sie sich am Kaminsims ab. „Was soll denn nun werden? Wir haben das Haus voll. Ich habe doch auch gar keine Ahnung ..."

„Wissen die Gäste vom Verschwinden Ihres Mannes?", fragte Nelly.

Isa Leetz schüttelte den Kopf. „Sie wissen, dass er nicht da ist, weil er wegen dem Eis nicht mehr von Rügen zurückkommen konnte. Aber langsam wird es schwierig. Die Journalisten wollen eine Homestory machen, alles Mögliche über das Hotel und das Konzept wissen, aber ... was soll ich ihnen sagen?"

Damp fragte noch, welche Fähre er am Silvestertag genommen hätte.

„So gut kenne ich mich nicht aus. Er wollte von Kloster fahren, hoffte, dass der Eisfahrplan noch nicht galt und er bis nach Vitte müsste."

Die Polizisten verabschiedeten sich. Als sie vor der Tür standen, schüttelte sich Damp. „Wie ich so etwas hasse."

„Das gehört nun mal zum Job", erwiderte Nelly.

X

Zurück nach Kloster ging es aus dem Hochland schneller durch die getretene Spur, auch wenn es mittlerweile wieder zu schneien angefangen hatte. Die Polizisten begegneten keiner Menschenseele. Nur hier und da zeigte ein erleuchtetes Fenster, dass Menschen zu Hause waren, aber bei dem frostigen Wetter nicht vor die Tür gingen.

Die Fenster des Polizeiautos waren eingefroren. Damp kramte in den Seitenfächern der Türen vergeblich nach einem Eiskratzer, während Nelly Blohm mit heftigem Hüpfen versuchte, ihre kalten Füße etwas aufzuwärmen. Damp holte sein Portemonnaie heraus, griff seine Krankenkassenkarte und begann damit die Scheiben zu schaben.

„Können Sie nicht schon mal den Motor anmachen?", fragte Nelly bibbernd.

Damp lehnte ab. „Wir müssen Benzin sparen. Wer weiß, wann wir Nachschub kriegen."

Nelly verzog das Gesicht. „Was machen wir denn nun?", wechselte sie das Thema.

Damp zuckte mit den Schultern. „Gar nichts, bis sich dieser Quacksalber aus Greifswald meldet und uns sagt, wie Dehne umgekommen ist." Er hielt mit dem Eiskratzen kurz inne. „Ich frage mich echt, wie er sich als Lehrer diesen Schuppen leisten konnte."

„Durch den Verkauf der Häuser."

Damp schüttelte den Kopf. „Ich bin bestimmt kein Fachmann, aber wie das da alles auf Chic gemacht ist, das zahlt man nicht aus der Portokasse. Und das Haus, die alte Vogelwarte, musste er sich vorher ja auch noch kaufen. Nee, irgendwas passt da nicht."

Damp setzte Nelly Blohm in der Sprenge ab. Trotz des Neuschnees war der Weg hinter dem Bodden durch den Einsatz der Feuerwehr noch gut befahrbar. Sie musste um das Haus laufen, denn Maltes Pension stand mit der Giebelseite zum Bodden. Der Eingang befand sich in einem kleinen Hof. Gerade als Nelly an das Fenster der Veranda klopfen wollte, kam Malte und öffnete die Tür.

„Immer herein."

Nelly trat ein und zögerte. Sie wollte mit ihren nassen Schuhen die Teppichläufer nicht schmutzig machen.

„Lassen Sie mal. Ist nur Wasser. Wenn Sie möchten, kann ich Ihnen ein paar Latschen besorgen. Meine Gäste lassen immer was liegen. Da findet sich sicher was."

Aus der Küche duftete es nach gebratenem Fisch. Nelly merkte, wie hungrig sie war. Seit dem Frühstück hatte sie nichts mehr gegessen. Sie musste sich dringend was besorgen. Hoffentlich hatte der Supermarkt noch offen.

„Ich würde nur kurz meine Tasche abstellen und dann noch mal schnell los. Ich habe noch nicht eingekauft."

„Nun mal langsam, junge Frau", beruhigte sie Malte. „Gehen Sie erst mal auf ihr Zimmer und richten sich ein. In einer Viertelstunde gibt es Abendbrot."

„Aber …"

„Keine Widerrede."

Als sie wenig später wieder herunterkam, war in der Stube der Tisch gedeckt. Nelly hatte mit Lukas und ihrer Mutter telefoniert. Offenbar vermisste sie ihren Sohn mehr als umgekehrt. Jedenfalls hatte er ihr begeistert erzählt, dass er mit seiner Oma gespielt, gelesen und gebacken hätte. Dann hatte er das Telefon weitergereicht. Ihre Mutter hatte hinterlistig gefragt, ob sie denn heute noch kommen würde. Nelly wusste nicht recht, was sie sagen sollte. „Nein, das zieht sich hier noch hin."

„Was habe ich dir prophezeit", hatte ihre Mutter noch einmal in der Wunde gebohrt und dann aufgelegt.

Nelly musste an der Schwelle zu Maltes Wohnstube den Kopf einziehen. Der graue Kater hatte es sich in einem Sessel bequem gemacht und schaute sie prüfend an. Scheu kannte er durch die vielen Sommergäste nicht.

„Setzen Sie sich", ließ sich Malte aus der Küche vernehmen. Kurz darauf erschien er mit zwei Tellern.

„Ich hoffe, Sie essen Fisch?"

„Bin doch ein Mädchen von der Küste."

Sie schaute mit offenem Mund auf das, was er vor ihr abstellte.

„Das ist Zanderfilet, gebraten, dazu Bratkartoffeln mit Speck."

„Es duftet herrlich", erklärte Nelly begeistert, „aber ich kann Ihnen doch nicht Ihre Vorräte wegessen …"

„Mach dir mal keine Sorgen, Mädchen. Die Kühltruhe ist voll. Die Speisekammer auch. Ist für mich nicht der erste harte Winter auf der Insel. Musst nicht alles glauben, was die so erzählen im Fernsehen von Mangel und Not hier, nur weil mal der Bodden dicht ist. Auf Hiddensee ist noch keiner verhungert. Jedenfalls kein Hiddenseer. Und nun iss mal, sonst wird's kalt."

Erleichtert griff sie nach ihrem Besteck und begann zu essen. „Das schmeckt ausgezeichnet. Wo haben Sie so gut kochen gelernt?"

„Auf dem ‚Klausner'. War dort erst Lehrling, dann Koch, schon zu DDR-Zeiten. Heute wird um diese Zeit viel Gewese gemacht. War aber auch nur 'ne Kneipe wie jede andere. Wenn draußen die Gäste warten, muss es drinnen in der Küche laufen. Nach der Wende habe ich dann von meiner Mutter den Pensionsbetrieb übernommen und den Kochlöffel an die Wand gehängt. Nur für besondere Gäste werfe ich den Herd mal an."

Er zwinkerte Nelly zu. Nachdem Malte die Hälfte seines Filets aufgegessen hatte, nahm er den Teller und stellte ihn auf das Blech vor dem Ofen. Sofort sprang der Kater vom Sessel und stürzte sich mit lautem Schmatzen darauf.

„Kannten Sie eigentlich den Toten? Diesen Herrn Dehne?", fragte Nelly. „Auf so einer kleinen Insel kennt doch sicher jeder jeden."

Malte wiegte den Kopf hin und her. „Ich hatte kaum mit ihm zu tun. Ich habe keine Kinder. Da hat man mit den Lehrern der Inselschule wenig am Hut. Und dann hat doch jeder auf der Insel so – wie sagten wir früher als Kinder? – seine Bande. Heute nennt man es wohl eher Clique. Abgesehen davon, war er ein paar Jahre jünger als ich. Er ist sicher schon in der neunten Klasse nach Bergen auf die erweiterte Oberschule gegangen und erst nach dem Studium zurückgekommen. Außerdem wohnte Dehne in Süderende auf der Ostseeseite von Vitte. Nicht mein Beritt. Ist es denn sicher, dass er ermordet wurde?"

Nelly schüttelte den Kopf. „Wir müssen noch die Obduktion abwarten."

„Außerdem war er einer dieser Vogelkieker."

„Sie meinen, er war Ornithologe."

„Wenn Sie so wollen. Schon als Kind ist er mit dem Raben, also Walter Blank, losgezogen, um Gänsen, Möwen und was weiß ich nachzustellen. Das waren für uns die Streber."

„Ach ja, von dem Raben habe ich schon gehört."

„Dehne und Blank waren ganz dicke, schon als Dehne noch ein Pionier war. Wissen Sie, was das ist?"

Nelly lächelte. „Was es bedeutet, weiß ich, aber selbst bin ich noch zu jung, um Pionier gewesen zu sein."

„Mit blauem Halstuch sind die losgerannt und haben mit dem Raben am Bessin oder auf dem Gellen Vögel gezählt. Öde. Da bin ich lieber mit meinen Kumpels auf dem Bodden angeln gegangen oder habe die Kirschbäume der Nachbarn geplündert."

„Was ist das eigentlich für ein Schiff, auf dem Martin Dehne gefunden wurde", fragte Nelly.

Malte stand auf und zog aus seinem Regal ein Buch. Er blätterte darin und legte es dann aufgeschlagen vor Nelly hin. Er zeigte auf eine Reihe von Bildern eines Passagierdampfers.

„Die ‚Caprivi' heißt eigentlich ‚Seebad Wustrow'. Auf diesen Namen wurde sie im Februar 1964 in Magdeburg getauft. Sie war das letzte Schiff der sogenannten Seebäder-Serie. Diese Dampfer wurden extra für die Ostseeküste gebaut, um dem Ansturm der Tagestouristen Herr zu werden."

Malte blätterte eine Seite weiter. „Hier sehen Sie mal, wie es drinnen aussah. Ziemlich komfortabel für die damalige Zeit mit dem Salon, von dem man über das Vordeck Aussicht über den Bug hatte. Außerdem hatte das Schiff eine besondere Verstärkung am Vorschiff und gehörte damit zur Eisklasse."

„Eisklasse?"

„Es konnte auch bei Eisgang oder selbst bei einer geschlossenen Eisdecke auf dem Bodden bis zu zwanzig Zentimeter noch fahren und die Eisdecke aufbrechen", erklärte Malte. „So ein Schiff fehlt uns heute. Die Reederei verspricht uns immer nur, diese klapprige alte Fähre mal durch ein eisgängiges Schiff auszutauschen. Aber außer hübschen Bildern in den ‚Inselnachrichten‘ passiert nichts. Nur die Preise steigen ständig."

„Warum liegt die ‚Caprivi‘, äh, die ‚Seebad Wustrow‘ nun hier?"

„Nach der Wende wurde sie außer Dienst gestellt, rostete dann in Stralsund still vor sich hin, bis sich unter anderem Angela Merkel erbarmte und uns den Dampfer schickte. Erst wurde ein Jugendklub draus, dann ein Hotelschiff. Nun ist der Besitzer wohl pleite oder was weiß ich. Jedenfalls liegt der Dampfer schon eine Weile hier, ohne dass sich was tut. Und jetzt ist es eh vorbei. Das Schiff ist ein Wrack. Schade drum."

Er klappte das Buch zu und trug es wieder zum Regal. Als er sich umdrehte, schien Nelly in Gedanken versunken.

„Wo sind Sie denn gerade? Bei Ihrem Sohn?"

Nelly schüttelte den Kopf. „Ich habe an Stefan Rieder gedacht. Haben Sie vielleicht mal was gehört, was mit ihm ist?"

„Nein, nur das, was alle wissen, dass er im Koma in einer Klinik auf Møn liegt, nicht transportfähig ist und es nicht gut aussieht."

Tränen rannen Nelly übers Gesicht. Malte setzte sich neben sie und legte unbeholfen seinen Arm um ihre Schultern. „Na, Mädchen, du musst ihn dir aus dem Kopf schlagen."

„Wenn das so einfach wäre …"

„Behalt ihn so in Erinnerung, wie er war. Als netten Kerl. Ich vermisse ihn auch, selbst wenn wir zuletzt nicht immer einer Meinung waren. Aber denk mal, was wäre, wenn er aufwacht und nur noch Watte im Kopp hat? Er sollte seinen Frieden finden …"

XI

Damp war noch einmal ins Revier zurückgekehrt, nachdem er Nelly Blohm abgesetzt hatte. Es zog ihn nicht in seine Wohnung in Neuendorf. Dort wartete nur eine Tiefkühlpizza auf ihn. Nachdem das „Strandcafé" in Neuendorf geschlossen hatte, war er ohne Stammkneipe. Frust stieg in Damp auf. Er könnte natürlich in die „Fischerklause" gehen, wo sich die Einwohner von Vitte trafen. Aber er wusste, was passierte. Wenn er die Tür öffnete, würden die Gespräche der Gäste verstummen und sie ihm so zu verstehen geben, dass er nicht erwünscht sei. Die Hiddenseer hatten es nicht so mit der Obrigkeit.

Ihm ging aber auch das Gespräch mit der Witwe von Martin Dehne nicht aus dem Kopf. Damp hoffte immer noch, dass der Pathologe anrufen und mitteilen würde, dass Dehne eines ganz normalen Todes gestorben sei. Aber was, wenn nicht? Dann hatte er die Blohm weiter am Hacken. Die war fitter als er, gestand er sich ein. Das könnte zum Problem werden. Er schaute wieder auf den Weihnachtsstern. Wenn er ehrlich war, hatte Rieder ihn nie schlecht aussehen lassen gegenüber Polizeidirektor Bökemüller, sich ihre Fahndungserfolge nie allein auf die Fahne geschrieben. Bei Nelly Blohm würde er darauf nicht vertrauen.

Was hatte Laura Ihlow über Böhnke, den Fuhrunternehmer, gesagt? Er war nicht gekommen? Das war nicht Böhnkes Art. Böhnke war bekannt für seine Zuverlässigkeit. Egal ob Sturm, Regen oder Sonnenschein, stand er mit seiner Kutsche bei einer Reservierung immer pünktlich vor der Tür. Damp hatte es schon öfters erlebt, dass Böhnke Kollegen, ganz gleich ob aus seinem eigenen oder einem anderen Fuhrunternehmen auf der Insel, heftig zur Ordnung rief, wenn sie zu spät am Hafen eintrafen, um

Gäste aufzunehmen. Er sollte sich mit Böhnke unterhalten, beschloss Damp. Dabei könnte er auch gleich gut zu Abend essen. Außerdem würde er den Rat seines Psychologen aus der Kurklinik befolgen. Er hatte ihm empfohlen, mehr auf die Menschen auf Hiddensee zuzugehen.

Barnhöft hatte mit seinem Schneepflug am Abend noch einmal die wichtigsten Straßen auf der Insel geräumt. So konnte Damp zwar langsam, aber ohne große Probleme nach Kloster fahren. Er wollte den Anstieg hinter dem Inselmuseum auf dem Kirchweg meiden und bog deshalb schon vor Kloster nach rechts in den Weißen Weg ein, fuhr durch das alte Klostertor, dann nach links am Supermarkt vorbei zur Inselkirche. Dort war der Kirchweg weniger steil und, wie Damp bemerkte, sogar gestreut. Er parkte am Parkplatz für die Kutschen.

An den Tischen im „Haus Hiddensee" saßen ein paar Touristen. Es war noch nicht allzu spät. Die Einheimischen hockten an der Theke. Zu denen zählten in Kloster nicht nur eingeborene Hiddenseer, sondern auch die „Zugereisten". So bezeichneten die Insulaner jene, die nicht von der Insel stammten, sondern sich hier niedergelassen hatten. Viele von ihnen waren Künstler. Dann gab es aber auch Wissenschaftler und Manager, die sich ein Haus im Ort oder im Hochland gekauft oder gebaut hatten und nun auf der Insel ihren Ruhestand verbrachten. Es gab auch Aussteiger, die sich mehr schlecht als recht auf Hiddensee durchschlugen.

Damp wurde mit einigem Hallo begrüßt. „Was willst du denn hier? Das ist doch gar nicht dein Revier?"

„Wenn der Damp jetzt hier einen trinkt, muss er am Ende gegen sich selbst ein Bußgeld verhängen, weil er unter Alkohol gefahren ist."

Alle lachten. Damp lächelte. Er setzte sich an einen Tisch. Erst konnte er Böhnke nicht entdecken, obwohl das hier seine Stammkneipe war. Dann kam der Fuhrmann von der Toilette. Damp stand auf und ging auf ihn zu.

„Hallo, Böhnke, ich müsste Sie mal sprechen."

„Mich?", fragte Böhnke verunsichert. „Warum?"

„Es geht um Martin Dehne."

„Der ist doch tot."

„Darum geht es ja."

Damp bat Böhnke an seinen Tisch.

„Böhnke, pass auf", rief einer von der Theke. „Sicher wird Damp gleich deinen Schlitten auf Fahrtüchtigkeit kontrollieren, ob auch die Kufen das richtige Profil haben."

Nachdem sie sich gesetzt hatten, bestellte Damp Bismarckhering mit Bratkartoffeln und Remoulade und ein Bier. „Wollen Sie auch ein Bier?", fragte er Böhnke. Eine Premiere. Damp hatte noch nie jemanden auf der Insel zum Bier eingeladen. Die Gäste an der Theke wie auch Böhnke starrten den Polizisten ungläubig an. „Jo, aber auf deine Rechnung, Damp", versicherte Böhnke sich noch einmal.

„Versteht sich. Also für Böhnke noch ein Bier. Ich zahle es dann mit."

Als die Kellnerin verschwunden war, fragte Damp: „Warum sind Sie denn in den letzten Tagen mit Ihrem Schlitten nicht mehr für das Hotel ‚Dornbusch' gefahren?"

Böhnke sah Damp an, dann rieb er Daumen und Zeigefinger. „Wenn es hier stimmt, bin ich dabei. Wenn es hier nicht stimmt, bin ich nicht dabei."

„Und bei Dehne stimmte es nicht?"

„Nö."

„Also stimmte es doch?"

„Nö."

Damp schaute verdutzt. „Was denn nun? Ja oder nein?"

Böhnke rieb sich das Kinn. „Nö. Es stimmte nicht."

„Ach so. Konnte er Sie nicht bezahlen?"

„Genau."

„Um wie viel handelt es sich denn?"

Böhnke wiegte den Kopf hin und her. „Geschäftsgeheimnis."

„Nun lassen Sie sich doch nicht jedes Wort aus der Nase ziehen", beschwerte sich Damp.

Das Bier kam. Die beiden prosteten sich kurz zu und nahmen

dann jeder einen tiefen Schluck. Dann saßen sie sich schweigend gegenüber. Damp zermarterte sich das Hirn, wie er Böhnke die Zunge lockern könnte.

„Ist ja ein sehr intensives Gespräch", lästerte einer von der Theke. „Damp bringt die Zeugen nicht zum Reden, sondern zum Schweigen."

Damp machte einen neuen Versuch. „Wann haben Sie Martin Dehne denn das letzte Mal gesehen?"

„Silvester."

„Früh oder abends?"

„Vormittags."

„Und wo?"

„Hier."

„Hier im ‚Haus Hiddensee'?", fragte der Polizist überrascht.

„Biste blöde?", antwortete Böhnke ärgerlich. „Mensch, in Kloster!"

„Und was hat er gesagt?"

„Ob ich ihn fahren kann."

Damp war nah dran zu explodieren.

„Wohin?"

„Nach Vitte."

„Warum?"

Böhnke drehte den Kopf etwas nach links und kniff die Augen leicht zusammen. „Ist das hier ein Intelligenztest? Warum wohl, Damp? Von da fahren die Schiffe. Wenn sie fahren", setzte er hinzu.

Damp winkte die Bedienung heran. „Bringen Sie uns mal zwei Korn."

Sie leerten ihre Gläser in einem Zug.

„Damp, du legst dich ganz schön ins Zeug", stellte Böhnke fest. „Dann will ich mal nicht so sein. Dehne ist ja sowieso tot. Da ist es auch egal." Bevor er weitersprach, machte er der Kellnerin ein Zeichen, noch zwei Korn zu bringen.

„Ich muss noch fahren", versuchte Damp zu protestieren und nickte mit dem Kopf in Richtung der Einheimischen.

„Die Straße nach Neuendorf geht ja von hier fast immer geradeaus. Das schaffst du schon. Und die Dösköppe vergiss mal."

Wieder stürzten sie den Korn hinunter.

„Der Dehne wollte mich sozusagen exklusiv für seine Bude da oben. Weißt du, was das ist?"

Damp nickte.

„Und weißt du auch, was das kostet?"

Damp schüttelte den Kopf.

„Dehne wusste es auch nicht. Leider. Nun sitze ich auf knapp dreitausend Glocken, die ich wahrscheinlich in den Wind schreiben kann. Denn Tote zahlen nicht. Die Erben übrigens auch nicht. Prost."

Böhnke hob sein Bierglas und trank. „Dehne hatte mir versprochen, mich zu bezahlen, wenn er aus Bergen zurückkommt. Kam er aber nicht. Auf der Fähre war er nicht. Zweimal bin ich Silvester am Nachmittag nach Vitte gefahren. Immer umsonst. Na ja, nicht ganz. Einmal habe ich noch einen Gast von ihm zum Hotel hochgebracht. Aus Mitleid. Der hat mir dann ein paar Kröten Trinkgeld in die Hand gedrückt. Aber Dehne war nicht da. Deshalb bin ich dann da oben auch nicht mehr aufgetaucht. Verstehst du?"

„Ich verstehe", bestätigte Damp. „Aber irgendwann muss er doch zurückgekommen sein. Sonst hätte er doch nicht tot auf dem Schiff gelegen. Wie soll er denn wieder auf die Insel gekommen sein? Neujahr fuhren dann doch auch keine Schiffe mehr."

„Also bei der letzten Fähre war ich nicht." Böhnke trank sein Bier aus und stand auf. „Gut zu wissen", sagte sich Damp. Dehne musste also mit der letzten Fähre gegen achtzehn Uhr in Vitte am Silvesterabend angekommen sein.

Dann ging er zur Theke, drehte sich aber plötzlich um und kam wieder zurück.

„Da fällt mir noch was ein", erklärte Böhnke und setzte sich wieder hin. „Am Fähranleger warteten schon welche, die auch zu seinem Hotel wollten. Ein Ehepaar. Die müssen mit der Fähre um zehn gekommen sein. Dehne begrüßte sie und drückte dem Mann dann einen großen braunen Briefumschlag in die Hand. Dann hat Dehne noch was gesagt wie ‚Lies dir das mal gut durch und dann reden wir mal Klartext'." Böhnke dachte noch mal nach, aber dann war er sich sicher. „Ja genau. Das waren seine Worte gewesen. Dann reden wir mal Klartext."

XII

Bürgermeister Förster hatte für acht Uhr den Krisenstab in seinem Amtszimmer im Hiddenseer Rathaus zusammengerufen. Per Skype war der Meteorologe von der Wetterstation im Hafen Kloster dazugeschaltet. Georg Elm machte keine große Hoffnung, dass sich die Wetterlage verbessern würde. „Ein weiteres Schneetief ist angekündigt. Es kann durchaus mit recht heftigen Böen aus West auf die Insel treffen und dann zu ziemlichen Verwehungen führen. So Windstärke sechs. Die Temperaturen liegen weiter knapp unter null, auch wenn es gefühlt kälter erscheint. Das Problem bleibt weiter die Eisbildung. An der Ostseeseite wird sie weiter vorangehen. Auf der Boddenseite ist das Eis zwar meist um die zwanzig Zentimeter dick, aber nicht überall. Beim Überflug gestern haben die Polizisten feuchte Stellen auf der Eisfläche ausgemacht. Das heißt, es ist nicht durchgängig zugefroren. Das ist für eine Versorgung der Insel übers Eis mit Fahrzeugen ein zu hohes Risiko. Hinzu kommt, dass der Ostwind in der letzten Woche dazu geführt hat, dass sich das Eis an vielen Stellen aufgetürmt hat. Da kommt man mit dem Auto, selbst mit einem Laster nicht durch."

„Schöne Scheiße", brummte Barnhöft. „Wie sollen wir die Schneeverwehungen wegräumen. Wir haben kaum noch Sprit. Und dieser Schneepflug säuft das Zeug wie ein Elefant Wasser."

„Bei der Versorgung mit Lebensmitteln sieht es auch nicht besser aus", stieß Henning Hansen vom Supermarkt in Vitte ins gleiche Horn. „Keine Milch. Keine Backwaren. Nur noch die Ladenhüter bei Wurst und Käse sowie Konserven."

„Da wirst du wenigstens mal deinen ganzen Kram los, Henning", warf Barnhöft ein.

„Der Bäcker im Vorraum des Supermarktes hat auch nur noch Ware für heute. Meine beiden Kollegen in Kloster werden abwechselnd und nur noch für zwei Stunden am Tag öffnen", berichtete Hansen unbeirrt weiter. „Die Leute sind sehr verärgert. Die Touristen stehen da mit ihren Kindern und brüllen meine Frauen an, warum es keine frische Milch gibt."

„Die sollen ihren Kindern Tee geben. Fenchel, Kamille oder Hagebutte", mischte sich Inselarzt Möselbeck ein. „Ist eh besser und davon hast du auch noch genug."

„Da kannst du ja gern mal vorbeikommen und mit denen reden", erwiderte der Kaufmann erbost.

„Und in Neuendorf?", fragte Förster.

„Da sieht es in der Einkaufsquelle wohl noch ganz gut aus."

„Wer kauft da schon ein?", warf Barnhöft ein. „So viele Touristen waren dort auch nicht über den Jahreswechsel."

„Gibt es denn ein Zeichen von der Bundeswehr, ob sie mal Hubschrauber schicken, mit denen die Leute abgeholt werden und wir Nachschub bekommen?", fragte Pfarrer Laube.

Förster zuckte mit den Schultern. „Ich habe heute Morgen schon mit dem Kommando in Laage telefoniert. Sie wollen versuchen, einen Hubschrauber aus dem Ausbildungsregiment in Bückeburg zu organisieren. Das liegt in Niedersachsen. Er braucht deshalb eine gewisse Zeit, besonders wenn er noch Lebensmittel und andere Sachen in Stralsund an Bord nehmen soll. Aber so würden wir vielleicht erst mal einige Urlauber von der Insel runterbekommen. Der Krisenstab des Landkreises will mich anrufen, sobald der Hubschrauber in Stralsund in der Luft ist."

„Ich will euch ja nicht die Hoffnung zerstören, aber bei der Wetterlage könnte ein Anflug schwierig werden", mischte sich Elm ein.

„Ich denke, das sind Soldaten. Im Krieg kann man sich auch nicht nach der Wetterlage richten", brummte Barnhöft.

„Wir werden sehen, was passiert", beendete Förster die Debatte. „Es liegt sowieso nicht in unserer Hand. Sag mal, Damp, wie sieht es bei euch aus? Gibt es was Neues über den toten Lehrer?"

„Er war jetzt Hotelier", entgegnete Damp mürrisch. Er wirkte heute Morgen ziemlich zerknittert. Sein Kopf brummte. Böhnke hatte ihn gestern Abend noch an die Theke im „Haus Hiddensee" geholt. Alle wollten wissen, wie das mit der Paddelboottour über die Ostsee gewesen war und wie Rieder und er gerettet worden waren. Jedes Mal wurde angestoßen. Erst auf die Rettung, dann auf die Heimkehr nach Hiddensee, auf Rieders baldige Genesung und zuletzt auch noch auf das neue Jahr. Die Wirtin hatte ein Herz für Damp gehabt und ihn für eine Nacht in einem leeren Einzelzimmer einquartiert. Wo hätte er auch sonst bleiben sollen? Zum Fahren war er zu betrunken gewesen und zu Fuß nach Neuendorf war bei dem Wetter unmöglich. Heute Morgen war ihm das Aufstehen schwergefallen. Mit Mühe hatte er seinen Streifenwagen nach Vitte gesteuert. „Wir warten noch auf das Obduktionsergebnis aus Greifswald. Danach werden wir über das weitere Vorgehen entscheiden."

„Ich würde gern auf dem Laufenden gehalten werden", bemerkte Förster.

Damp nickte.

Das Telefon des Bürgermeisters klingelte. Kurz nachdem er abgenommen hatte, hellte sich sein Gesicht auf und er stieß ein triumphierendes „Ja!" aus. „Der Hubschrauber ist auf dem Weg."

XIII

Nelly Blohm saß schon am Schreibtisch, als Damp von der Sitzung des Krisenstabes zurückkehrte.

„Guten Tach, gibt's was Neues?", begrüßte er seine Kollegin, die mit ihrem Laptop beschäftigt war. Sie schüttelte den Kopf.

„Hat der Pathologe angerufen?"

„Nein. Danke aber für das gute Quartier. Malte Fittkau verwöhnt mich wie im Hotel. Gestern Abend gab es gebratenen Zander, heute Morgen frische Brötchen, selbst gemachte Marmelade ..."

„Das freut mich", unterbrach Damp seine Kollegin, denn sie hatte ihn gerade daran erinnert, dass sein Magen noch leer war und laut knurrte. Woher er jetzt was zu essen bekommen sollte, war ihm ein Rätsel. Beim Bäcker würde eine lange Schlange stehen. Auf eine Konservensuppe gleich am Morgen hatte er auch keine Lust. Außerdem fürchtete er, gleich wieder von den Leuten angegiftet zu werden, wenn er im Supermarkt auftauchte, weil es noch immer keinen Nachschub gab. Er holte sich ein Glas Wasser, warf eine Aspirin ein. Diese Flüssignahrung würde nicht seinen Hunger stillen, aber vielleicht das Brummen im Kopf abstellen.

„Übrigens soll gleich ein Hubschrauber kommen. Die sind gerade dabei, ihre SMS-Liste abzuarbeiten. Fünfzig Leute können heute runter von der Insel."

„Schön", antwortete Nelly und starrte weiter auf den Bildschirm.

„Was machen Sie da eigentlich?"

„Ich forsche in den sozialen Netzwerken, ob sich vielleicht ein Schüler von Dehne mal ungerecht behandelt fühlte."

„Aha. Und?"

„Bisher Fehlanzeige. Ein paar loben seine interessanten Exkursionen in die Vogelwelt der Insel."

„Wie können Sie das sehen?"

„Ich bin selbst bei Facebook. Natürlich undercover. Mit ein paar Tricks habe ich auch Dehnes Account geknackt und mich so auch als sein Freund eingetragen. Ein bisschen schwierig war es hinzubekommen, dass er mein Freundschaftsangebot jetzt auch angenommen hat." Nelly grinste Damp an. „Aber auch das habe ich geschafft."

„Wie können Sie der Freund eines Toten werden?" Damp schüttelte verwirrt den Kopf. „Na auch egal. Ich will es nicht wissen. Verstehe ich sowieso nicht, dieses Zeug. Sonst noch was?"

„Unter diesen Ornithologen hatte er echt eine Menge Freunde. Ich wusste gar nicht, dass so viele Leute Vögel beobachten oder an diesen Beringungsaktionen teilnehmen. Wahnsinn. Was manche so in ihrer Freizeit tun."

„Wir haben nicht so viel Zeit. Ich mache jetzt mal dem Pathologen Druck."

Damp nahm den Telefonhörer und wählte die Nummer von Dr. Krüger in Greifswald. Erst bekam er die Sekretärin an den Apparat. Sie musste mehrere Versuche unternehmen, den Pathologen zu finden. „Er ist im Labor. Moment, ich verbinde."

„Mensch, Damp, zwei Dumme, ein Gedanke", begrüßte Krüger den Polizisten überschwänglich. „Ich wollte Sie auch gerade anrufen. Es ist genial, kann ich Ihnen sagen."

„Was ist genial?", fragte Damp.

„Fast der perfekte Mord. Aber eben nur fast."

„Scheiße", murmelte Damp. ‚Nun werde ich die Blohm auf keinen Fall los', dachte er im Stillen. „Ich mach mal laut, damit meine Kollegin gleich mithören kann", erklärte Damp und drückte die Lautsprechertaste. „Also kein natürlicher Todesfall oder Suizid."

„Ausgeschlossen. Aber ich muss schon sagen, ihr Hiddenseer zwingt mich mit euren Leichen immer wieder zu Höchstleistungen", lobte sich Krüger.

„Wie schön."

„Also erst dachte ich bei dieser Tiefkühlware", Krüger lachte kurz über sich selbst, „klarer Fall. Vielleicht der typische Dreiklang: gesoffen, eingeschlafen, erfroren. Aber dann ..." Er machte eine Kunstpause. Damp verdrehte die Augen. „Dann entdeckte ich Hämatome auf der Gesichtshaut, im Umfeld von Mund und Nase, auf den Wangen. Was sagt uns das, Damp?"

„Jemand hat ihm den Mund zugehalten."

„Perfekt. Sie können bei mir anfangen. Aber warum hält man jemand den Mund zu, wenn man ihn nicht erstickt? Denn für Ersticken gibt es keine Anzeichen, also keine Stauungsblutungen in den Augenbindehäuten, an der Hinterohrregion oder in der Mundschleimhaut."

„Mensch, Krüger, kommen Sie zur Sache!"

„Sie sind ein Spielverderber, Damp. Ihr Kollege Rieder hatte mehr Humor. Wo ist der eigentlich?"

„Nicht da."

„Also gut. Ich habe mir gedacht, wenn unser Kunde nicht erstickt wurde, dann sprechen diese Hämatome eher dafür, dass er vielleicht betäubt wurde. Deshalb habe ich dann mal seine Blase angepickt, seinen Urin abgepumpt und die Fujiwara-Probe gemacht, mit Pyridin und Kalilauge. Und Bingo! Alles Rot! Fazit: Der Typ war vollgepumpt mit Chloroform."

„Mit Chloroform?", fragte Damp ungläubig nach.

„Genau. Wahrscheinlich war die verabreichte Dosis so stark, dass die Wirkung der Betäubung und die Bewusstseinstrübung durch das Erfrieren ineinander übergingen. Möglicherweise hat der Täter dem Opfer aber auch die Kleidung geöffnet, um das Erfrieren zu beschleunigen, denn ich habe weder am Oberkörper noch unter den Fingernägeln Spuren oder Hautabschürfungen gefunden, die beim Aufreißen der Kleidung durch einen Menschen in Panik entstehen könnten. Aber das ist Spekulation. Es wird nicht lange gedauert haben, bis der Tod eintrat, denn wir hatten in der Silvesternacht in Vitte um die minus siebzehn Grad. Auf alle Fälle hat der Täter den Tod des Opfers billigend in Kauf genommen und er muss halbwegs wissen, wie Chloroform wirkt."

„Also ein Mediziner?", hakte Nelly Blohm nach.

„Nicht unbedingt. Auch ein Apotheker oder Chemiker kann das wissen. Früher wusste jeder, dass Chloroform betäubt. Die jüngere Generation setzt heute aber eher auf K.-o.-Tropfen …"

„Wo bekommt man Chloroform?", fragte Damp.

„Keine Ahnung. Also in der Medizin wird es schon lange nicht mehr angewendet, weil Chloroform als krebserregend gilt. Aber manchmal haben Apotheker vielleicht noch was auf Lager, weil sie die Entsorgungskosten scheuen. Ältere Tierärzte könnten auch noch über Reserven verfügen."

„Gibt es beides nicht auf Hiddensee. Weder einen Apotheker noch einen Tierarzt", erklärte Damp.

„Das ist nun auch eher euer Problem, wer unseren Mann aus dem Eis in den Tiefschlaf geschickt hat", meinte Krüger. „Der Bericht geht euch noch schriftlich zu. Was machen wir denn mit der Leiche. Sollen wir sie wieder einfrieren? Auf der Insel werdet ihr sie ja im Moment nicht in den Boden bekommen."

„Keine Ahnung. Ich kläre das", antwortete Damp gereizt und wollte auflegen.

„Warten Sie mal", rief der Pathologe in seinen Hörer. „Ich habe noch was für euch. Vielleicht nicht uninteressant für die Fährtensuche."

„Was denn?"

„In seinem Magen fand ich Reste von einem Burgermenü. Alles ziemlich unverdaut. So viele Möglichkeiten, diese kulinarischen Köstlichkeiten auf Rügen zu sich zu nehmen, gibt es nicht."

„Stimmt", bestätigte Nelly, „nur in Bergen. Einmal an der B 196 vor dem Ortseingang und dann noch im Einkaufscenter an der Ringstraße."

„Das war's jetzt aber. 'ne ganze Menge, finde ich", lobte sich Krüger noch einmal.

„Ja, danke." Damp legte auf, lehnte sich zurück und stöhnte. „Das hat uns gerade noch gefehlt."

„Wie wollen wir jetzt weiter vorgehen?", fragte Nelly Blohm vorsichtig.

„Erst mal Bökemüller informieren und dann auch Förster. Der wird sich nicht freuen. Und dann ..."

„Wir müssten rauskriegen, wann Dehne am Silvestertag auf die Insel zurückgekommen ist", warf Nelly vorlaut ein.

„Das weiß ich schon", erklärte Damp. „Mit der letzten Fähre achtzehn Uhr."

Nelly war verblüfft. Da hatte einer seine Hausaufgaben gemacht.

XIV

In der Ferne war ein leises Brummen zu hören. Doch durch die dicke Wolkendecke war noch nichts zu sehen. Trotzdem drehten sich alle Köpfe wie auf Kommando in Richtung Süden. Aus Stralsund musste der Hubschrauber kommen. Wahrscheinlich flog er direkt über die Insel, um sich an der Straße vom südlichen Inselort Neuendorf nach Vitte zu orientieren. Die Benachrichtigung der ersten fünfzig gestrandeten Urlauber hatte gut geklappt. Barnhöft hatte organisiert, dass auch jene, die in Neuendorf oder Kloster festsaßen, mit dem Inselbus abgeholt worden waren, um rechtzeitig am Landeplatz in Vitte zu sein.

Damp stand neben Förster. Der Bürgermeister hatte die Nachricht, dass es sich beim Tod des Hoteliers um ein Verbrechen handelte, erstaunlich gelassen aufgenommen. „Erstens hatte ich schon damit gerechnet. Zweitens kommt ein Unglück meist nicht allein. Kommen Sie denn klar?", hatte er den Revierleiter gefragt.

„Mit Frau Blohms Unterstützung wird es schon gehen", bemerkte Damp. Überzeugt war er davon nicht.

„Schade, dass Rieder nicht mehr da ist."

‚Was haben die alle bloß mit dem Rieder', dachte Damp beleidigt. Barnhöft riss ihn aus seinen Gedanken. „Da kommt er!"

Jubel brandete auf. Zunächst sah man nur das Frontlicht des Transporthubschraubers. Dann tauchte aus den grauen schweren Schneewolken ein dunkler Rumpf auf. „Hoffentlich hält das Wetter noch ein paar Stunden, damit wir alle ausfliegen können", flüsterte Förster Damp und Barnhöft zu.

Bedenklich schnell schwebte der Helikopter herab. Die beiden Rotoren verursachten ein heftiges Schneegestöber. Alle, die neben dem Flugfeld standen, waren von Kopf bis Fuß mit Schnee bedeckt. Sanft setzten die drei Räder auf. Langsam kamen die Flügel der Rotoren zum Stehen. Keine Tür öffnete sich. Dafür senkte sich am Heck des Hubschraubers langsam die breite Ladeluke herab.

Vier Männer in grünem Overall und mit weißen Helmen kamen aus der Tiefe des Hubschraubers. Zwei liefen die Rampe hinunter, orientierten sich kurz und gingen dann auf den einzigen Mann in Uniform zu. Sie salutierten vor Ole Damp und begrüßten ihn dann mit Handschlag. „Hauptmann Zielitz. Ich bin der Pilot des Hubschraubers. Das ist Oberleutnant Chorin, mein Kopilot."

Damp platzte fast vor Stolz. „Damp, Leiter der Polizeistation Hiddensee." Dann wandte er sich um und stellte Förster und Barnhöft vor.

„Sieht von oben ganz schön schlimm aus", erklärte Zielitz. „Alles weiß. Der ganze Bodden ist zugefroren, von Stralsund bis hierher. Von oben kann man kaum noch die Häuser erkennen."

Alle nickten zustimmend. „Um gleich zur Sache zu kommen: Wir haben nicht viel Zeit. Das Wetter wird schlechter. Wir müssen schnell ausladen. Wir haben Lebensmittel und Treibstoff an Bord."

„Meine Leute von der Insellogistik sind bereit", warf Barnhöft ein. Er gab den Fahrern der beiden Transportfahrzeuge ein Signal, zum Hubschrauber zu fahren. Inzwischen hatten die beiden Besatzungsmitglieder begonnen, Rollcontainer aus dem Hubschrauber zu schieben und mehrere Treibstofffässer die Rampe herunterzurollen.

„Wir können circa vierzig Leute mitnehmen. Eigentlich waren fünfzig geplant, aber wenn ich die Gepäckberge dort sehe, passen nicht mehr als vierzig in den Hubschrauber. Wir werden auch nur einmal fliegen können, wenn ich das Wetter sehe", meinte der Kopilot Chorin.

„Wirklich nur einmal fliegen …", erwiderte Bürgermeister Förster enttäuscht. „Und nur vierzig. Hier stehen fünfzig Leute bereit. So hat es mir der Krisenstab in Stralsund durchgegeben."

Da mischte sich der Pilot ein. „Wohin soll die Reise denn eigentlich gehen?"

„Rüber nach Schaprode. Dort haben die Leute ihre Autos stehen. Die Straßen sollen jetzt auf Rügen frei sein."

„Also unser Befehl heißt Transport nach Stralsund", widersprach der Kopilot. „Und Befehl ist Befehl."

Zielitz schüttelte leicht den Kopf. „Oberleutnant Chorin, nun lassen Sie mal Befehl Befehl sein." Dann wandte er sich wieder an Förster. „Also nach Schaprode." Zielitz drehte sich um und schaute in Richtung Bodden. Dann entdeckte er einen Kirchturm und hob den Arm in diese Richtung. „Das ist der Ort dort drüben?"

Förster nickte.

„Wann können die restlichen Leute hier sein und wie viel sind es noch?"

„In einer Stunde spätestens. Die sitzen ja in den Startlöchern. Und es wären noch mal fünfzig bis sechzig Personen", antwortete Förster.

„Also noch zweimal hin und zurück nach Schaprode", kalkulierte Zielitz laut. „Kriegen Sie die Leute nicht schneller her?"

„Wir versuchen es."

„Dann kriegen wir das irgendwie hin. Wenn das Wetter mitspielt. Mit dem Sprit für den Rückflug wird's dann zwar etwas knapp, aber das muss nicht Ihre Sorge sein. Kümmern Sie sich darum, dass die Leute schnell hier sind."

„Das kann doch nicht Ihr Ernst sein", mischte sich der Kopilot verärgert ein. „Das ist Wahnsinn!", schimpfte er.

Zielitz legte ihm beruhigend die Hand auf die Schulter. „Keine Panik, wir werden das schon schaffen. Oben geblieben ist noch keiner."

„Trotzdem. Ich möchte hier feststellen …"

Weiter kam der Kopilot nicht. „Oberleutnant Chorin", unterbrach Zielitz seinen Kopiloten barsch. „Es ist mein Ernst und es ist meine Verantwortung."

„Sie sind aber nicht allein an Bord und ich habe keine Lust …"

„Ich denke, ich habe mich klar ausgedrückt. Wie wäre es, wenn Sie sich, statt zu lamentieren, um die Koordinaten für die Landung in Schaprode kümmern würden. Rufen Sie die örtliche Polizei an. Wir kommen in zwanzig Minuten."

Chorin salutierte und stampfte wütend im Schnee davon.

„Nehmen Sie es ihm nicht übel", versuchte Zielitz Bürgermeister Förster den Streit zu erklären. „Mein Kamerad ist eher der Theoretiker. Er ist bisher nur in der Ausbildung tätig gewesen. Ich bin dagegen der Praktiker, habe einige Einsätze in Afghanistan hinter mir. Das Wetter am Hindukusch war auch nicht immer ideal. Aber nun sitze ich im Ausbildungsregiment Bückeburg. Da werden kleinere Brötchen gebacken."

Inzwischen stiegen die ersten Urlauber in den Helikopter. Die Besatzungsmitglieder trieben sie dabei sanft zur Eile an. Sie forderten die Leute auf, sich aus Papiertaschentüchern für den Flug provisorische Ohrstöpsel zu drehen, als Schutz gegen den Lärm während des Fluges. Zielitz persönlich sorgte in der Kabine dafür, dass die Passagiere schnell einen Platz fanden. Nur eine Handvoll musste zurückbleiben, als sich die Laderampe schloss und die Rotoren ansprangen. Langsam schwebte der Hubschrauber in die Lüfte.

Mit erhobenen Daumen grüßte der Pilot noch einmal aus dem geöffneten Fenster der Pilotenkanzel.

„Hoffentlich geht alles gut", meinte der Bürgermeister.

„Hoffentlich fliegt da nicht der Mörder von Dehne davon", erwiderte Damp.

XV

Mit den Webkameras kommen wir nicht weiter", klagte Nelly Blohm, als Damp wieder ins Revier zurückkehrte. Bevor er zum Hubschrauberlandeplatz gegangen war, hatte er ihr erzählt, dass es Kameras im Hafen gäbe. „Es gibt zwar im Hafen drei Stück, zwei davon machen aber nur alle zehn Minuten ein Bild", berichtete Nelly. „Die Kamera am Fähranleger war meine Hoffnung. Die Reederei zeichnet jedes An- und Ablegen richtig als Video auf, aber wenn es dabei nicht zu besonderen Vorkommnissen kommt, überspielen sie am nächsten Morgen das Material, weil es sonst zu viel Speicherplatz kosten würde."

„Gibt es denn von den anderen beiden Kameras wenigstens Bilder vom Silvesterabend?", fragte Damp.

„Gibt es. Ich klicke sie gerade durch, aber wie heißt es so schön: Erst hatte sie kein Glück und dann kam auch noch Pech dazu." Sie machte ein paar Klicks. „Schauen Sie."

Damp ging um den Schreibtisch und schaute auf den Bildschirm des Laptops. Er war erstaunt über die gute Qualität. „Achtzehn Uhr legt die Fähre an. Da stehen die Wartenden am Anleger." Nelly sprang ein Bild weiter. „Achtzehn Uhr zehn. Alles leer. So ist es auch bei der zweiten Kamera, oben bei den Fischerbooten im Hafenbecken. Wenn auch umgekehrt." Sie wechselte zur anderen Kamera. „Achtzehn Uhr alles leer, denn alle warten am Anleger. Achtzehn Uhr zehn entzücken uns die Rücken. Alle sind schon im Abmarsch. Nur eins ist interessant." Sie ging auf das Lupensymbol und drückte auf das Plus. „Sehen Sie dort am Deich Richtung ‚Caprivi'?" Damp ging näher an den Bildschirm. Er erkannte den Umriss einer Person, die ihre Arme ungewöhnlich angewinkelt hielt. Bei dem Wetter konnte das kein Jogger sein. „Ein Skiläufer", klärte ihn Nelly auf. „Erinnern Sie sich an die Spuren auf dem Eis in der Nähe der ‚Caprivi‘ und in dem kleinen Wäldchen?"

„Hm", brummte Damp. „Aber damit kann man nichts anfangen. Sieht selbst in der Größe aus wie ein Fliegenschiss."

„Optimismus ist nicht Ihre Stärke", beschwerte sich Nelly. „Ich schicke es mal den Kollegen nach Stralsund. Vielleicht können sie mehr rausholen."

„Wenn Sie meinen … Wir müssen erst mal wieder zum Dornbusch rauf und Frau Leetz mitteilen, dass ihr Mann ermordet wurde, oder sagen wir besser, keines natürlichen Todes gestorben ist. Wir sollten vielleicht auch mal mit den Gästen reden."

„O Gott, das wird wieder eine lange Wanderung. Eisfüße inklusive."

„Ich glaube, das bleibt uns heute erspart." Damit griff Damp in die Brusttasche seiner Uniformjacke und zog sein Handy heraus.

Böhnke wartete schon auf die Polizisten, als Damp den Streifenwagen am Inselmuseum parkte. „Ich habe euch ein paar Decken auf die Sitze gelegt. Es zieht nämlich ziemlich bei dem Wind. Sitzheizung hatte man um 1920 noch nicht, als der Schlitten gebaut wurde. Früher war eben auch nicht alles besser."

Die Polizisten stiegen auf die Sitzbänke des Schlittens. Böhnke ließ die Peitsche knallen und die beiden braunen Kaltblüter trabten langsam los. Am kleinen Berg auf dem Kirchweg kurz vor dem Hauptmann-Haus stießen die Tiere weiße Atemwolken aus wie Dampflokomotiven. Doch dann gewann der Schlitten richtig an Fahrt. An der Bäckerei bog Böhnke nach links ab in den Weg „Zum Hochland" und die Pferde schienen allein den Weg zu finden. Böhnke drehte sich zu den Polizisten um. „Gibt's schon was Neues?"

„Jemand hat Dehne die Luft abgedreht", erklärte Damp und erntete dafür einen bösen Blick von seiner Kollegin. „Das sind doch Dienstgeheimnisse", zischte sie.

„Vergessen Sie's", entgegnete Damp. „Ich musste es Förster erzählen – und jede Wette, jetzt weiß es nicht nur das ganze Rathaus, sondern auch schon halb Vitte." Er schaute auf seine Uhr. „Kurz nach zwölf. Gerade Mittagszeit. Wenn alle daheim zum Essen waren, weiß es danach ganz Vitte."

Böhnke und Damp lachten. Nelly schüttelte den Kopf.

„Wie viele Gäste hast du denn da hochgebracht?", fragte Damp den Kutscher.

Böhnke zählte an den Fingern ab. „Fünf. Zwei kamen schon am 29. Dezember. Die drei anderen Silvester. Ein Ehepaar mit der ersten Fähre, der letzte Gast mit der Fähre fünfzehn Uhr."

Böhnke nahm nicht den Abzweig hinter der Lietzenburg, sondern fuhr geradeaus. Der Weg machte kurz vor dem Wald des Dornbuschs einen Bogen nach links und führte dann direkt zum Eingang des Hotels „Dornbusch".

Laura Ihlow öffnete erstaunt die Tür. „Herr Böhnke, schön, dass Sie mal vorbeikommen."

Böhnke tippte wortlos zum Gruß an seine Mütze.

„Würden Sie unsere Gäste runter nach Kloster fahren? Bitte!", bettelte sie.

„Und wie sieht's hiermit aus?" Böhnke machte wieder seine Daumen-Zeigefinger-Bewegung.

Laura seufzte. „Ohne den Chef …"

Da wurde sie von einem Mann in einem weiten dunklen Mantel und Hut zur Seite gedrängt. „Das lasse ich mir nicht bieten!", schrie er zurück. Als er schon einige Schritte vom Haus entfernt war, drohte er Isa Leetz, die nun auch in der Tür aufgetaucht war, mit der Faust. „Martin hat mir versprochen, dass die Exponate in der Bibliothek stehen! Das ist das Erbe der Vogelwarte! Da waren wir uns einig! Sie können die Vögel nicht einfach auf den Müll werfen!" Er kam wieder ein paar Schritte zurück. „Wissen Sie überhaupt, was das für Werte sind? Das ist ein einmaliger Kulturschatz!"

„Dann holen Sie die Viecher ab", konterte die Witwe trocken.

„Wo soll ich denn die Exponate unterbringen? Ich habe doch keinen Platz." Seine Stimme hatte nun etwas Flehendes.

„Das ist Ihr Problem. Holen Sie das Zeug bis zur nächsten Müllabfuhr ab oder die Vögel fliegen in die Tonne."

Damit verschwand Isa Leetz wieder im Haus, ohne die Polizisten und den Fuhrmann auch nur eines Blickes zu würdigen.

Laura Ihlow wedelte mit der Hand. „Dicke Luft", flüsterte sie. „Böhnke, haben Sie ein Herz", bat sie noch einmal den Fuhrunternehmer etwas lauter.

„Eigentlich müssten wir erst mal mit Ihren Gästen reden, bevor sie einen Ausflug machen", mischte sich Nelly Blohm ein.

„Na ja", meldete sich Damp. „Herr Böhnke würde uns sowieso in zwei Stunden abholen. Wir könnten bis dahin mit Frau Leetz und den Angestellten reden. So lange brauchen wir bestimmt. In der Zeit wäre sicher ein Ausflug nach Kloster möglich. Vielleicht würden die Gäste auch selbst zahlen?"

Die beiden Paare unter den Gästen waren bereit gewesen, die Tour selbst zu bezahlen und bereits mit Böhnke nach Kloster unterwegs. Der fünfte Gast war schon früher zu einem Spaziergang an der Steilküste aufgebrochen. Er wollte schauen, ob der „Klausner", das Ausflugsrestaurant in der Nähe vom Leuchtturm Dornbusch, noch geöffnet war.

Damp und Blohm wurden von Laura Ihlow in die Bibliothek geführt. Unterwegs fragte sie die Polizisten etwas ängstlich, was sie denn von ihr würden wissen wollen.

„Warten Sie es ab", meinte Damp vielsagend. Dann hielt er kurz seine Kollegin am Arm zurück. „Vernehmungen sind nicht so mein Ding", flüsterte er. „Da lasse ich Ihnen gerne den Vortritt. Ich mache nur den Anfang, dann können Sie übernehmen."

„Okay", erklärte Nelly Blohm überrascht, „wenn Sie meinen?"

Ihr Herz klopfte heftiger. So eine Verantwortung hatte sie noch nicht gehabt. Bei Mordfällen oder schweren Verbrechen auf Rügen waren immer erfahrene Kriminalpolizisten aus Stralsund gekommen und sie hatte nur assistiert.

Aus der Bibliothek waren die ausgestopften Vögel verschwunden. Damit wirkte der Raum weniger düster. Isa Leetz kam ihnen entgegen.

„Vielen Dank, Laura", sagte sie in strengem Ton und die junge Frau verstand den Wink, zu verschwinden.

„Tut mir leid, dass Sie die kleine Auseinandersetzung mit Herrn Blank mit anhören mussten. Ich habe den Anblick der toten Tiere einfach nicht mehr ertragen. Ich kam mir vor wie bei Hitchcock."

„Wo sind jetzt die ganzen Tiere?", fragte Nelly.

„In einem der nicht belegten Zimmer, das Herr Löwe schon fotografiert hat."

„Herr Löwe?"

„Herr Löwe ist einer der Gäste. Er ist Fotograf der Zeitschrift ‚Urlaubslust'. Mit seiner Begleiterin, Frau Weißgerber, schreibt er einen Artikel über das Hotel. Er will versuchen, seine Bilder auch noch an andere Reisemagazine zu verkaufen."

„Wollen Sie denn das Hotel weiterführen?", fragte Nelly.

Frau Leetz schlug die Hände ineinander, zog die Brauen nach oben und atmete tief ein. „Ich weiß es nicht. Ich habe Laura, äh, Frau Ihlow angeboten, gemeinsam mit Ihrem Lebensgefährten Herrn Zakis das Hotel weiterzuführen …"

„Die beiden sind ein Paar?", fragte Nelly nach.

„Ja. Sie wollen es sich überlegen. Ein Risiko sicher. Beide haben kaum Erfahrung mit Hotellerie. Aber ich habe gar keine und möchte auch weiter Lehrerin bleiben. Ab Mitte Januar sind wir auch gut gebucht. Außerdem müssen die Kredite auch nach Martins Tod abgezahlt werden. Da würden regelmäßige Einnahmen helfen … Aber wollen wir uns nicht setzen?"

Isa Leetz nahm in einem der Ledersessel Platz, die Polizisten gemeinsam auf einem Sofa. Damp zog umständlich seinen Notizblock aus der Tasche. Nelly zog den Laptop aus ihrem Rucksack und klappte ihn auf.

„Der Pathologe hat bestätigt, dass Ihr Mann keines natürlichen Todes gestorben ist", erklärte Damp. „Jemand hat kräftig nachgeholfen, damit er erfriert. Er wurde betäubt, mit Chloroform, und ist dann wahrscheinlich durch die lange Wirkung des Mittels erfroren."

Isa Leetz starrte die beiden an. „Sie meinen also, Martin ist ermordet worden …"

Damp nickte. „Juristisch würde es wahrscheinlich auf Totschlag hinauslaufen", erklärte er. „Können Sie sich vorstellen, wer das getan haben könnte?"

„Ich?", fragte die Witwe völlig schockiert Nelly Blohm. „Woher?"

„Sie waren seine Frau", entgegnete die Polizistin und versuchte zugleich die Fragen und Antworten in ihren Laptop zu tippen. Damp machte sich nur ein paar Notizen in seinem Block.

Isa Leetz schüttelte den Kopf und nickte zugleich, machte mehrfach den Mund auf und zu, als suche sie nach den richtigen Worten. „Klar waren wir verheiratet. Jedenfalls jetzt zum Schluss. Aber wir kannten uns kaum durch diese Fernbeziehung. Wenn wir hier oder in Stralsund zusammen waren, dann waren wir meist für uns. Also die Kinder waren schon noch dabei. Aber wir haben völlig unterschiedliche Freundeskreise. Er hatte auch kein Interesse, meine Bekannten oder Freunde kennenzulernen. Martin hat mich auch nie seinen Freunden vorgestellt. Ich habe hier mal ein paar der Arbeiter von der hiesigen Baufirma kennengelernt, dann diesen Vogelmenschen, Herrn Blank, aber der hat immer nur mit Martin gesprochen. Für den war ich bis heute Morgen Luft." Dann hielt sie plötzlich inne. „Jetzt habe ich mal einen Freund von Martin kennengelernt. Er und seine Frau sind zwei der Gäste."

„Wie heißt der?", unterbrach Nelly die Frau.

„Ralf Möller. Kommt aus Halle. Auch ein Ornithologe, aber eigentlich ist er Arzt, Chirurg. Ich habe nur kurz mit seiner Frau gesprochen. Die ist davon auch total genervt, dass er jedes Wochenende mit dem Fernglas loszieht und den Vögeln nachglotzt. Immerhin besser als den jungen Krankenschwestern", setzte sie abfällig hinzu.

Nelly pustete sich eine Strähne aus der Stirn. Da sie mit dem Tippen kaum nachkam, gab sie das Mitschreiben auf und klappte den Computer zu. Sie ärgerte sich, wie Damp dabei grinste. Er übernahm aber sofort, während sie in ihrer Tasche vergeblich nach einem Notizbuch oder Blatt Papier und einem Stift kramte.

„Hat denn Herr Dehne noch Verwandte?", fragte Damp.

„Eine Schwester. Stefanie Dehne. Sie hat eine Pension mit Restaurant in Thiessow."

„Auf Rügen?"

„Gibt's sonst noch ein Thiessow?", gab Isa Leetz patzig zurück.

Nelly hatte endlich einen Notizzettel gefunden. Sie nickte Damp zu, dass sie bereit war, das Gespräch weiterzuführen.

„Noch mal zurück zu Silvester. Ist Ihnen da noch irgendetwas eingefallen? Ist etwas Ungewöhnliches passiert?", fragte Nelly nach.

Isa Leetz schüttelte den Kopf.

„Waren denn alle hier, also Ihre Angestellten und die Gäste?"

„Ich bin doch kein Schießhund. Hier kann jeder machen, was er will. Also Frau Ihlow und Herr Zakis jetzt weniger. Die haben im Haus ihre Pflichten und Aufgaben. Was die Gäste treiben, geht mich nichts an."

„Wo waren Sie am Nachmittag und frühen Abend des Silvestertages?", hakte sie nach.

Isa Leetz überlegte kurz. „Erst war ich mit den Kindern rodeln. An dem Hügel am Plattenweg zum Leuchtturm. Oberhalb der Pferdeställe. Danach habe ich hier gelesen, die Kinder haben gespielt."

„Und Sie hatten nicht noch einmal Kontakt mit Ihrem Mann?"

„Wie gesagt, sein Handy hatte er hier liegen lassen und dann waren ab Neujahr alle Leitungen tot. Silvester habe ich versucht, seine Schwester zu erreichen. Sie hatte eine große Silvesterparty in ihrem Laden. Man sagte mir, dort wäre er auch nicht gestrandet."

„Man sagte Ihnen …?", hakte Nelly nach.

„Ich bekam sie nicht an die Strippe, aber ihr Barmann, mit dem sie angeblich was hat", dabei verzog sie das Gesicht zu einer Grimasse, „hat mir erklärt, Martin sei nicht dort."

„Hatten die beiden denn einen guten Kontakt?"

„Ich glaube nicht. Mich konnte sie jedenfalls nicht leiden. Wir haben uns auch nur einmal gesehen."

Während Nelly Isa Leetz weiter befragte, schaute sich Damp im Raum um. Schon gestern hatte ihn der hochwertige Stil der Möbel beeindruckt. So etwas hatte er noch in keiner Unterkunft auf Hiddensee gesehen. Auf einem kleinen Beistelltisch neben dem Sessel von Isa Leetz lagen ein paar Schulbücher. Er reckte den Hals, um die Titel zu lesen. Er riss die Augen auf und war plötzlich wie erstarrt.

„Herr Damp, haben Sie noch Fragen?" Damp zuckte zusammen. Nelly hatte bemerkt, dass er sich gedanklich aus dem Gespräch verabschiedet hatte. Er stieß leicht die Luft aus, als würde er nachdenken, was man noch fragen könne, schüttelte dann aber den Kopf.

„Besaß Ihr Mann ein Arbeitszimmer? Vielleicht finden wir in seinen Unterlagen einen Hinweis, ob er sich in Bergen mit jemandem treffen wollte?"

„Martin wohnte nicht hier im Hotel. Er hatte sein Quartier draußen in einer Hütte im Wald, die früher auch zur Vogelwarte gehörte. Dort hat er auch alle seine Unterlagen."

„Da würden wir uns gern mal umsehen, wenn wir mit Ihren Angestellten und Gästen gesprochen haben." Nelly machte eine kurze Pause, ehe sie fortfuhr. „Vielleicht ist meine Frage indiskret, aber wenn Sie hier waren, hat er nicht mit Ihnen zusammengewohnt?", fragte Nelly.

„Nein. So nötig hatten wir es auch nicht mehr. Wir sind ja nicht mehr achtzehn."

Isa Leetz erhob sich. Offenbar wollte sie keine weiteren intimen Fragen nach der Beziehung zu ihrem Mann beantworten. „Ich hole den Schlüssel von der Hütte."

Isa Leetz verließ die Bibliothek.

„Könnten Sie wenigstens zuhören, wenn sie sich schon sonst nicht am Gespräch beteiligen", raunzte Nelly ihren Kollegen an.

Statt zu antworten, erhob sich Damp und lief zum Beistelltisch. „Das hatte mich kurz abgelenkt." Er nahm das oberste Buch vom Stapel und hielt es so hoch, dass Nelly den Titel lesen konnte.

„Lehrbuch der Chemie."

XVI

Malte Fittkau stand vor seinem Kleiderschrank. Die Auswahl war nicht besonders groß. In den letzten Monaten hatte er allerdings einiges in seine Kleidung investiert. Früher waren zwei Latzhosen zum Wechseln, eine Jeans, dazu ein paar Hemden und ein nicht mehr ganz moderner dunkler Anzug für alle Fälle genug gewesen. Da er neuerdings ab und zu Ausflüge mit seiner Nachbarin Dora Ekkehard unternahm, war er nach Bergen gefahren und hatte sich beim Herrenausstatter am Markt noch zwei Hosen und einen Pullover und sogar ein Sakko geleistet. Außerdem eine richtige Winterjacke. Er konnte Dora schlecht im Winter in seiner alten Wattejacke begleiten, die noch gute Friedensware aus DDR-Zeiten war.

Dora Ekkehard war die ehemalige Kinofrau Hiddensees. Fast vier Jahrzehnte hatte sie das Zeltkino im Kinowäldchen betrieben. Im Herbst hatte sie es schließen müssen, weil der Pachtvertrag für das Grundstück gekündigt worden war. Nun stand nur noch das nackte Skelett des Kinos. Dora ertrug es nicht, daran vorbeizufahren, weder auf der Straße noch auf dem Strandweg. Musste sie nach Kloster, nahm sie immer den Weg über den Deich am Bodden, auch wenn dort meist ein kräftiger Wind pfiff. Dora schmerzte der Verlust des Kinos so sehr, dass sie so oft wie möglich die Insel verließ. Malte war meistens dabei. Mal ging es nach Binz, mal nach Stralsund. Früher waren Malte und Dora als Nachbarn wie Hund und Katze gewesen, hatten manchen Streit ausgefochten. Aber nachdem Malte Dora im Kampf um das Kino beigestanden hatte, besonders als sie unter dem Verdacht stand, den neuen Besitzer des Grundstücks, den Bauunternehmer Peter Stein, ermordet zu haben, hatte sich ihr Verhältnis verändert. Sie besuchten sich gegenseitig und klönten dann bei einem Tee über die alten Zeiten und die Neuigkeiten auf der Insel.

Malte fürchtete, Dora könnte die Insel für immer verlassen. Das würde ihn zutiefst treffen, auch wenn er sich das nur heimlich eingestand. Jeder kannte zwar Malte auf der Insel und Malte kannte auch fast alle, aber wirklich enge freundschaftliche Kontakte hatte er kaum. Mit Rieders Ankunft hatte sich das geändert. Er hatte sich mit dem Polizisten aus Berlin angefreundet. Beide hatten zusammen viel Zeit verbracht, obwohl sie aus so unterschiedlichen Welten kamen. Ihre Freundschaft hatte auch manchen Streit ausgehalten. Rieder hatte zumindest anfangs etwas hochnäsig auf Maltes Leben geschaut. Nun lag er hilflos auf einer Intensivstation und Malte hatte die Hoffnung längst aufgegeben, dass der Polizist auf die Insel zurückkommen würde. Deshalb tat ihm die Nähe zu Dora so gut. Dabei hatte er keine erotischen Hintergedanken, auch wenn Dora für ihr Alter eine attraktive Frau war. Malte ging es einfach um die Nähe. Zwei einsame Menschen hatten sich gefunden und Malte wollte das nicht wieder verlieren. Immer wieder mal hatte Dora fallen lassen, dass sie ohne Kino nichts mehr auf Hiddensee halten würde. Jedes Mal hatte Malte dann einen unbestimmten Schmerz in seinem Herzen gefühlt und eine bisher unbekannte Traurigkeit hatte ihn übermannt.

Deshalb unternahm er alles, um Doras Schmerz zu lindern. Als sie kurz nach der Schließung des Kinos an einem der letzten warmen Herbstabende auf der Bank vor seinem Haus zusammengesessen hatten und Dora wieder mal den schönen alten Kinozeiten nachgetrauert hatte, war Malte eine Idee gekommen.

„Für Kino braucht es doch nicht unbedingt ein Kino", hatte er plötzlich gesagt.

Dora hatte sich überrascht zu ihm umgedreht. „Was soll das heißen?"

Malte hatte das nur so dahingesagt. Nun musste ihm was einfallen. Er spürte, dass er damit vielleicht Dora auf Hiddensee halten könnte.

„Na, es braucht doch nicht unbedingt einen Kinosaal, um Kino zu machen. Letztes Jahr wurden doch im Henni-Lehmann-Haus Filme gezeigt. Diese alten Filme über Hiddensee, vom Fernsehen. Ich bin da übrigens auch zu sehen, wie ich vom Postboot komme. Na egal. Jedenfalls haben die von der Kurverwaltung da Kino gemacht."

Das Henni-Lehmann-Haus war eine Villa in Vitte, unweit von Rathaus und Hafen. Es beherbergte die Inselbibliothek. Der Saal, der gut fünfzig Leuten Platz bot, wurde auch für Ausstellungen, Lesungen und Vorträge, aber auch für Filmvorführungen genutzt.

„Mit einem Beamer haben die Filme gezeigt!", empörte sich Dora.

„Mit was?"

„Einem Beamer. Das ist aber nicht Kino!"

„Wieso. Das Ding, dieser ... wie heißt das? Na wurscht, also das Ding steht hinten und vorn hängt 'ne Leinwand und darauf läuft der Film. Wie im Kino."

„Das ist kein Kino. Wo ist das Knattern des Projektors? Wo sind die Fusseln auf dem Film? *Das* gehört zu einem richtigen Kino."

„Du hast doch noch den ganzen Krempel. Den Projektor und so ... Dann mach doch wieder Kino."

„Aber nicht im Henni-Lehmann-Haus, wieder mit der Gnade der Kurverwaltung. Vergiss es!"

„Ein Raum würde sich schon finden."

Dora hatte darauf nichts mehr geantwortet. Doch sie hatte ihre Fäden gesponnen. Erst mal allerdings nicht mit Malte. Sondern mit Margarete Striesow vom Papierladen in der Wallstraße in Vitte. Beide waren dann zusammen zu Hella Sanow gegangen. Sie besaß den alten Bäckerladen mit großer Gaststube, gleich neben dem Rathaus. Für Dora war das genau der richtige Platz, um die Kurverwaltung ein wenig zu ärgern, die sie bei ihrem Kampf um das Kino kaum unterstützt hatte.

Hella Sanow war zwar Bäckermeisterin, buk aber nicht mehr selbst. Im Sommer ließ sie Kuchen anliefern, kochte nur Kaffee oder Tee und machte den Laden am Nachmittag für ein paar Stunden auf. Im Winter hatte sie zu. Die drei Frauen machten einen Plan. Dann fuhr Dora nach Berlin und Malte bekam von ihr einen Anruf: „Du musst mit deinem Kahn nach Schaprode kommen und mich abholen. Ich habe so viel Gepäck."

Malte fragte nicht weiter nach, sondern ging zum Liegeplatz am Steg hinterm Deich und tuckerte mit seinem Boot fast zwei Stunden bis Stralsund. Da stand Dora mit strahlendem Gesicht am Kai. Neben ihr ein Stapel Umzugskartons.

„Malte, wir machen wieder Kino!", rief sie ihm lachend zu.

Besonders das *wir* hatte ihn glücklich gemacht.

In den Kisten befanden sich über dreißig Filmrollen. Für geringe Gebühr hatte sie die Filme von einem Verleiher in Berlin bekommen. Meist alte Ostschinken. Aber der Mann war froh, dass sie nicht mehr im Lager verstaubten. Die Qualität der meisten Kopien war schon so schlecht, dass er sie nicht mehr anbieten konnte. Dora aber war selig, dass sie wieder Filme vorführen konnte.

Seit Mitte November trafen sich nun einmal pro Woche die Hiddenseer Frauen im Bäckerladen in Vitte. Die Bude war immer voll. Hella taute Tiefkühltorten auf und kochte Kaffee, Margarete bediente und kassierte den kleinen Obolus. Dora und Malte machten Kino. Er holte Dora mit seinem Handwagen ab. Sie packten den Projektor und die Filmrollen ein. Und zogen so zum Bäckerladen. Eine mobile Leinwand hatten sie in einem kleinen Kabuff neben der Gaststube untergestellt. Malte musste sie nur aufspannen. Kleine Lampen zierten die Tische und brannten auch während der Vorführung. Dora wachte am Projektor, Malte drehte an einem Tisch in dem Kabuff die Filmrollen wieder zurück und war als einziger Mann Hahn im Korb. Alle amüsierten sich.

Heute würde ihm das nutzen. Ihn kratzte immer noch, dass er so wenig über Martin Dehne wusste. Diese Wissenslücke konnte er sich als *Inselfunk* nicht leisten. Außerdem fühlte er sich Damp verpflichtet. Klar hatte er jetzt dieses Mädchen, die Nelly, an seiner Seite, aber was wusste das junge Ding schon von Hiddensee, selbst wenn sie hier mal zwei Monate Dienst geschoben hatte. Abgesehen davon, kam sie auch noch von Rügen. Sie war eben nicht Rieder und man konnte Damp deshalb nicht im Regen, vielmehr im Schnee stehen lassen.

Malte hatte den ganzen Vormittag überlegt, wie er vorgehen könnte. Die Alternative zum Kinonachmittag mit den Inselfrauen in der Bäckerei wäre die Stammkneipe der Hiddenseer Männer gewesen, die „Fischerklause". Aber er glaubte, dort wäre nicht viel Honig zu saugen über Dehnes Zeiten als Lehrer. Die interessierten sich nicht besonders für die schulischen Leistungen ihrer Kinder. Früher war es egal, was ihr Nachwuchs für Zensuren nach Hause brachte. Arbeit fand sich immer auf der Insel. Mit guten wie mit schlechten Noten. Die Jungs wurden Fischer. Die Mädchen arbeiteten in den Ferienheimen oder in der Brotfabrik. Heute wurden Fischer nicht mehr gebraucht. Die Ferienheime gab es nicht mehr. Die Brotfabrik war geschlossen. Die Väter verstanden ihre Kinder oft nicht mehr. In der Schule konnten sie ihnen nicht helfen und das ganze Computerzeug, mit dem sich ihr Nachwuchs nach Schulschluss beschäftigte, war vielen fremd. Außerdem war klar, kaum einer der Jugendlichen würde auf der Insel bleiben.

Anders die Mütter. Sie schmerzte der absehbare unvermeidliche Abschied der Kinder nach der Schulzeit. Aber sie wollten, dass die Töchter und Söhne in der Ferne und Fremde wenigstens, auch wenn sie aus der kleinen Hiddenseer Inselschule in Vitte kamen, gute Startchancen bekamen. So besuchten sie regelmäßig Elternabende und quetschten die Lehrer im Supermarkt oder auf der Fähre aus, wie es um die schulischen Leistungen ihrer Sprösslinge stand.

Es war also ein Glücksfall für Malte, dass gerade heute auch der Kinotag des HFB, des Hiddenseer Frauenbundes, war. Als Dora und er mit ihrem Schlitten am Bäckerladen ankamen, waren schon alle Tische besetzt und der Raum vom Lärm der Gespräche erfüllt. Zunächst hatte Dora gedacht, sie würde vor jedem Film eine kleine Einführung geben. Doch die Frauen wollten lieber quatschen, bis dann das Licht ausging, nur die kleinen Tischlampen brannten und der Film begann. Punkt sechzehn Uhr.

XVII

Isa Leetz führte die Polizisten durch die große Halle zu einer kleinen Tür unter der Treppe. Sie klopfte kurz an und trat dann, ohne eine Antwort abzuwarten, in den Raum. Hinter einem Schreibtisch saß zusammengesunken Laura Ihlow. Als sie Damp und Blohm erblickte, schien sie sich noch etwas mehr zu ducken.

„Laura, die Polizisten wollen noch einmal mit Ihnen sprechen", verkündete Isa.

Damit wandte sich Isa Leetz um und wollte den Raum verlassen. Doch Nelly hielt sie auf. „Den Schlüssel für das Haus Ihres Mannes?"

„Den gebe ich Ihnen, wenn Sie rübergehen", antwortete Isa Leetz unfreundlich.

„Ich hätte ihn aber gern jetzt."

„Warum?"

„Darum."

„Mir gefällt Ihre Art nicht. Mein Mann ist ermordet worden und damit das Opfer und nicht der Täter", zischte die Ehefrau Nelly an.

„Ermordet", stieß Laura Ihlow schrill heraus und starrte alle mit weit aufgerissenen Augen an.

„Ja, ermordet!", blaffte Isa Leetz sie an. „Offenbar glaubt die Polizei, der Mörder käme aus diesem Haus."

„Das habe ich gar nicht behauptet", verteidigte sich Nelly.

„Dann hören Sie sich mal selbst zu", gab Isa Leetz pampig zurück.

‚Zickenkrieg', dachte Damp im Stillen und räusperte sich. „Frau Leetz, wir wollen uns nur ein genaues Bild von Ihrem Mann machen können. Vielleicht liegen Sachen rum, die uns irgendwie weiterbringen."

Die beiden Frauen starrten ihn an. Dann holte Frau Leetz ein Schlüsselbund hervor und warf es Damp zu, der es gerade noch geistesgegenwärtig auffangen konnte. „Tun Sie, was Sie nicht lassen können!" Sie marschierte aus dem Zimmer.

„Ich hätte das schon hinbekommen", fauchte ihm Nelly leise ins Ohr.

„Das habe ich gesehen", brummte Damp zurück und nickte mit dem Kopf zu Laura Ihlow. Nelly starrte ihn noch kurz mit wütenden Augen an, schnaufte und wandte sich dann der jungen Frau zu, die immer noch geduckt hinter ihrem Schreibtisch saß.

„Wir brauchen noch ein paar Informationen, was hier am Silvestertag passiert ist", erklärte Nelly. „Ist Ihnen was Besonderes aufgefallen?"

Laura schüttelte den Kopf.

„Haben Sie den Streit zwischen Herrn Zakis, also ihrem Verlobten, und Herrn Dehne mitbekommen?"

„Herr Zakis ist nicht mein Verlobter", sagte sie leise.

„Aber Ihr Lebensgefährte?"

Laura schüttelte nur den Kopf.

„Aber Frau Leetz hat doch gesagt, dass Sie mit Herrn Zakis das Hotel weiterführen wollen …"

„Mario will das nicht."

„Warum nicht? Das ist doch eine große Chance."

„Er will so schnell wie möglich von hier fort, wenn das alles geklärt ist und die Gäste abgereist sind."

„Und Sie?"

„Ich würde schon bleiben. Aber allein kann ich den Laden nicht führen. Ich bin keine Köchin. Und eine exzellente Küche gehört zum Konzept des Hauses. Das bringe ich einfach nicht. Und hier auf der Insel werden sie auch kaum einen finden, der das, was Mario macht, bringen würde. Vielleicht einer der Köche aus Vitte. Da gibt's einen guten Koch in einer kleinen Pension mit Restaurant im Wiesenweg. Der ist klasse und nicht nur Herr über Fritteuse und Mikrowelle. Aber der wird wohl kaum wechseln. Schon gar nicht unter diesen Umständen."

„Was meinen Sie mit *unter diesen Umständen*", mischte sich Damp ein.

Laura sah ihn verwundert an. „Der Besitzer tot. Kein Geld da. Wir kommen doch nur noch über die Runden, weil Mario schon alles eingekauft hatte. Außerdem hat er aus seiner Zeit im ‚Wieseneck' noch ein paar alte Verbindungen. Ein paar Fischer machen ihm für einen guten Preis ihre Tiefkühltruhen auf und holen mal noch einen Zander oder Dorsch raus. Sonst säßen wir hier endgültig auf dem Trocknen."

Damp hatte sich einen Hotelprospekt vom Schreibtisch genommen und blätterte etwas darin herum. „Aber jetzt sind doch Gäste da. Und wenn ich hier so die Preise sehe, da müsste doch was reinkommen?"

Laura lächelte hilflos. „Die sind alle umsonst hier. Alles Promotion. Vergessen Sie es."

„Noch mal zurück zum Silvestertag", mischte sich Nelly wieder ein. „Waren denn alle Gäste sowie Frau Leetz, Herr Zakis und Sie den ganzen Tag hier?"

„Ich ja", dann zögerte sie etwas. Es entging Nelly nicht. „Mario auch. Er musste ja das Essen für den Abend vorbereiten. Frau Leetz war am Nachmittag mit den Kindern unterwegs. Und die Gäste …", wieder machte sie eine Pause. „Die Journalisten waren unterwegs. Einer kam erst am Abend und die beiden anderen … ich weiß es nicht. Jeder hat hier einen eigenen Schlüssel und kann machen, was er will."

„Ist Ihnen sonst etwas aufgefallen?"

Laura nahm einen Bleistift und drehte ihn zwischen den Händen. „Das Übliche. Herr Blank kam fast jeden Tag … Da fällt mir ein, am Tag vor Silvester war er da und was komisch war, er kam aus der Bibliothek und wirkte irgendwie … na, ich weiß auch nicht … verstört oder verärgert. Seinen Auftritt heute haben Sie ja miterlebt … und sonst?" Ihr Blick verlor sich. „Letzte Woche, da war jemand aus Vitte da. So ein Dicker. Der hat sich hier alles zeigen lassen und ist dann mit Herrn Dehne in seinem Häuschen hinten verschwunden." Sie zeigte mit dem Bleistift durch das Fenster in den Wald hinter dem Hotel.

„Kennen Sie den Namen des Mannes?"

Sie zuckte mit den Schultern. „Lange kann der auch noch nicht auf der Insel sein. Ich glaube, er hat eine Hausverwaltung in Vitte."

„Zabel vielleicht?", fragte Damp leise.

„Genau. So hieß er."

XVIII

Malte musste nur zuhören, höchstens mal den Namen Dehne als Stichwort einwerfen, wenn er an einem der Tische vorbeiging. Überall war der Tod des Hoteliers Thema. Die Frauen steckten zwar die Köpfe zusammen, gaben sich aber keine Mühe, leise zu tuscheln. Dabei löffelten sie Stücke der aufgetauten Torten in sich hinein, tranken Tee oder Kaffee, die von Margarete Striesow serviert wurden. Hier und da wurde auch ein Likör geordert.

Susi Gau lobte Dehne als umsichtigen Lehrer. „Ohne ihn könnte mein Sohn heute noch nicht eine Meise von einem Sperling unterscheiden."

„Also ich fand es aber ziemlich blöde", entgegnete Marion Drews, „immer diese ganzen Vogelnamen lernen zu müssen. Ich habe Jana extra ein Vogelquiz gekauft, damit sie im Unterricht nicht so dumm dasteht. Geholfen hat es wenig."

„Hauptsache, Jana kann heute beim Männerquiz noch unterscheiden, wer denn ihr Aktueller ist", witzelte ihre Nachbarin Ida Oertel.

Marion Drews zog eine Grimasse. „Ich weiß gar nicht, was du meinst?"

„Nein?", fragte Ida zurück. „Das würde mich wundern."

Alle Damen am Tisch lachten, außer Marion.

Am Nebentisch wusste Anna Schlick zu berichten, dass es wohl die eine oder andere Affäre zwischen Dehne und jungen Referendarinnen gegeben habe. „Der hat sich immer wie ein Halbgott aufgespielt, wie er sich um seine kranke Frau gekümmert hätte, dabei war er hinter jedem jungen Rock her, der nach dem Schulklingeln bei drei nicht auf dem Baum war. Da war doch diese Mathematiklehrerin, wisst ihr noch?"

„Ach komm, Anna", meinte ihre Nachbarin Frauke Neuland spöttisch. „Du bist ja nur neidisch, dass er als Nachbar in deinen einsamen Nächten nicht bei dir angeklopft hat, wenn Paul draußen zum Fischen war."

„Quatsch", widersprach Anna heftig. „Ich bin meinem Mann immer treu gewesen."

„Aber es stimmt schon", meinte Elke Budde. „Der hat nichts anbrennen lassen. Nicht mal bei den jungen Mädchen, wenn der Staatsanwalt nicht mehr die Hand drüber hatte. Der war doch immer abends am Strand unterwegs, angeblich um den Vögeln zuzuschauen. Den Möwen und so. Vergiss es. Er ist um die Strandburgen der jungen Studentinnen rumgeschlichen und hat nach ganz anderen Dingen als nach den Möwen geschaut." Dabei deutete sie mit einer ausladenden Handbewegung riesige Brüste an und erntete die erhofften Lacher. Malte kam kaum nach, die ganzen Informationen zu speichern. Gleichzeitig musste er noch die Leinwand aufhängen und Dora hatte ihm schon mehrfach mit dem Zeigefinger gedroht, weil er immer wieder an einem der Tische stehen geblieben war, um zuzuhören.

„Ihr Quatschtanten", rief da Monika Freese hinter ihm dazwischen. „Erst hat er sich um seine Eltern gekümmert, dann um seine krebskranke Frau. Der hatte einen ziemlichen Packen zu tragen."

„Genau", stimmte ihr Petra Gustavs zu. „Möchte mal wissen, ob einer von unseren Kerlen sich unser so erbarmen würde, wenn wir nicht mehr richtig im Koppe sind oder jede zweite Woche zur Chemo nach Stralsund müssen."

„Ich frag mich nur, woher er das Geld hatte, um die Vogelwarte zu kaufen. Die muss doch 'ne Menge Geld gekostet haben? Dann noch der Umbau zum Hotel …"

„Und alles nur vom Feinsten", meldete sich Katrin Claasen. „Ich weiß es von Hans. Parkett, Schieferfliesen und, und, und. Dem war nichts zu teuer. Dann ging ihm aber die Puste aus. Hans hat mir erzählt, dass er seit Dezember keine Rechnungen mehr bezahlt hat. Der stand mit mehreren Zehntausend bei der Firma ‚Inselbau' in der Kreide. Vielleicht hat er sich deshalb ..." Katrin machte eine Handbewegung neben ihrem Kopf, als würde sie eine Schlinge zuziehen, und gab dabei ein „Krrrk" von sich.

Die ganze Zeit hatte Constanze Schulze, ohne ein Wort zu sagen, zwischen den Frauen gesessen. Dabei kannte sie als Schuldirektorin der kleinen Inselschule Dehne bestimmt besser als die meisten anderen.

„Ich fand, er war ein guter Lehrer", platzte es aus ihr heraus.

Alle wandten sich zu ihr um. Sie wischte sich mit dem Taschentuch über die Augen. „Ihr schwatzt da vor euch her. Er ist tot! Könnt ihr da nicht mal eure Schandmäuler halten. Ich wäre froh, er würde noch leben. Er wollte wieder als Lehrer anfangen. Wenigstens vertretungsweise. Wer kommt denn als Lehrer nach Hiddensee? Habt ihr euch das mal gefragt? Haben wir keine Lehrer, haben wir bald auch keine Schule mehr."

Ein Grummeln lief durch den Raum. Dora nutzte die Chance. „So, jetzt ist es Zeit für unseren Film heute. Malte, hängt die Leinwand?"

Malte hob den Daumen.

„Sind die Lautsprecher an?"

Malte nickte.

„Mal kein Ostfilm, sondern ‚Ödipussi' von und mit Loriot. Ich hatte Glück und unser Verleiher in Berlin hat mir eine schon etwas verschlissene Kopie überlassen für wenig Geld. Ich hoffe, sie hält durch. Also dann viel Spaß." Dora schaltete das Oberlicht aus und startete den Projektor. Als der Film lief, drängte sich Malte am Rand zurück. Er winkte kurz Dora, die aber völlig konzentriert ihren Projektor überwachte. Er ging in den kleinen Verkaufsraum. Hella Sanow war dabei, etwas aufzuräumen. „Na, Malte, noch einen Kaffee?"

Malte wiegte erst den Kopf hin und her, sagte dann aber: „Warum nicht? Aber mit Sahne und Zucker."

Hella schenkte ihm eine Tasse Kaffee ein, ließ zwei Stück Zucker hineinfallen und sprühte aus einer Dose Sahne obendrauf. Von drinnen hörten sie immer mal wieder das Lachen der Frauen.

„Die haben wieder viel Spaß. Das ist eine echt gute Idee gewesen von euch beiden", lobte die Bäckerin Malte und Dora.

„Na ja, das ist doch wohl eher Doras Ding. Ich bin nur das Maskottchen."

Hella grinste ihn verschmitzt an. „So kann man es auch sagen."

Sie schwiegen eine Weile. Dann schüttelte Hella plötzlich den Kopf. „Ich versteh die Conny gar nicht, dass sie Martin so in Schutz nimmt."

„Wie kommst du darauf?"

„Sie hat sich mal bei mir ausgeheult. Nach dem Tod seiner Frau, der Katharina, waren sie wohl ein- oder zweimal zusammen, wenn du weißt, was ich meine. Sie dachte, es wäre die große Liebe. Er wohl eher nicht."

„Aha."

Margarete Striesow kam aus dem Gastraum. Sie strich sich ein paar verschwitzte Haare aus der Stirn. Sie musste die letzten Worte von Hella noch gehört haben. „Seid ihr immer noch bei dem Dehne?"

Malte und Hella nickten.

„Also ein Gutmensch war der bestimmt nicht. Vielleicht ein guter Lehrer, weil er den Gören mal was über die Natur hier erklärt hat und nicht nur mit ihnen am Wandertag zum Shoppen nach Stralsund gefahren ist. Aber sonst?"

Sie steckte sich eine Zigarette an und blies den ersten Rauch heftig aus. „Wie er zum Beispiel seine Schwester hat hängen lassen."

„Wieso hängen lassen?", fragte Malte scheinbar gelangweilt. Er wollte sein Interesse nicht zu sehr herauskehren.

„Der alte Dehne war noch vom ganz alten Schlag", klärte ihn dann Margarete auf. „Der Erstgeborene und Sohn kriegt alles, die Tochter guckt in den Mond. Martin hat das Haus und das Grundstück geerbt, aber Steffi nichts abgegeben. Nicht mal ein paar Möbel. Dabei hätte sie Unterstützung bei ihrer Pension in Thiessow gebraucht. Aber nichts da." Sie trank einen Schluck Wasser aus einer Plastikflasche, die auf dem Tresen stand. „Und jeden Donnerstag ist er zu seiner Chorprobe nach Bergen gefahren, egal wie es Katharina nun ging, als sie durch die Krebserkrankung schon nicht mehr aufstehen konnte. Und Conny macht ihn hier fast zu einem Halbgott."

Hella stimmte ihr zu, machte dann aber ein verwundertes Gesicht. „Ich habe Steffi Jahre nicht gesehen. Aber Silvester. Ich bin doch noch rüber nach Putbus, um meine Mutter im Pflegeheim zu besuchen. Auch wenn sie bei ihrem Alzheimer nichts davon mitbekommen hat. Da stand Steffi am Anleger in Schaprode …" Dann schüttelte Hella den Kopf. „Komisch. Sie stand da, abends, als ich mit der Fähre wieder zurückwollte."

XIX

Mario Zakis hatte gerade Makronen für das Kaffeetrinken am Nachmittag gebacken. Der Duft von Kokos und frischem Backwerk durchzog die Küche.

„Das riecht aber gut", rief Nelly aus, als sie mit Damp hereinkam.

Der Koch lächelte die Polizistin an. „Sie können gern probieren. Ist genug da."

Nelly griff nach einer Makrone auf dem Backblech, bevor Mario Zakis sie auf eine große weiße Porzellanschale schaufelte. Damp lehnte höflich ab. Er wollte sein Idealgewicht halten, obwohl ihm das Wasser im Mund zusammenlief.

„Hm, schmeckt gut. Fantastisch. So luftig und locker. Sind die schwierig zu machen?"

„Eigentlich nicht. Sie brauchen nicht mehr als Kokosraspel, Eiweiß, Zucker und Zitronensaft."

„Ich würde das nie hinbekommen."

„Das glaube ich Ihnen nicht. Ist wirklich ganz einfach. Ich als Mann bekomme es doch auch hin." Zakis zwinkerte ihr zu und Nelly errötete leicht. „Sie schlagen das Eiweiß steif, geben den Zucker dazu, schlagen die Masse, bis sie sich wie ein Baiser anfühlt. Dann heben Sie die Kokosraspel unter und träufeln Zitronensaft drüber. Immer einen Klecks auf die Backoblaten und ab in den Ofen. Fertig."

„Sind wir hier jetzt in der Kochschule?", brummte Damp leise, aber so, dass Nelly es hören konnte.

„Wir müssen mit Ihnen über den Silvestertag sprechen", wechselte Nelly das Thema. „Worüber haben Sie sich mit Herrn Dehne gestritten?"

Zakis beschäftigte sich plötzlich intensiv mit dem Säubern der Schüssel, in der er den Teig angerührt hatte, und mied Nellys Blick. „Es ging um die blöden Raketen. Als wenn es wichtig wäre, dass es hier wie auf der ‚Pyronale' knallt, leuchtet und bumst. Ich hatte keinen Bock, so viel für das teure Zeug von meinem eigenen Geld zu bezahlen. Da habe ich es einfach bei Aldi gekauft und Dehne hat ein Fass aufgemacht. Ist er eben selbst noch mal los …"

„Und nicht wiedergekommen", ergänzte Damp. „Dafür saß er dann tot auf dem Dampfer."

„Was soll das heißen?", brauste Zakis auf. „Wollen Sie mir jetzt etwa unterstellen, ich hätte ihn wegen ein paar Knallern umgebracht? Sie sind doch nicht ganz dicht!"

„Herr Zakis", ging Nelly dazwischen, „beruhigen Sie sich. Niemand unterstellt Ihnen etwas."

„Das hört sich aber bei Ihrem Kollegen ganz anders an", antwortete der Koch schon leiser.

„Wir müssen einfach wissen, wo jeder aus dem Hotel zur eventuellen Tatzeit war. Man nennt das auch Alibi."

Zakis warf einen Kochlöffel in das Abwaschbecken. Wasser spritzte heraus „Ich weiß gar nicht, wann die *Tatzeit* gewesen sein soll."

„Silvester, später Nachmittag, früher Abend", klärte Damp ihn auf. „Wo waren Sie zu dieser Zeit?"

„Hier. Ich musste das Silvestermenü vorbereiten. Kocht sich nicht von selbst. Jedenfalls das, was Dehne alles wollte. Und ich habe keine Hilfe. Außer Laura ab und zu. Aber die ist keine Köchin. Ehe ich ihr alles erklärt habe, mach ich es lieber selbst."

„Warum wollen Sie eigentlich nicht mit Laura das Hotel weiterführen?", hakte Nelly nach.

„Was geht Sie das an?" Seine Freundlichkeit auch ihr gegenüber war verflogen. Er verschränkte bockig die Arme vor der Brust. „Ich habe keine Lust, hier die Karre aus dem Dreck zu ziehen. Ich will einfach nur weg."

„Und Laura?"

„Ihr Problem, was sie macht. Sie ist erwachsen."

Das hörte sich nicht nach einer glücklichen Beziehung an.

Die Tür wurde geöffnet und Böhnke trat ein. „Wir sind wieder da. Ich wollte nur fragen, ob ihr mit nach Kloster wollt?"

„Schon", antwortete Nelly überrascht, „aber wir müssten noch mit den Gästen sprechen."

„Nix für ungut, aber es schneit so stark, da will ich die schwitzenden Pferde nicht so lange draußen stehen lassen. Sie müssen in den Stall. Wenn die sich erkälten, habe ich den Salat. Es gibt keinen Tierarzt auf der Insel. Und so schnell kommt bei dem Wetter auch keiner hierher."

„Wir kommen schon klar", meldete sich Damp. „Ich melde mich bei dir."

Böhnke tippte kurz mit zwei Fingern an die Mütze und verschwand.

Nelly stöhnte. „Jetzt müssen wir den ganzen Weg wieder runterlatschen. Hätten Sie ihn nicht überreden können zu warten?", maulte sie Damp an.

„Brauchen Sie mich noch. Ich müsste mich dann um Tee und Kaffee kümmern", mischte sich Zakis ein.

„Eigentlich nicht. Sie waren also den ganzen Silvestertag hier?"

Zakis zögerte etwas, aber nickte dann.

Als die Polizisten wieder in die Halle kamen, erwartete sie statt der Gäste Isa Leetz. „Müssen Sie unbedingt die Gäste behelligen? Das ist nun wirklich nicht gut fürs Geschäft."

„Es lässt sich nicht vermeiden", antwortete Damp, bevor Nelly etwas sagen konnte. Er hatte aus den Augenwinkeln gesehen, wie sich bei seiner Kollegin schon eine Zornesfalte auf der Stirn gebildet hatte. „Wir gehen aber so diskret wie möglich vor."

In der Bibliothek wartete schon das Ehepaar Möller aus Halle. Anke Möller saß auf dem Sofa, hatte halblange blonde Haare, ein freundliches Gesicht mit Grübchen in den Wangen. Damp schätzte die Frau auf Anfang vierzig. Sie war zünftig für den Winter gekleidet mit einem hellen Rollkragenpullover und einer Skihose, die in die Winterwanderstiefel gezogen war. Sie blätterte in einer

Zeitschrift. Ralf Möller hatte in einem Sessel Platz genommen und trommelte mit seinen schmalen Fingern nervös auf der Lehne. Er trug zu Pullover und Jeans eine kariertes Tweedsakko.

Als Nelly ihnen erzählte, dass Martin Dehne ermordet worden sei, ließ Anke Möller vor Schreck die Zeitschrift fallen. „Das ist ja furchtbar", flüsterte sie. „Dein Freund ermordet", wandte sie sich an ihren Mann. „Wir haben ihn noch am Morgen an der Fähre gesehen. Hier in Vitte."

Ralf Möller räusperte sich. „Ja, das ist schlimm", quälte er sich heraus.

„Danach haben Sie Martin Dehne nicht mehr gesehen?", fragte Damp.

Beide schüttelten den Kopf.

„Und Sie waren den ganzen Tag hier?"

„Ja klar", antwortete Ralf Möller schnell. „Das Wetter war schon ziemlich schlecht. Es schneite und bei starkem Wind bekommt Anke immer schnell Kopfschmerzen. Sie hat sich nach dem Essen hingelegt …"

„Und Sie?", fragte Nelly nach.

„Ich? Ich habe gelesen, mir das Haus angeschaut …" Anke Möller beobachtete ihren Mann, aber ohne ein Wort zu sagen.

„Sie waren alte Schulfreunde?"

„Nein, wir kennen uns durch die Vogelwarte. Wir sind Ornithologen."

Anke lachte plötzlich los. „Sei doch nicht so hochtrabend. Ihr seid beide Vogelnarren, aber keine Ornithologen. Basta!" Sie wandte sich an die Polizisten. „Jede freie Minute hockt er irgendwo auf den Feldern und in den Wäldern, sucht nach irgendwelchen blöden Feldlerchen, Turmfalken oder was weiß ich."

„Du musst dich darüber nicht lustig machen", gab Ralf Möller ärgerlich zurück. „Das ist eine wichtige Sache."

„Bei dir sind alles wichtige Sachen. Deine Patienten, deine Vögel, nur die Menschen um dich herum, die sind keine wichtige Sache. Brauchen Sie mich noch? Ich habe alles gesagt, was ich weiß."

Anke Möller wartete nicht die Antwort der Polizisten ab. Sie stand auf und ging ohne ein weiteres Wort aus der Bibliothek.

„Entschuldigen Sie bitte meine Frau. Sie ist momentan etwas … etwas angespannt. Die Situation hier. Wer möchte in einem Haus seinen Urlaub verbringen, in dem ein Mord passiert ist."

„Hier ist er ja nicht passiert", entgegnete Damp. „Sie und Herr Dehne waren also eng befreundet", kam er auf Nellys Frage zurück.

„Eng befreundet?", wiederholte Möller nachdenklich. „Früher schon, als wir noch bei den jungen Naturforschern waren. Das war so eine Truppe bei den Pionieren. Damals war ich auch das erste Mal auf Hiddensee, im Ferienlager der Vogelwarte. Ist bestimmt über dreißig Jahre her. Da habe ich Martin kennengelernt. Später haben wir unsere Studentensommer hier auf der Insel zusammen verbracht und für die Vogelwarte gearbeitet. Wir haben bei der Beringung der Vögel geholfen, besonders wenn der Herbstzug lief."

„Ich habe darüber was gelesen", erklärte Nelly. „Das war sehr spannend."

Ralf Möller lebte sichtbar auf. „Es gab zu DDR-Zeiten über dreihundert Beringer. Wir haben im Auftrag der Vogelwarte Hiddensee überall im Land Vögel mit einem Ring gekennzeichnet. Das war total spannend. Fand man einen dieser Vögel dann irgendwo wieder, konnte man anhand der Daten feststellen, wo er langgeflogen ist. Aber nicht mal ein Prozent der beringten Vögel hat man je wiedergefunden. Bei knapp zwei Millionen sind das immerhin noch zwanzigtausend. Damit konnte man schon eine Menge anfangen. Hier auf Hiddensee hatte man öfters mal ein Erfolgserlebnis, zum Beispiel mit den Schwänen. Die hat man eher wiedergetroffen, weil sie nicht sehr wanderfreudig sind. Wir waren immer ganz stolz und fühlten uns wie Forscher, wenn wir einen Vogel mit einem Ring von uns wiederfanden. Kann man vielleicht so nicht verstehen, wenn man es nicht kennt. Im Herbst, wenn die Zugvögel auf Hiddensee Rast machen, dann war hier in der Vogelwarte natürlich Hochbetrieb. Neue Vögel beringen, schauen, ob welche mit Ringen aufgefunden wurden … Ich bin ins Plaudern gekommen. Jedenfalls kannten wir uns daher, Martin und ich. Ich bin heute noch im Ornithologischen Verein in Halle. Wir betreuen auch ein Projekt hier oben, aber nicht auf Hiddensee, sondern auf dem Großen Kirr im Barther Boden."

„Und Sie hatten immer Kontakt mit Martin Dehne?", fragte Damp.

„In den letzten Jahren hatten wir uns ein wenig aus den Augen verloren. Ich bin Chefarzt der Chirurgie an der Uniklinik Halle. Da bleibt nicht viel Zeit. Sie haben ja meine Frau gehört. Aber über Facebook. Da habe ich auch gelesen, dass Martin die Vogelwarte gekauft und nun hier ein Hotel daraus gemacht hat, aber auch mit einer Art Museum als Erinnerung an die Vogelwarte."

„Aber wenn man zu den ersten Gästen gehört und sogar umsonst hier wohnen darf, dann muss man doch ein besonderes Verhältnis haben oder besonders eng befreundet sein?"

Ralf Möller zuckte mit den Schultern. „Das kam völlig überraschend. Er rief mich Anfang Dezember an, ob ich nicht Lust hätte, über Silvester zu kommen und an der Einweihung teilzunehmen. Ich dachte auch, dass mehr Leute da sind. Nicht nur wir fünf."

Damp nickte nachdenklich. Nelly fragte sich, worauf ihr Kollege hinauswollte.

„Was war in dem Umschlag, den Martin Dehne Ihnen in Vitte am Hafen gegeben hat?"

Nelly schaute Damp überrascht an. Ebenso Ralf Möller. „Umschlag? Ich weiß nicht, was Sie meinen?"

„Sie haben von Martin Dehne einen braunen Umschlag bekommen, Dafür habe ich Zeugen. Also: Was war in dem Umschlag?"

Damp fixierte Möller mit den Augen. Auf der Stirn des Arztes zeigten sich kleine Schweißtröpfchen. Sein Gehirn arbeitete fast sichtbar, bevor er endlich antwortete: „Die Reiseunterlagen."

„Reiseunterlagen?", wiederholte Damp süffisant, „Reiseunterlagen für eine Reise für die sie keinen Cent bezahlen müssen?" Dann wurde sein Tonfall deutlich schärfer. Nelly war richtig erschrocken. „Wollen Sie mich für dumm verkaufen? Was war in dem Umschlag?"

Möller holte ein Taschentuch heraus und wischte sich damit über die Stirn. „Unterlagen. Es waren Unterlagen."

„Aber keine Reiseunterlagen."

„Nein, Unterlagen der Gauckbehörde."

„Aha. Und was stand darin, dass Sie es uns nicht sagen wollen?"

„Na was wohl?" Möller stand auf und ging vor dem Tisch auf und ab. „Dass ich ab und zu einen Bericht geschrieben habe. Über die Treffen hier in der Vogelwarte. Wenn Vogelkundler aus dem Westen zu Besuch waren. Natürlich stand da auch was über Martin drin. Deshalb ist er überhaupt da rangekommen." Er blieb stehen und drehte sich zu den Polizisten. „Ich dachte, die Akten wären weg. Als ich vor Jahren für die Universitätsklinik überprüft wurde, weil sie zum öffentlichen Dienst gehört, lag nichts vor. Wenn das jetzt bekannt wird, dann …"

„… dann wären Sie möglicherweise Ihren Job los", beendete Damp den Satz. „Was wollte Herr Dehne von Ihnen?"

Möller steckte die Hände in die Taschen und stöhnte. „Geld, viel Geld."

„Wie viel?", fragte Nelly.

„Hunderttausend Euro. In bar. Er hatte einen Zettel beigelegt." Möller zog seine Brieftasche aus dem Jackett, nahm einen zusammengefalteten Bogen Papier heraus und reichte ihn Damp. Darauf stand: „Lieber Thomas, ich hoffe, mein Schweigen ist Dir hunderttausend Euro wert. Du kannst es verschmerzen. Nimm es als Wiedergutmachung und Hilfe für mein Projekt. Es ist nicht mal die Hälfte Deines Jahresgehalts. Denk daran, was Du verlieren kannst. M."

Damp reichte den Zettel an Nelly weiter.

„Waren Sie Silvester nach Ihrer Ankunft wirklich den ganzen Tag hier oder sollen wir Ihre Frau noch mal fragen? Sie wirkte etwas überrascht von Ihrer Aussage."

Möller schüttelte den Kopf. „Nein, ich war noch mal weg. Spazieren. Ich musste überlegen, was ich tun sollte."

„Wann waren Sie wieder da?", fragte Nelly.

„So gegen sieben."

Damp lehnte sich zurück. „Das würde reichen."

XX

Für hunderttausend bringt doch ein Chefarzt keinen um", meinte Nelly, als Möller das Zimmer verlassen hatte.

Damp zuckte mit den Schultern.

„Auch wenn ihn die Uniklinik feuern würde … Er bekäme schnell wieder eine Anstellung in einem Krankenhaus, wo man nicht nach der Vergangenheit fragt. „Woher wussten Sie das überhaupt mit dem Umschlag?", bohrte sie nach.

„Quellenschutz." Damp grinste. Er freute sich immer noch über den Treffer, den er gelandet hatte. Ohne Laptop und Internet. Einfach durch Befragen. Und auch mit ein wenig Glück.

„Trotzdem, ich kann mir nicht vorstellen, dass Möller Dehne umgebracht hat."

„Er ist Arzt, weiß also mit Chloroform umzugehen, kann sicher auch ausrechnen, wie stark die Wirkung sein muss, damit aus Dehnes Tiefschlaf bei Eis und Frost seine letzte Ruhe wird. Ein Motiv hat er auch, aber kein Alibi. Die Zeit reicht. Er wartet auf Dehne um sechs an der Fähre, lockt ihn auf die ‚Caprivi' mit dem Trick, dort alles klären zu wollen, betäubt ihn dann und sitzt um sieben hier wieder am gedeckten Tisch. Selbst bei dem Wetter wäre das zu schaffen. Damit rückt Möller auf Platz eins der Tatverdächtigen. Weithin ohne Konkurrenz."

„Auch weil wir keinen anderen Tatverdächtigen haben", entgegnete Nelly schmallippig. „Ich bin nicht so überzeugt." Sie machte eine kurze Pause. „Aber vielleicht bin ich auch zu gutgläubig."

„Sind Sie nicht. Jedenfalls nicht unbedingt. Unser Problem: Selbst wenn uns ein Staatsanwalt einen Haftbefehl ausstellen würde, was ich allerdings bezweifle bei der Beweislage, denn wir haben nichts außer Indizien, wir können ihn gar nicht verhaften."

„Wieso?"

„Wollen wir ihn auf dem Revier in Vitte einsperren? Schauen Sie mal aus dem Fenster?"

Nelly stand auf. Draußen fiel der Schnee wieder in dichten Flocken.

„Kein Hubschrauber wird hierherfliegen und ihn abholen. Andererseits kann er bei dem Wetter auch nicht weglaufen", meinte Damp. „Wir könnten nur so eine Art Stubenarrest verhängen, aber das ist mir zu lächerlich. Er soll sich einfach zu unserer Verfügung halten und basta … So hat das in unserem letzten Fall auch Rieder gemacht und damit Glück gehabt."

Die Erwähnung von Damps altem Kollegen versetzte Nelly einen Stich.

Möller wirkte nicht gerade erleichtert, als ihm die Polizisten ihre Entscheidung mitteilten. Damp drohte noch ein wenig mit allen eventuellen Strafen und Folgen, sollte er sich aus dem Staub machen. Möller übergab ihm den Umschlag mit den Unterlagen, mit denen Dehne ihn erpresst hatte. „Ich hoffe auf Ihre Diskretion", bat er die Polizisten.

Damp schaute ihn verdrossen an. „Das liegt nicht allein in meiner Hand. Aber vielleicht sollten Sie selbst reinen Tisch machen."

Nelly steckte die Papiere in ihren Rucksack.

In der Halle wartete nur noch ein Gast. Der Fotograf und die Journalistin waren noch einmal losgegangen, um Bilder vom Winter auf Hiddensee zu machen. Sie hatten bei Laura Ihlow ihre Telefonnummer hinterlassen.

Damp grummelte etwas darüber, wandte sich dann aber dem Mann zu, der ihm sofort die Hand entgegenstreckte. „Matthias Barthel vom Hörfunk."

Er hatte kurz geschnittene Haare, trug eine Nickelbrille und wenn er seinen Mund öffnete, zeigte sich eine kleine Zahnlücke. Um den Hals hatte er einen Schal geworfen, obwohl ihn sicher auch der Rollkragen des Wollpullovers gut wärmte. „Könnte ich nachher mit Ihnen beiden gleich noch ein Interview machen, wie der Dienst der Polizisten auf Hiddensee aussieht?"

Damp und Nelly sahen sich an. „Ich denke, das müssen wir erst mit unserer Pressestelle in Stralsund besprechen", antwortete

Nelly ausweichend. „Nur Herr Damp", sie zeigte auf ihren Kollegen, „ist Polizist auf Hiddensee. Er ist der Revierleiter. Ich bin nur eine Art Ersatzfrau, weil der zweite Inselpolizist krank ist."

„Schade, eine Frau als Inselsheriff wäre natürlich noch cooler gewesen …"

„Vielleicht könnten wir Sie erst mal als Zeugen vernehmen", meldete sich Damp und wies in die Bibliothek.

„Ich bin unschuldig", frotzelte Barthel, nachdem alle Platz genommen hatten und lachte über sich selbst.

„Sie wissen, was geschehen ist?"

„Das pfeifen doch die Möwen vom Dach der Vogelwarte." Wieder folgte ein Lachen über seinen eigenen Witz. „Unserem Hotelier wurde das Licht ausgeblasen. Frau Leetz hat es mir erzählt, als sie mich bat, hier auf Sie zu warten." Dann hob er die Hände über den Kopf und schob sie auseinander, als würde er eine imaginäre Überschrift lesen. „Mord im Hotel. Ein guter Titel für ein Hörspiel. Der Wind rauscht. Knirschende Schritte im Schnee …"

„Herr Barthel, Mord ist nicht lustig", rief ihn Nelly zur Ordnung. „Wir würden gern erfahren, in welcher Beziehung Sie zu Martin Dehne standen?"

„In keiner."

„In keiner? Wie sollen wir das verstehen?"

„Ganz einfach. Ich kannte Herrn Dehne nicht, habe ihn auch nie kennengelernt, weil er schon weg war, als ich Silvester ankam. Wir haben zwei Mails ausgetauscht. Und das war's."

„Aber er hat Sie doch hierher eingeladen?"

Barthel wackelte mit dem ausgestreckten rechten Zeigefinger. „Also nicht persönlich. Ende November landete ein Schreiben von ihm in unserer Redaktion. Zufällig stand ich gerade am Fax, als es ankam. Das ist immer ein guter Standort, um als freier Journalist Einladungen oder Termine abzugreifen. Jedenfalls lud Dehne zu einer Journalistenreise in sein neues Hotel nach Hiddensee. Neues Konzept, alte Vogelwarte, schöne Natur, Blablabla. Ich habe mir den Wisch gegriffen, ein paar Redaktionen angerufen und es meinem Chef in Berlin angeboten. Der war glücklich, für die

Saure-Gurken-Reisezeit in Deutschland ein Thema zu haben, das mal nichts mit Ski und Hüttenzauber zu tun hatte. Drei andere Redaktionen bissen auch noch an. Ein paar werde ich noch finden. Und schon ging's los. Umsonst Silvester auf Hiddensee! Kennen Sie die Hotelpreise, die ‚Godewind' oder ‚Hitthim' für den Jahreswechsel aufrufen? Dann noch dieses Chaos hier. Toll! Ich habe zwar nichts investiert, denn die Fahrkarte hat Dehne noch vor seinem Ableben dankenswerterweise im Voraus bezahlt, aber ich habe heute schon zwei Beiträge abgesetzt, dazu haben mich noch einige Radiostationen über die Situation auf der Insel interviewt. Der Rubel rollt. Besser hätte das Jahr nicht beginnen können."

Barthel strahlte die Polizisten an. Von Mitgefühl mit dem Opfer keine Spur. Die beiden waren verwirrt. „Sie haben also Herrn Dehne nie gesehen, nie gesprochen?", fragte Nelly.

„Nein … Wirklich schade, dass Sie nicht der Polizeichef sind", flirtete der Journalist. „Ich hätte so gern ein Interview, vielleicht bei einem Spaziergang …"

„Ist Ihnen auch nichts aufgefallen?", rettete Damp seine Kollegin. Barthel war kurz irritiert. „Was denn aufgefallen?"

„Zum Beispiel Silvester. Hat sich da vielleicht jemand vom Hotel oder von den Gästen merkwürdig verhalten?"

„Merkwürdig verhalten?", wiederholte Barthel. „Nicht merkwürdiger als sonst normale Menschen. Die beiden von der spitzen Feder, Weißgerber und Löwe, hielten wie immer die Taschen zu, als hätten sie Informationen über den Laden hier, die geheimer wären als Fort Knox. Alles Mache. Der Arzt und seine Frau wirkten wie jedes Ehepaar nach zwanzig Jahren Ehe. Der eine schwieg. Der andere hörte zu. Der Koch kocht super. Die Maus, die hier die Hauswartin spielt, ist mit ihren rötlichen Haaren und der blassen Haut ein Augenschmaus. Aber da hat der Koch die Hand drauf. Frau Leetz wirkte nervös und musste sich um ihre Kinder kümmern. Und ob jemand weg war, kann ich Ihnen nicht sagen, weil ich kam, als alle schon wieder da waren, falls sie weg gewesen sein sollten."

Nelly ging die selbstverliebte Art auf die Nerven. Damp auch. „Gut, das wäre es dann."

Barthel erhob sich. „Fragen Sie bei Ihrer Pressestelle nach oder soll ich das tun? Das ist doch total interessant. Das Winterchaos, ein Mord und der Inselpolizist. Ich höre schon richtig das Feature im Nachtprogramm von Radio …"

„Wir melden uns. Auf Wiedersehen", unterbrach ihn Damp, stand auf und öffnete die Tür. Barthel verschwand.

„Mein Gott, wie kann man sich nur selbst so toll finden", sagte Nelly zu Damp, als sie beide aus der Tür des Hotels „Dornbusch" traten. Sie versanken in gut fünfzehn Zentimeter Neuschnee.

„Er ist sicher kein Einzelfall", antwortete Damp abgeklärt.

Nelly schaute in den wolkenverhangenen Himmel. Ein wahres Flockenmeer sank still von oben herab auf die Insel. Wenigstens war der prophezeite Sturm ausgeblieben. „Der Heimweg wird eine ganz schöne Tortur werden", seufzte sie. „Ohne Schlitten."

„Nicht zu ändern. Wir müssen nach rechts in den Wald. Da muss diese Hütte stehen."

Die Polizisten sahen durch die Bäume die Umrisse eines Hauses. Das dichte Dach des Nadelwaldes hatte dafür gesorgt, dass der Schnee auf dem Weg dahin nicht zu hoch war. Nelly war dankbar, dass Damp vorwegging und mit seinem Gewicht einen guten Pfad trat. So blieben ihre Hosenbeine trocken.

Das Gelände um die alte Hütte war mit einem Tau abgezäunt. Zwei riesige Granitblöcke markierten den Eingang. Auf einem stand eine verwitterte rot-weiße Leuchte. Die Hütte selbst war ein altes quadratisches schwarzes Holzhaus mit einem breiten Reetdach, das weit über die Hauswände hinausging und von schlanken Holzsäulen gestützt wurde. Darunter führte ein Weg aus Holzplanken um das Haus, der frei von Schnee war. Damp fielen deshalb sofort die Spuren auf. Es musste das Muster der Schuhsohle eines Wanderstiefels gewesen sein. Er zeigte es Nelly.

„Hier muss schon vor Kurzem jemand gewesen sein. Ich glaube nicht, dass sich eine Spur hier oben so erhält. Ab und zu geht ja doch ein heftiges Lüftchen."

Sie holte ihr Handy heraus und machte ein paar Fotos. „Vielleicht kann Behm da noch was machen, den Schuhtyp oder Hersteller identifizieren."

Die Tür war hinter dem Haus. Damp holte den Schlüssel aus seiner Jackentasche, doch als er die Hand auf die Klinke legte und mit der anderen den Schlüssel ins Schlüsselloch einführen wollte, öffnete sich die Tür. Damp erstarrte kurz und legte dann den Finger auf den Mund. Die Polizisten zogen ihre Waffen. Damp trat etwas zur Seite, damit sich die Tür von selbst weiter nach innen öffnete. Nelly wollte vorgehen, doch Damp zog sie zurück und wies ihr eine Position neben der Tür, geschützt von der Hauswand zu. „Sie haben ein Kind!", flüsterte er leise.

Er hielt die Waffe erhoben vor der Brust und setzte vorsichtig einen Schritt vor den anderen. Hinter der Tür befand sich ein kleiner Windfang. Rechts davon war die Küche. Ein Raum, nicht größer als drei Quadratmeter, ohne Tür, nur mit ein paar flachen Küchenschränken. Kein sicheres Versteck für einen Einbrecher. Geradezu und links waren Türen. Damp zielte mit der Waffe in der rechten Hand auf die linke Tür und drückte vorsichtig mit der anderen Hand die Klinke herunter. Als er spürte, dass der Zapfen aus dem Schloss war, stieß er sie mit einem Fußstoß auf. Das Badezimmer war leer. Nun wandte er sich der letzten Tür zu. Er hielt die Luft an, machte einen kurzen Schritt nach vorn, schlug mit der flachen Hand auf die Klinke, stieß die Tür auf und rief: „Rauskommen! Polizei!"

Keine Antwort. Kein Laut. Er machte einen Schritt in den Raum, zielte schnell mit der Waffe nach links und rechts. Doch es blieb alles still.

Nelly war Damp gefolgt. Das Haus wirkte wie das Quartier eines Einsiedlers. Die Möbel waren alt und abgewetzt. An der hinteren Wand stand eine Liege mit einem ungemachten Bett. Unter dem Fenster befand sich ein Schreibtisch, auf dem sich Akten, Hefter und Grundrisse türmten. Ein aufgeklappter Laptop lag darunter begraben. Die Polizisten steckten ihre Waffen ein. Während Nelly sich gleich auf den Schreibtisch stürzte und die Papiere zu durchsuchen begann, sah Damp sich weiter im Raum um. Hinter der offenen Tür entdeckte er ein Keyboard. Auf einem Notenständer lagen einige grüne Notenhefte. Damp nahm eins in die Hand. Bach, „Matthäuspassion". „Messias" von Händel. An der Wand über dem Keyboard hingen einige Fotos. Sie zeigten einen Chor bei einem Konzert. Ganz rechts in der letzten Reihe entdeckte er Dehne, unverkennbar war das markante Gesicht mit dem Bart.

„Dehne scheint nicht nur ein Vogelfreund, sondern auch ein Singvogel gewesen zu sein", stellte Damp fest.

„Was meinen Sie?", fragte Nelly irritiert und trat zu ihm.

Er zeigte auf die Noten, die Bilder an der Wand und das Musikinstrument.

„Für falsche Töne wird man aber nicht umgebracht", erklärte sie

„Da haben Sie wahrscheinlich recht."

„Aber schauen Sie mal hier." Sie winkte Damp zum Schreibtisch. „Seine letzten Kontoauszüge. Er stand mit über sechzigtausend bei der Sparkasse in der Kreide. Das ist aber sicher noch nicht alles." Sie zog ein Blatt Papier unter dem Hefter mit den Bankunterlagen hervor. „Eine Rechnung der Firma ‚Inselbau' über fast einhundertvierzigtausend Euro. Es ist schon eine Mahnung von Mitte Dezember. Jedenfalls wurde von dem Konto bei der Sparkasse seitdem nichts abgebucht. Dehne hatte also Schulden von zweihunderttausend Euro mindestens. Der war pleite, noch bevor das Hotel eröffnet wurde. Wie wollte er eigentlich weitermachen?"

„Aber tot kann er doch auch nicht zahlen, falls Sie glauben, das wäre ein Motiv."

„Wieso nicht?" Nelly strich sich eine Strähne ihrer lockigen braunen Haare hinters Ohr und sah Damp an.

Der zuckte mit den Schultern. „Jedenfalls müssten wir hier die Spurensicherung durchjagen, um zu wissen, wer vor uns da war und dieses Chaos auf dem Schreibtisch verursacht hat."

„Mich wundert, dass wer es auch immer war, den Laptop nicht mitgenommen hat."

„Dann war es möglicherweise seine Frau? Vielleicht wollte sie noch ein paar Sachen vor uns in Sicherheit bringen oder hat nach einem Testament gesucht."

„Ich weiß nicht …" Nelly drehte sich zum Bett um. „Komisch finde ich immer noch, dass er offenbar hier geschlafen hat und nicht mit seiner Frau ein Zimmer im Hotel geteilt hat?"

„Das soll bei Eheleuten öfter vorkommen."

„Eigene Erfahrung?", witzelte sie.

„Leider nicht."

Sie beschlossen, das Haus zu versiegeln und die Spurensicherung aus Stralsund kommen zu lassen, sobald Hiddensee wieder übers Eis, übers Wasser oder aus der Luft zu erreichen war. Nelly nahm nur den Laptop mit. Damp ging schon vor die Tür und sah sich um. Er blickte um die Hauswand. Was war das? Wieder eine Skispur, zwar schon ein wenig zugeschneit, aber noch deutlich zu erkennen. Neben den Holzplanken waren die sternförmigen Abdrücke der Stockteller im Schnee zu erkennen, daneben zwei Schlitze, in denen die Skier gesteckt haben könnten. Damp ging um die Ecke. Die Spur führte in Richtung Steilküste.

„Ich glaube, unser Besucher kam nicht aus dem Hotel", rief Damp.

XXI

Der Abstieg vom Dornbusch hinunter nach Kloster war mühselig und anstrengend. Obwohl Damp die Ohrenklappen seiner Schapka heruntergeschlagen und Nelly ihre Kapuze noch über ihre rote Pudelmütze gezogen hatten, stachen die Schneeflocken beiden wie Stacheln ins Gesicht. Dazu kam nun noch ein eisiger Sturm von der Ostsee auf. Er fegte den lockeren Schnee von den Dächern und Bäumen und bestäubte die Kleidung der Polizisten. Damp schlug immer wieder die Arme um den Körper. Nelly fror und ihr Körper verkrampfte sich mehr und mehr. Ihre Schultern schmerzten schon. Der Rucksack mit Dehnes Laptop wog immer schwerer. Obwohl Damp vorweg lief und sie versuchte, so nah wie möglich an ihm dranzubleiben, bot sein breiter Rücken kaum Schutz vor dem Schneegestöber und den Windböen.

„Wie weit ist es denn noch?", fragte Nelly mit zittriger Stimme.

„Wir sind erst an der Lietzenburg vorbei. Da vorn ist das Trafohäuschen."

Damp schaute nach rechts. Ein Mann lief tief gebeugt, um sich vor Wind und Schnee zu schützen, in Richtung Steilküste, bog dann aber in den Weg zur Lietzenburg ein. War das einer der Bauarbeiter, fragte sich Damp, oder vielleicht sogar der neue Besitzer? Vielleicht sollten sie dort doch einmal vorbeischauen?

Hinter sich hörte er Nelly schniefen. Er drehte sich um. „Wollen wir kurz ausruhen?"

„Lieber weiter. Ich muss endlich ins Warme."

„Das wird wohl noch dauern."

Als sie im Rathaus ankamen, hörten sie schon im Treppenhaus Stimmengewirr. Es kam von links, aus dem Flur, in dem sich das

Bürgermeisterzimmer befand. Die Tür zu Försters Amtszimmer stand offen. Bürgermeister Förster, Feuerwehrchef Barnhöft, Supermarktleiter Hansen und der Arzt Möselbeck saßen im Kreis um einen Kasten Bier. Alle hatten eine Flasche in der Hand. Als sie die Polizisten sahen, gab es großes Hallo und die Männer prosteten ihnen zu. „Mensch, wo wart ihr so lange?", fragte Förster.

„Oben im Hotel ‚Dornbusch'", knurrte Damp. „Wir mussten noch die schlechten Nachrichten überbringen und mal mit unserer Arbeit anfangen. Euch geht's offensichtlich allen gut?"

„Mensch, Damp, alle Urlauber sind weg", rief Förster und die Erleichterung war ihm anzusehen.

„Die sind echt dreimal geflogen, um alle Touris von der Insel zu bringen", berichtete Barnhöft. „Zuletzt muss der Pilot vor lauter Schneetreiben nichts mehr gesehen haben. Und wisst ihr, was verrückt ist?"

Damp und Blohm zuckten mit den Schultern.

„Hier klingelt das Telefon heiß. Dutzende wollen auf die Insel und das erleben. Hiddensee abgeschnitten von der Außenwelt! Wenn das keine Werbung ist?"

„Toll", kommentierte Damp trocken die Nachricht. „Kommen bloß nicht rüber."

„Denkste, Damp. Ist alles geklärt!"

Der Polizist sah Förster fragend an. „Was? Laufen die rüber oder wie?"

Der Bürgermeister stand auf und trat zu den Polizisten. „Eine Hubschrauberfirma aus Schwerin richtet ab morgen eine Art Luftbrücke ein und fliegt nach Bedarf von Schaprode nach Vitte und zurück. Ist allerdings nicht ganz billig. Zwischen dreißig und fünfzig Euro soll ein Flug kosten."

„Hin und zurück?"

„Nee, immer nur eine Strecke", mischte sich Hansen ein. „Das wird echt teuer. Also bei den Lebensmitteln muss ich da was draufschlagen. Das kann ich nicht aus der Portokasse bezahlen."

„Fünfzig Euro? Hundert hin und zurück!" Damp war sprachlos. „Wer von der Insel soll das bezahlen?"

Damp drehte sich um und marschierte kopfschüttelnd zum Büro der Polizei. Nelly verstand den Ärger ihres Kollegen nicht ganz. Es war doch gut, dass die Insel nicht mehr völlig von der Außenwelt abgeschnitten war. Sie sah das auch ganz eigennützig. So hätte sie die Chance, bald nach Bergen zu fahren, um ihren Sohn Lukas zu besuchen.

Auf dem Treppenabsatz vor dem Revier saßen eine Frau und ein Mann. Sie erhoben sich, als die Polizisten vorbeikamen. Der Mann sah mit seinem Bürstenhaarschnitt, dem kantigen Gesicht und den sehr klaren Augen aus wie ein Soldat. Die Frau wirkte dagegen sehr weich. Ihre Haare hatte sie zu einem Pferdeschwanz gebunden, eine riesige quadratische Brille dominierte ihr Gesicht, dahinter etwas träumerische Augen. Beide trugen rote Daunenjacken und Hosen, teure Outdoor-Klamotten, dazu hellgelbe Winterwanderstiefel. Nelly wurde schon vom puren Anblick neidisch. So fror man bestimmt nicht bei dieser Kälte auf der Insel.

„Hallo", begrüßte der Mann die Polizisten. „Ich hoffe, Frau Leetz hat Ihnen ausgerichtet, dass wir hier auf Sie warten. Mein Name ist Löwe." Er wies auf die Frau neben ihn. „Das ist meine Kollegin, Birgit Weißgerber."

Damp sah die beiden an. „Die Journalisten! Da können Sie gleich mal über diese Schweinerei schreiben. Fünfzig Euro für einen Flug von Hiddensee nach Schaprode. Das ist doch Wucher!"

„Das ist wohl eher was für die ‚Inselnachrichten'", wandte Löwe ein.

„Bis die erscheinen, ist der Schnee getaut und das Eis gebrochen", entgegnete Damp unwirsch. „Kommen Sie mit."

Im Revier zeigte er auf die Besucherstühle. Die beiden Journalisten setzten sich, während Damp und Blohm sich aus ihren dicken Wintersachen pellten. Nelly lief zur Heizung, stellte sie auf die höchste Stufe und hielt die Hände darüber, um sich zu wärmen.

„Manchmal frage ich mich, was die sich so denken", schimpfte Damp weiter. „Und dann die Geschichte mit den neuen Touristen. Was soll das? Die haben hier wirklich nur die Dollarzeichen in den Augen!" Kopfschüttelnd setzte er sich an seinen Schreibtisch.

Nelly sagte nichts dazu. Der Fotograf wollte offenbar nicht Damps Ärger auf sich ziehen. „Sorry, dass wir nicht zum Hotel gekommen sind. Aber ich wollte noch ein paar schöne Winterbilder von Hiddensee machen." Zum Beweis hob er seinen Fotorucksack an.

Damp ignorierte die Entschuldigung. „Sie wissen ja, was passiert ist." Er zückte den Notizblock aus der Hemdtasche seiner Uniform.

„Dass Herr Dehne umgekommen ist, hat uns Frau Leetz erzählt. Die arme Frau ..." Es waren die ersten Worte, die Birgit Weißgerber äußerte.

„Umgekommen trifft es nicht ganz", entgegnete Damp. „Er wurde ermordet."

„Ermordet ...", hauchte die Journalistin ängstlich und schlug dann die Hand vor den Mund.

„Ermordet", bestätigte Damp noch einmal ziemlich ungerührt. „Wir würden gern von Ihnen erfahren, ob Ihnen etwas aufgefallen ist. Sie kennen das ja sicher aus Krimis."

„Sie waren schon vor den anderen im Hotel ‚Dornbusch'", mischte sich Nelly ein. „Hatte das einen besonderen Grund?"

„Ich wollte die Räume möglichst noch im Urzustand ablichten", erklärte Axel Löwe. „Mein Spezialgebiet ist Hotelfotografie. Ich halte nichts von diesen gestellten Fotos, wo das Personal als Gäste verkleidet am Tisch sitzt oder im Swimmingpool badet. Ich bin eher Purist."

„Haben Sie auch wie Ihr Kollege Barthel eine Einladung von Herrn Dehne erhalten?"

Birgit Weißgerber schüttelte den Kopf. „Wir haben Herrn Dehne schon im Sommer kennengelernt. Wir arbeiten für unser Magazin an einem Sonderheft über Hotels an der Ostsee, und da bekamen wir den Tipp, dass Herr Dehne ein neues Hotel eröffnen würde. Wir haben ihn dann in der alten Vogelwarte besucht. Damals war das alles noch Baustelle, aber wir haben sofort gesehen, dass sein Haus besonderes Potenzial hat. Das findet man hier oben nicht oft."

„Wie meinen Sie das?", fragte Nelly nach.

„Von außen ist immer alles hübsch. Die alten Fassaden sind schön saniert im Stil der Bäderarchitektur des frühen zwanzigsten Jahrhunderts. Da hatte der Osten echt Glück, dass dort vieles erhalten geblieben ist, wenn auch total runtergekommen. Wenn man so die alten Bilder sieht von Sellin oder Binz, denkt man, dass da zu Zonenzeiten ‚Ruinen schaffen ohne Waffen' Methode war. Aber im Westen wurden diese tollen Gebäude in den fünfziger und sechziger Jahren alle abgerissen und durch architektonische Einfallslosigkeit ersetzt. Ist doch grausam, was dort so in Travemünde oder Timmendorf an der Ostsee steht. Ein Albtraum in Beton. Hier ist das anders. Jedenfalls von außen. Drinnen ist die Einheit allerdings vollendet. Überall in Ost und West die gleichen uniformen Möbel, die gleichen Betten, die gleichen Bäder. Nichts mit Pfiff. Draußen gute alte Zeit, drinnen Möbelhaus Höffner. Furchtbar. Da wollte Dehne was anderes."

„Irgendwie wollte er den Geist dieses Hauses und auch der Insel aus früheren Zeiten wiederbeleben", ergänzte Axel Löwe.

„Was meinen Sie damit?"

„Wissen Sie, wer da alles genächtigt hat, als es noch die Pension ‚Haus am Meer' war und nicht Vogelwarte?"

Nelly und Damp schüttelten den Kopf.

„In der Bibliothek hat Albert Einstein gesessen und gelesen. Allerdings stimmt es wohl nicht, dass er dort auch gewohnt hat. Sein Quartier war immer in Kloster. Nur seine Tochter hatte im ‚Haus am Meer' ein Zimmer. Thomas Mann hat dort mit seiner Familie Urlaub gemacht und sich mit dem selbst ernannten Inselfürsten Gerhart Hauptmann rhetorische Prestigeduelle geliefert. In seinem ‚Zauberberg' hat er Hauptmanns Auftritten sogar literarisch ein Denkmal gesetzt", schwärmte Löwe. „Aber auch als später die Vogelwarte dort ihren Sitz hatte, war das ein wichtiger Ort. Sie hatte Weltruf. Dehne hat versucht, dies alles wieder lebendig werden zu lassen, den Treffpunkt der Boheme und das Zentrum der Wissenschaft."

„Mir hat er im Interview gesagt, er wolle eine Oase der Besinnung und Begegnung", ergänzte Birgit Weißgerber. „Das Hotel solle Ort für eine Auszeit und zum Nachdenken sein. Allein und gemeinsam. Deshalb gibt es auch immer die gemeinsamen Mahlzeiten, früh, mittags und abends. Es ist ein Angebot, dass man annehmen kann oder auch nicht. Mir hat es jedenfalls sehr gefallen, sich auch den anderen Gästen gegenüber zu öffnen. Das war ein Hotelkonzept, für das die Witterung draußen völlig egal war. Daran hakt es doch bei den Hotels und Pensionen hier. Ist der Sommer vorbei, ist tote Hose. Dass es klappt, haben wir jetzt selbst erlebt, als wir wegen des Wetters nicht rauskonnten und von der Umwelt abgeschnitten waren. Dehne hatte mit seinem Hotel die Lösung für das Problem gefunden."

„Und die Zimmer sind echt klasse. Haben Sie sich die mal angeschaut?", fragte Axel Löwe.

Die beiden Polizisten verneinten.

„Alles nordisches Design, allerdings nicht Ikea. Nicht abgefahren und clean, sondern schlicht und nachhaltig. Nur bei der Bibliothek war er mit dieser Vogelsammlung übers Ziel hinausgeschossen. War wie bei Hitchcock. Dehne wollte das sofort ändern, als ich ihn darauf ansprach, aber das hat seinen Freund nicht besonders gefreut. Der ist wohl so etwas wie der Vogelpapst von Hiddensee. Mir erschien er wie der letzte Mohikaner, zurückgeblieben, nachdem die Vogelforscher abgezogen sind."

„Reden Sie von Herrn Brand?", hakte Damp nach.

„Ich weiß nicht, wie er heißt. Er läuft immer in so einem schwarzen weiten Mantel herum. Er war jedenfalls ziemlich sauer. Aber Herr Dehne wies ihn in die Schranken. ‚Spiel dich nur nicht so auf. Du weißt schon, was ich meine', rief er ihm noch nach, als der Vogelmann wütend die Bibliothek verließ."

Damp machte sich eine Notiz in seinem Block.

„Aber um mal auf Dehne zurückzukommen: Wer hat Ihnen den Tipp mit dem Hotel gegeben?", fragte Damp.

„Laura Ihlow", berichtete Birgit Weißgerber. „Sie arbeitete damals noch im ‚Wieseneck'. Wir haben dort für das Heft recherchiert. Sie kannte unsere Zeitschrift ‚Hotelurlaub'. Sie hat uns angesprochen und auf das Hotelprojekt hingewiesen. Wir wollten die Story eigentlich exklusiv und waren jetzt nicht so glücklich, dass auch Herr Barthel dort aufgetaucht ist. Wenn er jetzt schnell ist, dann wirkt unser Artikel irgendwie nachgeklappt, wenn er überhaupt noch zustande kommt. Wahrscheinlich muss Frau Leetz das Hotel schließen, bevor es richtig aufgemacht hat."

„Ich dachte, das sei noch nicht sicher", bemerkte Nelly verwundert. „Sie hat doch Frau Ihlow und Herrn Zakis gefragt, ob sie es weiterführen wollen."

„Das wundert mich aber", erklärte Axel Löwe überrascht und sah fragend seine Partnerin an. Birgit Weißgerber wirkte auch irritiert. „Da war doch ziemlich Feuer unterm Dach. Frau Ihlow und Dehne haben … äh, hatten doch etwas miteinander."

Die Polizisten starrten die beiden Journalisten an. „Wie kommen Sie darauf?"

Löwe fühlte sich in seiner Haut plötzlich ziemlich unwohl und rutschte auf seinem Stuhl hin und her. „Ich will niemanden in die Bredouille bringen …"

Er blickte verunsichert zu Birgit Weißgerber, die aber nur mit den Schultern zuckte. „Wir waren kaum da und ich hatte angefangen die Halle zu fotografieren, da gab es ziemlichen Krach zwischen Herrn Dehne und seiner Frau. Sie stritten sich in der Bibliothek, aber durch die Tür konnte ich jedes Wort verstehen. Offenbar hatte sie ihren Mann beim Knutschen mit Frau Ihlow in diesem Kabuff unter der Treppe überrascht. Und das, obwohl sie noch nicht so lange verheiratet waren."

„Der Koch, Herr Zakis, muss das auch mitbekommen haben", berichtete Birgit Weißgerber weiter. „Jedenfalls sah ich ihn später heftig mit Laura Ihlow vor dem Hotel streiten. Da ging es richtig zur Sache. Marie rannte dann mit verheultem Gesicht durchs Haus. Frau Leetz hat sie sich dann auch noch mal zur Brust genommen."

„Interessant", kommentierte Damp die neuen Informationen. „Wann war das?"

„Am dreißigsten Dezember."

„Und Silvester? Was ist da passiert?"

„Das ist uns jetzt aber echt unangenehm. Wissen Sie, wir wollen nicht, dass Sie jetzt glauben, wir wären Klatschjournalisten", entgegnete Löwe.

„Überlassen Sie uns, was wir glauben und was nicht", meinte Nelly Blohm. „Wie war das mit dem Streit zwischen den Herren Dehne und Zakis? Haben Sie da was mitbekommen?"

„Es gab einen großen Krach. Herr Zakis hat Dehne zur Rede gestellt und gedroht, sofort zu kündigen, aber Frau Leetz hat mit Engelszungen auf Zakis eingeredet, dass er bliebe. Zakis sagte Dehne auf den Kopf zu, dass er sich doch total übernommen hat und praktisch pleite sei."

„Und wie hat Dehne darauf reagiert?", fragte Nelly.

„Er hat Zakis angebrüllt, dass er sich da nicht einmischen solle. Er würde genug Geld auftreiben. Da hat der Koch nur gelacht und Dehne ist rausgerannt und hat mit den Türen geknallt. Danach haben wir ihn auch nicht mehr gesehen. Als ich Frau Leetz später gefragt habe, wo ihr Mann sei, weil er mir die Dachluke öffnen wollte, um Fotos vom Blick auf die Ostsee zu machen, hat sie mir erzählt, er sei nach Bergen gefahren."

„Wir dachten, es wäre um das Feuerwerk gegangen und Herr Dehne wäre deshalb nach Bergen gefahren. Jedenfalls haben das Frau Leetz, Frau Ihlow und Herr Zakis ausgesagt", forschte Nelly noch mal nach.

Die beiden Zeugen sahen sich an und schüttelten dann den Kopf. „Kann sein, dass es auch um ein Feuerwerk gegangen ist. Die haben sich ja eine ganze Weile angebrüllt und uns war das so peinlich, dass wir auf unser Zimmer gegangen sind, bis das Geschrei vorbei war."

„Und am Nachmittag des Silvestertages, waren da alle da? Außer Dehne?"

„Gesehen habe ich niemanden, obwohl ich den ganzen Tag im Haus fotografiert habe", berichtete Löwe, „jedenfalls nicht mehr nach dem Mittagessen."

„Ich habe am Schreibtisch in der Bibliothek gesessen und gesehen, wie Frau Leetz und Herr Zakis zusammen weggegangen sind. So gegen drei oder vier", sagte Birgit Weißgerber. „Nur Laura Ihlow war im Haus. Sie erwartete ja die Gäste."

„Das hast du mir gar nicht erzählt?", meinte Löwe verwundert.

„Bis jetzt war es auch nicht wichtig", verteidigte sie sich.

„Und die Kinder?", fragte Nelly.

„Haben erst draußen gespielt und dann hat sich Frau Ihlow um sie gekümmert", antwortete Frau Weißgerber.

Die Polizisten kamen kaum nach, alles zu notieren, was sie hier erfuhren. In beiden brodelte die Wut, so hinters Licht geführt worden zu sein. Ab und zu warfen sie sich ungläubige Blicke zu.

„Ach, eins noch", erklärte Löwe. „Als Frau Ihlow draußen war, kam noch einer vorbei. So ein Dicker. Ein typischer Berliner. Ich habe ihn heute auch hier in Vitte gesehen." Der Fotograf deutete mit der Hand nach draußen auf die Straße zum Ortskern. „Da hinten. Süderende heißt die Ecke, glaube ich. Also der kam vorbei und wollte Dehne sprechen. Sie seien verabredet gewesen. Ich habe ihm dann gesagt, dass Herr Dehne in Bergen sei. Er meinte dazu, dann wisse er ja, wo er ihn treffen könne, und zog wieder ab."

„Ein Dicker mit Berliner Dialekt", seufzte Damp. Er zog ein Schubfach seines Schreibtisches auf, kramte ein Foto heraus und legte es vor die beiden hin. „Sah er so aus?"

Sie schauten kurz drauf und Löwe nickte dann. „Das ist er."

„Zabel", stöhnte Damp und packte das Foto wieder weg.

„Wissen Sie, wann Herr Zakis und Frau Leetz wieder zurückgekommen sind?", fragte Nelly.

„Keine Ahnung", erklärte die Journalistin.

„Ich wusste ja nicht einmal, dass sie weg waren", entschuldigte sich der Fotograf. „Zum Essen waren sie jedenfalls da."

„Wann war das?"

„So gegen sieben, halb acht trudelten alle ein. Zakis muss früher da gewesen sein. Er musste ja alles vorbereiten", erklärte die Frau.

„Und Herr Möller?", hakte die Polizistin nach.

„Der Arzt?", fragte Axel Löwe.

„Genau der."

„Der ist am Nachmittag losgegangen. Uhrzeit weiß ich nicht genau", bestätigte der Fotograf. „Mit einem Fernglas um den Hals. Er ist ja wohl auch einer dieser Vogelkundler."

„Aber er ist nicht in Richtung Kloster gelaufen", warf Birgit Weißgerber ein.

„Sondern?", fragte Damp.

„Er ist über den Hügel gelaufen, auf dem die Kinder immer rodeln."

„Den Hexenberg."

„Was weiß ich", meinte die Journalistin. „Ich habe von der Bibliothek aus gesehen, wie er über diesen Hügel lief und dann dahinter verschwand. Und da kommt dann ja der Plattenweg zum Leuchtturm."

„Hm. Da geht's jedenfalls nicht zum Hafen von Vitte", meinte Damp ein wenig enttäuscht. Dann nahm er die beiden fester in den Blick. „Wie stehen Sie eigentlich zueinander?", erkundigte sich Damp neugierig.

Die beiden sahen sich kurz an und grinsten. „Sag du", stachelte Birgit Weißgerber Axel Löwe an.

Er wiegte etwas den Kopf hin und her, bevor er antwortete. „Also wir treten nicht gemeinsam auf in den Redaktionen. Es soll keiner wissen, dass wir ein Paar sind. Sonst ist es schwerer, an Aufträge zu kommen. Paare werden von Chefredakteuren nicht so gemocht. Sie denken dann immer, wir würden zu viel Kohle verdienen oder versuchen die Honorare zu kürzen nach dem Motto: Zu zweit wird's billiger. Aber meistens können wir es so drehen, dass ich für ihre Geschichten als Fotograf engagiert werde oder umgekehrt Birgit für mich als Reporterin. Unsere Devise: Getrennt auftreten, gemeinsam schlafen. Nicht wahr, Liebling?"

Sie lächelte ihn verliebt durch ihre große Brille an.

„Deshalb haben wir hier auch Einzelzimmer oben im Hotel. Schon wegen Barthel. Der würde bestimmt quatschen."

XXII

Damp schnaufte, als er ins Büro zurückkam. Er hatte organisiert, dass die beiden Journalisten mit dem Schneepflug nach Kloster zum Hotel „Dornbusch" gebracht wurden. Barnhöft hatte zwar schon zu viele Bier intus, aber er hatte Bernd Poschau den Auftrag gegeben. Damp ließ sich auf seinen Stuhl fallen. „Leetz, Zakis und Ihlow haben uns richtig hinter die Fichte geführt", fluchte er. Nelly Blohm nickte. Sie war gerade dabei, Dehnes Laptop in Betrieb zu nehmen. Außerdem hatte sie sich von Frau Leetz noch das Handy ihres Mannes aushändigen lassen. Damp hing seinen Gedanken nach. Besonders ärgerte ihn, dass er auf die traurigen Augen von Laura Ihlow hereingefallen war.

Nellys Handy piepte. Sie hatte eine Nachricht auf der Mailbox. Holm Behm bat sie um Rückruf. „Die Spurensicherung will was von uns", bemerkte sie und wählte die Nummer der Kollegen in der Polizeidirektion. Behm, der Chef der Spurensicherung, meldete sich.

„Hier ist Nelly Blohm. Aus Hiddensee. Gibt's was Neues? Können Sie was zu den Fotos sagen?"

Nelly hatte Behm die Bilder von der Skispur und dem Fußabdruck über ihr Smartphone gesendet, als sie endlich wieder den Streifenwagen am Inselmuseum in Kloster erreicht und Empfang hatten. Damp hatte unterdessen draußen das Auto vom Neuschnee befreit.

„Es könnte der gleiche Ski sein wie an der ‚Caprivi', bestätigte Behm. „Der Fußabdruck ist von einem speziellen Langlaufstiefel. Die Firma konnten wir durch das Bild auch identifizieren. Sie heißt Hitech, schreibt sich aber", er buchstabierte den Firmennamen, „H–Y–T–E–C–H. Eine koreanische Marke. Eher ein

Billigprodukt. Es könnte zu einer Sache passen, die ich noch in dem Rucksack gefunden habe. Einen Kassenbon und Kartenbeleg von einem Laden in Bergen, ‚Meer Sport', für ein Paar Ski, Stöcke und Schuhe, bezahlt mit einer nicht gedeckten Kreditkarte auf den Namen Martin Dehne."

Nelly kannte den Laden. Er befand sich in einer der alten Werkhallen im Industriegebiet hinter dem Bahnhof, in unmittelbarer Nähe zum Einkaufspark.

„Dann könnte der Täter nach dem Mord an Dehne die Skier genommen haben und damit jetzt auf Hiddensee rumfahren", dachte sie laut nach.

„Nicht auszuschließen", meinte Behm.

Sie beendeten das Gespräch. „Wir müssten oben im Hotel ‚Dornbusch' nach den Skiern suchen. Vielleicht entstand die Spur an Dehnes Häuschen im Wald, als der Mörder oder die Mörderin am Hotel angekommen ist", gab Nelly zu bedenken.

„Kann sein", meinte Damp nachdenklich. „Über den Biologenweg und den Hochuferweg kommt man jetzt ziemlich unbemerkt bis dahin, denn die meisten Häuser dort sind Sommerhäuser. Da wohnt jetzt keiner. Und selbst wenn jemand den Jahreswechsel dort verbracht hat, ist er wahrscheinlich heute ausgeflogen worden. Und an der Steilküste läuft bei dem Sauwetter keiner lang. Jedenfalls kein Hiddenseer."

Da fiel ihm ein, dass er dort oben, in der Nähe der Lietzenburg, jemanden gesehen hatte, aber er sagte nichts davon.

„Sportlich würden das alle drei bringen. Möller, Leetz und Zakis", warf Nelly ein.

„So ein Mist", stöhnte Damp. „Der Möller hätte mir als Täter gereicht. Jetzt haben wir plötzlich drei Verdächtige. Und dann ist da noch dieser Zabel. Dem traue ich alles zu", brummte Damp.

„Was hat es denn eigentlich mit diesem Zabel auf sich, dass Sie immer gleich ausflippen, wenn sein Name fällt?", fragte Nelly ärgerlich.

Damp winkte ab. „Ach, vergessen Sie es. Eine Geschichte aus der Vergangenheit."

Damp hatte keine Lust, Nelly Blohm über Zabels Verwicklung in den Fall um den toten Bauunternehmer einzuweihen. Nelly hakte auch nicht weiter nach, nahm sich aber im Stillen vor, sich näher über diesen Zabel zu informieren.

Ein Geräusch lenkte sie kurz ab. Als Nelly sich umdrehte, erschrak sie. Malte Fittkau stand mitten im Raum. Er musste lautlos zur Tür hereingekommen sein und hatte offenbar schon eine Weile zugehört. „Vielleicht gibt es noch jemanden, der ein Motiv hat, unserem Vogelfreund das Licht auszuknipsen", meinte er vielsagend anstelle einer Begrüßung.

Nelly konnte nur mit Mühe einen Wutanfall unterdrücken. Hätte Malte nicht anklopfen können! Doch sie war auf ihn angewiesen und hoffte auf ein heißes Bad, ein warmes Zimmer und ein schönes Abendbrot. Damp schien Maltes Erscheinen noch gar nicht bemerkt zu haben. Er war völlig in Gedanken versunken, seitdem der Name Zabel gefallen war.

„Ich wollte nicht stören und natürlich auch nicht lauschen", sagte Malte schuldbewusst. „Aber ich habe da vielleicht noch was für euch."

Damp erwachte aus seiner Erstarrung. „Was denn?"

„Also heute war doch Kinotag und da habe ich mal das Ohr an die Masse gehalten."

„Ich denke, es gibt kein Kino mehr auf Hiddensee ...", wandte Nelly ein.

„Ist so 'ne Frauensache", klärte Damp sie auf. „Was haste denn nun erfahren?", meinte er ungeduldig zu Malte.

„Also als Lehrer war er wohl ganz beliebt. Aber der Dehne war auch kein Kostverächter. Jedenfalls hat er wohl immer mal ein Auge auf die jungen Lehrerinnen geworfen ..."

„Oder die jungen Hotelangestellten. Typisch Mann!", empörte sich Nelly sofort. „Aber diese Seite von Dehne kennen wir schon."

„Lassen Sie doch erst mal Malte reden", wies Damp sie zurecht.

Malte nickte zustimmend. „Da ist aber noch die Sache mit seiner Schwester Steffi. Sie war Silvester abends in Schaprode. Jedenfalls hat Hella Sanow sie dort gesehen. Komisch, nicht? Und Steffi

und ihr Bruder waren wohl nicht gerade ein Herz und eine Seele."
Malte berichtete, was er über das Testament des alten Dehne erfahren hatte und dass die Schwester leer ausgegangen war.

Damp pfiff kurz, lehnte sich zurück und holte seinen Block aus der Hemdtasche. Er blätterte darin herum. „Isa Leetz hat gesagt, dass Dehne nicht bei seiner Schwester war, aber nicht mit ihr, sondern nur mit dem Barmann gesprochen hat."

„Stimmt!", rief Nelly aus. „Sie könnte also auch ein Motiv haben, hatte genügend Zeit und vielleicht kein Alibi."

Nelly dachte auch schon weiter. Eine Reise nach Thiessow, um Steffi Dehne zu befragen, würde ihr einen Abstecher nach Hause gestatten. Sie musste nur verhindern, dass Damp ihre Kollegen im Revier in Bergen aufscheuchte. Da kam ihr Malte in die Quere. „Aber wenn man es recht überlegt, wie soll sie denn am Silvesterabend von Vitte wieder nach Schaprode gekommen sein? Die Fähre ist doch gleich wieder gefahren. Also bis zur ‚Caprivi', Bruder umbringen und dann wieder zurück … Nicht zu schaffen. Ich bin allerdings kein Polizist."

„Da ist was dran", bestätigte Damp.

„Mit Dehnes Skiern", behauptete Nelly schnell, die ihre Felle schon davonschwimmen sah.

„Mit Dehnes Skiern?", fragte Damp nun verwundert. „Aber eben haben Sie doch noch gemeint, dass der Mörder mit den Skiern über die Insel gefahren sei und zur Crew von diesem Hotel ‚Dornbusch' gehören müsse. Können Sie sich mal entscheiden?"

Nelly zog einen Flunsch.

Aber auch Damp hatte Hintergedanken. Mit einer Reise nach Thiessow wäre er seine Kollegin mindestens einen Tag los und er konnte auf eigene Faust ermitteln. „Trotzdem müssen wir mit Dehnes Schwester reden, warum sie in Schaprode war, ob sie sich mit ihrem Bruder getroffen hat", lenkte er deshalb ein. „Sie können auch gleich noch bei der Ski-Bude vorbeigehen. Aber wie wollen Sie dahinkommen?"

„Mit dem Hubschrauber. Ab morgen soll der doch hin- und herfliegen."

„Wenn das mal Bökemüller bezahlt. Für Winterreifen jedenfalls gab's kein Geld."

XXIII

Nelly langweilte sich – nach einem heißen Bad, viel Tee und einem schmackhaften Abendbrot. Malte hatte gebratene Dorschfilets serviert, die er am Morgen von den Eisfischern auf der Ostseeseite gekauft hatte. Dazu gab es Spitzkohl und Kartoffelbrei. Wenn Malte sie weiter so umsorgte, würde sie als Tonne nach Bergen zurückkehren.

Sie saß auf dem Bett und zog an einzelnen Strähnen ihres lockigen braunen Haares. Zuvor hatte sie zu Hause angerufen. Aber Lukas wollte lieber spielen als mit ihr sprechen und ihre Mutter war am Telefon wie immer kurz angebunden.

Gern hätte sie jetzt im Internet oder im polizeiinternen Informationsnetz über diesen Zabel recherchiert, aber Malte besaß keinen Internetanschluss. Malte war ein Anhänger des analogen Zeitalters. Seine Gäste mussten anrufen oder eine Karte schreiben, um ein Zimmer zu reservieren. Er trug dann die Buchung in ein braunes Heft ein, auf dem „Hausbuch" stand. Ein Relikt aus DDR-Zeiten. Malte hatte auch noch einige Hefte in Reserve. Dort notierte er zudem den Rechnungsbetrag, den die Gäste vor ihrer Anreise zu entrichten hatten. Ein Haken dahinter verriet, ob das bereits passiert oder der Betrag noch offen war. War das Geld auf seinem Konto eingegangen, schickte er eine Quittung als Zahlungs- und Buchungsbestätigung an die zukünftigen Hausgäste.

„Warum soll ich es anders machen? Damit gab es noch nie Probleme", hatte er Nelly entgegnet, als sie ihm vorgeschlagen hatte, mit einer Homepage im Internet für seine Pension zu werben und darüber auch die Reservierungen zu organisieren. Sie erwiderte, dass besonders junge Leute doch eher über das Netz nach Unterkünften suchen würden. Malte hatte nur mit dem Kopf geschüttelt. „Also meine Bude ist immer voll. Voller als bei manchen, die sonst wo für ihre Quartiere werben. Wer mich sucht, findet mich auch."

Nelly griff nach Dehnes Laptop, den sie aus dem Revier mitgenommen hatte. Sie klappte ihn auf. Der Hotelier hatte seine Daten nicht durch ein Passwort geschützt. Ohne Probleme gelangte sie an die gespeicherten Dateien und durchforstete nach und nach die einzelnen Ordner. Dehne hatte Tausende Vogelbilder abgespeichert. Dazu gab es endlose Tabellen über das Auftreten der verschiedenen Vogelarten auf der Insel, sortiert nach Beobachtungsgebieten. Dehnes Revier waren vor allem der Dornbusch, die Steilküste im Norden der Insel und die beiden Landzungen Alter und Neuer Bessin gewesen. Auch seinen Schriftverkehr und die Unterlagen für den Umbau der Vogelwarte zum Hotel hatte er im Computer abgelegt. Oft ging es um Genehmigungen durch die Baubehörden auf Rügen oder Aufträge an die beteiligten Baufirmen. Immer wieder tauchten ab Herbst des letzten Jahres Mahnungen auf, offene Rechnungen zu begleichen. Offenbar waren die Kosten für den Umbau völlig aus dem Ruder gelaufen. Mitte Dezember hörten die Schreiben auf. Davor hatte Dehne die Firma „Inselbau" immer wieder um Geduld und einen Zahlungsaufschub gebeten. Doch die Geschäftsführerin der Firma, eine Frau Wunderlich, hatte eine Fristverlängerung abgelehnt. Sie hatte in ihren Schreiben darauf hingewiesen, dass sie im Auftrag des Testamentsvollstreckers des Nachlasses von Juri Nemzov und Peter Stein verantwortlich sei, die Zahlungsfähigkeit des Unternehmens „Inselbau" aufrechtzuerhalten und deshalb keine derartig hohen Außenstände zulassen dürfe. Sie hatte Dehne auch mit einer Pfändung durch einen Gerichtsvollzieher gedroht. Dehne hatte im Gegenzug für den 20. Dezember um ein Gespräch gebeten. Damit hörte der Schriftverkehr auf. War dieses Gespräch zustande gekommen? Und was wollte Dehne anbieten? Seine Konten waren leer und weit überzogen gewesen. Nelly erinnerte sich, dass Rieder und sie Nemzov kurz vor dessen Tod gemeinsam vernommen hatten. Nemzov war früher russischer Offizier gewesen, nach dem Abzug der Truppen aber in Deutschland geblieben. Er wurde Teilhaber der Firma „Inselbau" des Bauunternehmers Peter Stein, der ihm nach und nach Anteile der Firma verkauft hatte. Beide waren von Steins Ehefrau Ulrike getötet worden. Gab es da nicht auch eine Verbindung zu diesem Zabel? Sie dachte intensiv nach und versuchte sich zu erinnern, ob nicht Rieder damals den Namen Zabel erwähnt hatte. Doch sie kam nicht drauf. Vielleicht würde sie darüber etwas in den Ermittlungsakten zum Fall Stein finden. Dazu musste sie ins Netz. Nelly fluchte leise. Es gab einen Ausweg. Sie stand auf, zog sich ihre Winterjacke und Stiefel an und schlich dann leise die Treppe nach unten. Durch den Türspalt sah sie, dass Malte auf seinem Sofa eingeschlafen war. Sein grauer Kater hatte sich neben ihm eingerollt und schaute nur kurz müde auf, als Nelly beim Verlassen des Hauses auf eine knarrende Diele trat.

Ole Damp hatte alles aufgeschrieben, was er bei den Befragungen an diesem Tag erfahren und im Hotel „Dornbusch" beobachtet hatte. Er wollte einfach auf dem aktuellen Stand sein, um sich vor Nelly Blohm keine Blöße zu geben. Sie war ihm mit dieser ganzen Computertechnik weit voraus. Klickklack machte sie auf ihrem Laptop oder der Computertastatur und schon bombardierte sie ihn mit irgendwelchen Daten und Informationen über die Leute, die sie heute vernommen hatten. Auf ihrem Schreibtisch stapelten sich Ausdrucke über Ralf Möller und seine Karriere als Arzt sowie von Artikeln der drei Journalisten Löwe, Weißgerber und Barthel. Er, Damp, hatte nur die Ortskenntnis, seinen Verstand und die langjährige Erfahrung als Polizist. Nur dass Ermittlungen dieser Art nie sein Metier gewesen waren. Er wollte nie Kriminalist werden, sondern als Polizist einfach auf Hiddensee für Ruhe und Ordnung sorgen. Selbst wenn sich die Insulaner darüber lustig machten.

Draußen war es dunkel. Nur das Licht seiner Schreibtischlampe erhellte mit einem schmalen Lichtkegel das kleine Revier. Um das Rathaus pfiff der Wind. Damp fragte sich, ob er überhaupt mit dem Auto nach Neuendorf in seine Wohnung kommen würde. Sicher hatte der Sturm den Schnee auf die Straße geweht. Barnhöft würde erst morgen früh mit seinem Schneepflug die Inselstraße räumen. Wenn überhaupt. Die Schule war geschlossen. Die Pendler hatten ohne Fähre keine Chance, nach Rügen zu kommen. Warum sollte also der Inselbus fahren? Barnhöft würde eigentlich nur für Damps Polizeiauto den Weg frei machen. Damit war nicht unbedingt zu rechnen. Aber eine zweite Nacht konnte er nicht in seinen Klamotten schlafen. Er musste duschen und brauchte neue Sachen. Vielleicht könnte er Malte Fittkau überreden, ihm auch ein Zimmer zu vermieten. Er wog die Vor- und Nachteile gegeneinander ab. Nachteil Nummer eins: Malte wollte Geld sehen. So weit ging ihre Freundschaft nicht, dass er Damp umsonst, vielleicht noch mit Frühstück, ein Zimmer vermietete. Nachteil Nummer zwei: Nelly Blohm hätte ihn unter Kontrolle und könnte belauschen, was er mit Malte redete. Das war aber auch gleich Vorteil Nummer eins: Er konnte sie beobachten und mitbekommen, was sie außerhalb des Reviers so anstellte. Vorteil Nummer zwei: Malte hatte eine Waschmaschine und einen Trockner und Damp somit eine Chance, morgen frische Kleidung zu besitzen. Vorteil Nummer drei: Maltes Kühlschrank war voll. Das gab den Ausschlag, wenn auch zum schmerzhaften Preis von fünfundvierzig Euro. Damp seufzte. Er stand auf, griff nach seiner Jacke. Als er sie anzog, fiel sein Blick auf den Umschlag von Möller. Er schaute unter den Ausdrucken auf Nellys Schreibtisch. Er kramte ihn hervor, öffnete ihn und zog einen Stapel Papiere heraus. Damp setzte sich wieder an seinen Schreibtisch. Zum Teil war schwer zu lesen, was dort auf den Kopien von einstigen maschinegeschriebenen Seiten stand. Farbbänder für Schreibmaschinen und Kohlepapier waren offenbar selbst bei der Staatssicherheit nicht von bester Qualität gewesen. Ein gewisser IM „Pirol" berichtete über Treffen und Konferenzen der Vogelwarte Hiddensee. Zum Teil ging es um Diskussionen über mehr Schutz für bedrohte Vogelarten an der Küste, dass nicht immer mehr Wiesen und Weiden zu Äckern umgepflügt werden sollten und auch weniger

Dünger eingesetzt werden müsse, damit Vögel nicht daran verendeten. Immer wieder wurde erwähnt, dass besonders Martin Dehne Kritik an „Maßnahmen zur Intensivierung der sozialistischen Landwirtschaft" geübt hätte. ‚Mein Gott', dachte Damp, ‚womit die sich alles beschäftigt haben.' In einem anderen Bericht hatte IM „Pirol" über ein Gespräch berichtet, in dem sich Dehne über die Umweltverschmutzung auf Hiddensee durch die vielen Ferienheime beschwerte und ankündigte, Eingaben an den Staatsrat und den Rat des Bezirkes zu machen und sie öffentlich in der Vogelwarte auszuhängen. ‚Ob man dafür einen Bericht hätte schreiben müssen?', fragte sich Damp. Er erinnerte sich noch sehr gut, wie es an einigen Ecken auf der Insel zu DDR-Zeiten gestunken hatte, weil Hiddensee keine Kanalisation besessen hatte, viele Abwässer einfach in den Bodden und in die Ostsee geflossen oder irgendwo versickert waren. An anderer Stelle ging es um ein Treffen von jungen Ornithologen aus der DDR und, wie es damals so schön hieß, der BRD. Dabei hatte sich Dehne, so IM „Pirol", wohl mit mehreren Teilnehmern aus dem Westen angefreundet, die auch bei Greenpeace und den Grünen Mitglied waren. Er hatte sie um Material gebeten, wie man Bürgerinitiativen organisiere. Selbst Damp, der sich weder früher noch heute groß für Politik interessierte, konnte sich gut vorstellen, wie da bei den Genossen von „Horch und Guck" die Alarmglocken geschellt hatten. Die letzte Seite war ein Schreiben der Außenstelle Rostock der Stasiunterlagenbehörde vom November des letzten Jahres an Martin Dehne. Darin ging es um Dehnes Antrag, die Klarnamen der beiden inoffiziellen Mitarbeiter der Staatssicherheit zu erfahren, die über ihn Berichte verfasst hatten. Am Ende der Seite gab es eine Tabelle mit den Spalten Deckname, Klarname, Geburtsdatum, Geburtsort. Unter Ziffer 01 war IM „Pirol" als Ralf Möller enttarnt worden, „geboren am 07. Juli 1968 in Halle/Saale". Unten auf der Seite stand „-2", aber diese folgende Seite fehlte, wie auch die Unterschrift des Mitarbeiters der Behörde. Damp drehte das Blatt mehrfach hin und her. Wer war Nummer zwei? Er blätterte noch einmal die Papiere durch. Das waren jedenfalls auch nur die

Spitzelberichte von IM „Pirol". Es musste also noch mehr geben. Der Polizist sah sich das Papier genauer an. Das war kein Behördenpapier; viel zu gute Qualität. Ämter benutzten eigentlich nur noch dieses leicht angegraute Recyclingpapier für ihre Schreiben. Es musste also eine Kopie sein. Aber wo war das Original und der Rest von Dehnes Stasiakte? Damp überlegte. Dann fasste er einen Entschluss. Er stand auf, machte das Licht aus und verließ das Revier.

XXIV

Nelly lief über den Wiesenweg. Sie wollte zum Revier im Rathaus. Sie war der einzige Mensch, der unterwegs war. Hier und da brannte Licht in den Häusern. Aber sonst hatte sich winterlich-nächtliche Stille über Vitte gelegt. Von Weitem hörte sie das Meer. Obwohl sie ihren Schal auch über Mund und Nase gewickelt hatte, spürte sie den kalten Wind im Gesicht. Er trieb den frisch gefallenen Schnee über die Straße, der sich dann an Hecken, Häusern und Hindernissen zu richtigen Dünen auftürmte. Ihre Spuren wurden sofort wieder verwischt. An der Bushaltestelle an der Kreuzung Wallweg überkam sie plötzlich der Drang, nach rechts abzubiegen und auf den Deich zu laufen. Dort blieb sie stehen und schaute in den Hafen. Die Fischkutter und der Seenotkreuzer lagen festgefroren im Eis. Der Bodden war eine weite weiße Fläche. Doch selbst jetzt leuchteten im Eis die roten und grünen Lichter der Bojen der Fahrrinne nach Schaprode. Ihr Herz krampfte sich zusammen. Plötzlich erschienen ihr das Zuhause in Bergen und ihr Sohn unendlich und unerreichbar weit weg. Tränen rollten ihr über die Wange; ihr Salz brannte auf der kalten Haut. Es musste einfach klappen, dass sie morgen mit dem Hubschrauber Hiddensee verlassen und nach Hause fahren konnte. Wenigstens für ein paar Stunden oder sogar eine Nacht. Sie machte kehrt und lief in Richtung Rathaus. Dort war alles dunkel. Damp hatte also Feierabend gemacht, wie sie gehofft hatte. Die Rathaustür war offen. Für das Revier hatte er ihr einen Schlüssel gegeben, damit sie früh ins Büro konnte, wenn er zur Sitzung des Krisenstabes beim Bürgermeister war. Sie setzte sich an den Schreibtisch und fuhr den Computer hoch. Sie überlegte, wie sie an die Dateien über die Vernehmungen Zabels im Mordfall Stein herankommen könnte. Das Landeskriminalamt Schwerin hatte nach dem Verschwinden von Damp und Rieder die Ermittlungen übernommen und nach ihrer Rettung auch nicht wieder abgegeben. Als Beamtin der Polizeidirektion hatte sie keinen Zugang zu den Servern des LKA. Aber das war für sie eine geringe Hürde. Sie kannte den entsprechenden externen Link, mit dem sich LKA-Beamte von außerhalb einloggen konnten. Ein Schweriner Kollege, der einige Wochen nach Bergen entsandt worden war und ein Auge auf sie geworfen hatte, hatte ihr die Webadresse verraten. Ganz zufällig hatte sie in seinem Adressbuch, dass ebenso zufällig mal vom Schreibtisch gefallen war, seine Zugangsdaten entdeckt. Sie gab den Link ein. Das Intranetfenster des LKA öffnete sich und fragte nach Namen und Passwort. Nelly tippte die Daten ein. Das System antwortete. „Das Passwort stimmt nicht mit den gespeicherten Daten überein. Sie haben noch zwei Versuche."

Nelly überlegte. Alle sechs Wochen mussten sie bei der Polizeidirektion ihre Passwörter ändern. Sie wusste, dass der Kollege den Vornamen und das Geburtsjahr seiner Frau verwendete und ihr gesagt hatte, seine Frau sei durch sein Passwort schon vier Jahre jünger geworden. Sie rechnete, wie lang ihr Zusammentreffen und Gespräch darüber jetzt her war. Dann unternahm sie einen neuen Versuch. Es klappte. Sie gelangte ins System, brauchte dann aber einige Zeit, um sich im Datensystem des Landeskriminalamtes zu orientieren. Endlich fand sie den Pfad zum Archivsystem. Dort waren die laufenden Fälle abgelegt. Sie gab den Namen Zabel ein. Ein Treffer. Auf dem Bildschirm wurde die Datei der Ermittlungsakte Peter Stein angezeigt. Sie konnte nun durch die ganzen Vernehmungsprotokolle und Dokumente blättern. Sie fand auch ihre eigenen Berichte zum Überfall auf die Geliebte des ermordeten Bauunternehmers und das Protokoll von Ole Damp über die Vernehmung des Ehepaars Erik und Marie Zabel. Sie hatten beide Ulrike Stein ein Alibi für die Tatzeit des Mordes an ihrem Ehemann Peter Stein gegeben. Bei einer weiteren Vernehmung hatten die Zabels ihre Aussage korrigiert. Sie wären schon so betrunken gewesen, dass sie nicht mehr genau sagen könnten, wie lange Ulrike Stein ihre Ferienwohnung am Abend des Mordes verlassen hatte. Danach wurden die Ermittlungen gegen das Ehepaar eingestellt. Offenbar war es also das, was Damp stets so auf die Palme brachte, wenn der Name Zabel fiel oder im Zuge ihrer Ermittlungen auftauchte. Wahrscheinlich hielt Damp sie für mitschuldig an dem, was Ulrike Stein Rieder und ihm angetan hatte, und verstand nicht, warum sie straffrei ausgingen. Auch Nelly verspürte einen inneren Groll gegen diese Leute, besonders nachdem sie noch einen kleinen Nachtrag in den Akten gelesen hatte. In einem Memo hatte ein Beamter festgehalten, dass der V-Mann „BW" das LKA informiert hätte, dass Herr und Frau Zabel im Auftrag der flüchtigen Ulrike Stein ihren Besitz sowie ihre Häuser und Ferienwohnungen auf Hiddensee verwalten würden. Als Entschädigung habe Ulrike Stein über ihren Anwalt dem Ehepaar Zabel zwei Ferienhäuser überschrieben. Von den Einnahmen aus der Vermietung der Appartements erhielten sie eine Provision von fünfzehn Prozent. Zabel selbst habe deshalb eine Hausverwaltung auf Hiddensee gegründet. Wer war V-Mann „BW"? Nelly durchsuchte die Datenbanken nach einer Liste der Informanten des LKA auf Rügen und Hiddensee, fand aber nichts. Sie ging wieder zurück auf die Ermittlungsakte. Sie kam zu den Berichten über das Verschwinden von Rieder und Damp sowie über das Auffinden von zwei weiteren Leichen im Haus des Bauunternehmers und am Strand von Vitte. Sie klickte auf die nächste Seite. Ein weiterer Bericht fasste die erfolglose Fahndung nach Ulrike Stein zusammen. Hinzugefügt war eine Aufnahme Ulrike Steins. Nelly beugte sich vor, um sie sich genau anzusehen. Sie musste von einer Überwachungskamera auf einem Flughafen stammen, denn im Hintergrund erkannte Nelly die gelbe Anzeige „Abflug". Unten rechts standen das genaue Datum und die Zeit der Aufnahme, „24. Oktober, 8.43 Uhr". Nelly schluckte. Einen Tag vorher hatte sie Stefan Rieder zum letzten Mal gesehen. Wut stieg in ihr auf. Hatte diese Frau ihr Glück zerstört? Sie war für Rieders jetzigen Zustand verantwortlich. Daran gab es für Nelly keinen Zweifel. Wo war diese Frau jetzt?

Nelly drückte auf die Zoom-Funktion und vergrößerte das Bild, so groß es ging. Sie entdeckte ein rotes Schild auf der rechten Seite, konnte aber die weiße Schrift darauf nicht entziffern. Sie hatte eine Idee. Nelly druckte das Bild aus und zog dann mit einem Kugelschreiber die verschwommenen Umrisse der Buchstaben nach. Es entstand der Schriftzug „Hansestadt Hamburg". Es musste sich also um den Flughafen Hamburg-Fuhlsbüttel handeln. Sie sah das Foto weiter an, da fiel ihr auf, dass Ulrike Stein gar keine Tasche dabeihatte! Aber womit hatte sie die Millionen Euro transportiert, die sie angeblich aus dem Tresor ihres Mannes gestohlen hatte? Wohl kaum in ihren Jackentaschen. Nelly war plötzlich hellwach. Sie konnte sich noch sehr gut an die Gerüchte über das viele Bargeld in Steins Safe erinnern. Wo war also dieses Geld? Vielleicht fand sich dazu etwas in Damps Aussage, nachdem er aus der Ostsee gerettet worden war. Sie klickte auf das Symbol für die nächste Seite. Doch nichts geschah. Es gab keine weiteren Dokumente. Nichts zur Rettung von Damp und Rieder durch die Besatzung eines dänischen Fischkutters, kein Eintrag zu Rieders Gesundheitszustand. Wo waren die Unterlagen abgeblieben?

Damp wunderte sich über sich selbst. Seit wann fand er Geschmack an Ermittlungsarbeit? War es nur dieser heimliche Wettstreit mit Nelly Blohm? Er blieb kurz stehen, lüftete seine Schapka und wischte sich mit einem Taschentuch den Schweiß von der Stirn. Dann stapfte er weiter durch den Schnee. Er hatte einen kleinen Umweg gemacht. Er war in Kloster vom Kirchweg kurz hinter dem Hauptmann-Museum links in den Biologenweg eingebogen und dann etwas weiter oben nicht geradeaus zum Hotel „Dornbusch" gelaufen, sondern auf halber Strecke zum Trafohäuschen links abgebogen und dem Biologenweg gefolgt, vorbei an den Häusern und Bungalows der Universität Greifswald. Hier lag alles im Dunkeln. Wahrscheinlich waren über den Jahreswechsel weder Wissenschaftler noch Studenten hier oben. Auch auf der rechten Seite lagen die Häuser im Winterschlaf. An der Treppe, die hinunter zum Strand führte, ruhte er kurz aus und schaute auf die Ostsee. Das Weiß des Schnees zeigte ihm in der Dunkelheit, wie weit die Treibeisberge nun schon ins Meer ragten. Von da würde auch kein Schiff kommen können, um die Insel zu versorgen. Er lief weiter auf dem Steilküstenweg. Mit der Taschenlampe leuchtete er den Schnee ab. Obwohl schon leicht verweht, war noch immer hier und da eine Skispur zu erkennen, aber sonst hatte sich in der letzten Zeit niemand hierher verirrt; es gab keine tief eingesunkenen Fußstapfen. Von der Lietzenburg sah er wieder einen schwachen Lichtschein. Er bog nach rechts in einen kleinen Pfad. Bei jedem Schritt rieselte Schnee von den tief hängenden Zweigen herab. Wenig später stand Damp vor Dehnes Hütte im Wald.

Sein Siegel war unversehrt. Er kramte die Schlüssel heraus, schloss auf und trat ein. Damp zog die Schuhe aus, um nicht noch mehr Spuren zu verwischen. Aber eigentlich konnte er sich das auch sparen, denn Nelly Blohm und er waren bei ihrem ersten Besuch nicht gerade sehr vorsichtig gewesen. Bevor er Licht machte, zog er die Vorhänge zu. Er wollte nicht, dass ihn jemand im Hotel bemerkte. Damp setzte sich auf den Schreibtischstuhl. Er begann die herumliegenden Unterlagen durchzusehen. Nichts von der Stasiunterlagenbehörde. Dann nahm er sich die Schubladen vor. In der untersten fand er, was er suchte. Der Umschlag enthielt aber auch nur die erste Seite des Schreibens über die Klarnamen. Die zweite Seite mit dem zweiten Namen fehlte. Vielleicht hatte Dehne den Brief kopiert und die zweite Seite im Kopierer liegen gelassen. Der Kopierer oder Drucker befand sich im Hotel, im Büro von Laura Ihlow. Dort hatte er jedenfalls einen gesehen. Also Pech gehabt. Damp schüttelte den Kopf über sich selbst. Wenn er schon mal den Detektiv spielte, ging es natürlich schief. Er streckte die Beine aus und stieß dabei an etwas unter dem Schreibtisch. Er beugte sich hinunter. Dort stand ein Drucker. Damp kroch unter den Schreibtisch. Das Fach für die Kopien war leer. Seine letzte Hoffnung erlosch. Da entdeckte er eine Klappe auf dem Drucker. Er hob sie kurz an, hielt inne und öffnete sie dann ganz. Ein Blatt

Papier. Damps Atem raste. Er zog das Blatt heraus und drehte es um. Damp riss die Augen auf. Da stand „02 IM Name Singschwan" und der Klarname. Die Zahl der Verdächtigen erhöhte sich auf fünf.

XXV

Damp fühlte sich rundum wohl. Er rubbelte sich mit einem Handtuch die feuchten Haare trocken. Ausgiebig hatte er die heiße Dusche genossen. Über einem Stuhl hingen seine Sachen, frisch gewaschen und getrocknet. Malte hatte freilich geknurrt, als Damp ihn gemeinsam mit Nelly Blohm gestern Abend aus dem Schlaf auf seinem Sofa gerissen und um Asyl für eine Nacht gebeten hatte, und erst nach einigem Widerstand nachgegeben, allerdings nicht ohne klare Ansage: fünfzig Euro für die Nacht, inklusive Frühstück und Wäsche.

Vom Untergeschoss duftete es schon nach frischem Kaffee und aufgebackenen Brötchen. So konnte man sich's gefallen lassen, dachte Damp. Nur auf Dauer würde es etwas teuer werden. Er könnte sich sein Leben in seiner Bude in Neuendorf auch etwas lebenswerter machen. Frische Brötchen und frischer Kaffee waren keine Zauberei, aber allein schmeckte es nun mal nicht so gut. Da holte er sich lieber was beim Bäcker im Vitter Supermarkt und fühlte sich durch den ersten Plausch mit den Verkäuferinnen nicht mehr so einsam.

Nelly Blohm saß schon am Tisch, als Damp herunterkam. Sie hatte ein Kopftuch um ihre nassen Haare gewickelt und lächelte ihren Kollegen an. Damp war irritiert, denn im Dienst wirkte sie immer ein wenig verbissen und vom Ehrgeiz zerfressen. Sie wollte wahrscheinlich im Polizeidienst Karriere machen. Für ihn war das kein Thema mehr.

Malte kam mit gekochten Eiern und einem Brotkorb aus der Küche. Aus seiner Hemdtasche zog er eine Quittung und legte sie neben Damps Teller. „Nur dass das gleich klar ist: Das war eine Ausnahme, Damp."

Malte hatte gestern Abend noch seine Waschmaschine mit eingebautem Trockner angeworfen, um Damps Wäsche zu reinigen. Damp steckte die Quittung ohne Kommentar ein.

„Wie wollen wir heute weitermachen?", fragte Nelly. „Wollen wir weiter nach dem Skifahrer suchen?"

Gestern Abend war ihnen beiden noch etwas Merkwürdiges passiert. Damp fuhr gerade aus Kloster zurück, ganz zufrieden mit seinen Entdeckungen. Kurz vor dem Kinowäldchen in Vitte wäre er dann fast mit einem Skifahrer zusammengestoßen, der von rechts aus dem Kinowäldchen in hohem Tempo auf die Straße gelaufen kam. Damp trat so stark auf die Bremse, dass sein Auto ins Schleudern geriet und in einen Schneehaufen am Straßenrand rutschte. Der Skifahrer hatte kurz angehalten und sich zu Damp umgedreht, ehe er sich mit schnellen, kraftvollen Stößen aus dem Staub gemacht hatte. Doch Damp hatte das Gesicht nicht erkennen können. Dafür war der Augenblick zu kurz gewesen. Er konnte nicht einmal sagen, ob es sich um einen Mann oder eine Frau gehandelt hatte. Nur mit Mühe bekam Damp das Auto wieder flott und nahm dann die Verfolgung auf. Als er am Rathaus vorbeifuhr, wäre ihm Nelly Blohm fast ins Auto gelaufen. Sie hatte ihre Waffe in der Hand. Sie riss die Beifahrertür auf und sprang ins Auto. „Haben Sie ihn gesehen", stammelte sie atemlos. „Er ist die Straße nach Süderende runter." Damp gab Gas. Sie rasten die menschenleere Straße von Vitte hinunter bis zum Deichübergang in die Heide. Dort hielten sie an, stiegen aus und suchten im Schnee auf der Straße und in den Deichwiesen nach einer Skispur. Vergebens. Als sie wieder im Auto saßen, fragte Damp Nelly, was sie so spät noch im Revier gemacht hatte. „Ich konnte nicht schlafen und habe mich noch mit Dehnes Laptop beschäftigt", behauptete sie. „Bei Malte komme ich nicht ins Internet." Ihre Recherchen über Ulrike Stein und das Ehepaar Zabel verschwieg sie. Aber Damp war misstrauisch. Er spürte, dass ihm seine Kollegin nicht alles erzählt hatte. Sie hatte es vermieden, ihm in die Augen zu sehen. Nelly fühlte sich unwohl in ihrer Haut, versuchte es zu überspielen, indem sie im Gegenzug Damp in Erklärungsnöte brachte. „Und wo kommen Sie so spät noch her?"

„Ich habe in Kloster am Biologenweg geschaut, ob nicht vielleicht doch eines der Ferienhäuser belegt ist? Das kann man abends besser erkennen, wenn irgendwo Licht brennt. Außerdem wollte ich nachsehen, ob die Leute vom Hotel unser Siegel an der Tür der Hütte nicht gebrochen haben." Das war zwar nicht gelogen, wirkte aber auch nicht sehr überzeugend. „Wollen Sie nicht mal Ihre Waffe einstecken?", wechselte er deshalb das Thema. Nelly hatte immer noch ihre Pistole in der Hand. „Ist vielleicht auch ein wenig gefährlich, gleich das Ding rauszuholen, wenn einer auf Skiern vorbeikommt."

„Aber er ist auf mein Rufen nicht stehen geblieben", verteidigte sich die Polizistin und steckte die Waffe in die Jackentasche. Dann schwiegen sie eine Weile und blickten in die dunkle schneebedeckte Heide. Ohne laufenden Motor wurde es langsam kalt im Auto. „Lassen Sie uns zu Malte fahren", hatte Damp vorgeschlagen. „Vielleicht gibt er mir ein Zimmer für eine Nacht. Die Straße nach Neuendorf wird erst morgen früh wieder geräumt. Da komme ich mit der Karre jetzt nicht durch, und augenblicklich hier weiter nach Spuren zu suchen, macht keinen Sinn."

Aber auch jetzt am Morgen war aus Damps Sicht eine Suche nach dem nächtlichen Skifahrer aussichtslos. Er nahm sich ein Brötchen. „Letzte Nacht hat es noch mal zehn Zentimeter geschneit. Zu zweit ist es sinnlos, die Heide zu durchkämmen. Vielleicht ist er auch in einem Haus hier in Vitte verschwunden."

„Aber das könnte doch unser Täter sein …"

„Könnte!", rief Damp aus. „Er könnte unser Täter sein. Aber wissen wir, ob nicht auch andere Leute auf Hiddensee Skier im Keller oder Schuppen haben und jetzt damit über die Insel laufen."

„Also ich habe keine", mischte sich Malte ein. „Und mit Skiern hab ich auch noch keinen Hiddenseer gesehen."

„Weißt du es genau?", fragte Damp barsch.

Malte schüttelte den Kopf. „Genau natürlich nicht."

„Ich denke, wir machen erst mal im Hotel weiter. Wir sollten die Herrschaften dort oben noch mal in die Zange nehmen", schlug Damp vor. „Mir sind fünf Tatverdächtige einfach zu viel. Außerdem wollten wir im Hotel auch nach den Skiern suchen."

„Wieso fünf?", fragte Nelly verwundert. Sie erinnerte sich nur an vier. Isa Leetz, Mario Zakis, Ralf Möller und dann vielleicht noch Steffi Dehne, die Schwester des Hoteliers. Aber wer war der Fünfte?

Damp bemerkte seinen Fehler. „Hatte ich fünf gesagt?", fragte er. Er zählte an den Fingern die Namen ab, die auch Nelly im Kopf hatte. „Stimmt. Sind nur vier. Wie komme ich nur auf fünf? Muss am Hunger liegen …"

Damp schob sich die Brötchenhälfte fast ganz in den Mund, um keine weiteren Erklärungen abgeben zu müssen. Aber ein paar kleine Schweißtropfen auf seiner Stirn und eine leichte Rötung seines Gesichts verrieten Malte, dass sein Gast etwas im Schilde führte, von dem seine Kollegin nichts wissen sollte. Als die Blicke der Männer sich trafen, ohne dass Nelly es bemerkte, schüttelte der Polizist unmerklich den Kopf. Maltes Lippen formten lautlos die Worte: „Was läuft hier?" – „Frag nicht", antwortete Damp gleicherweise.

Nelly blickte die ganze Zeit nachdenklich auf ihren Teller. „Doch fünf!", rief sie aus. „Zabel haben wir vergessen."

„Genau. Den Herrn Zabel habe ich ganz vergessen." Damp atmete innerlich auf. Gleichzeitig lief ihm ein kalter Schauer über den Rücken, wie immer wenn er an den Fall Stein erinnert wurde und daran, was ihm geschehen war. Es war schon merkwürdig, dass Zabel dort oben am Hotel aufgetaucht war und offenbar mit Dehne Geschäfte gemacht hatte. Zabels Bemerkung, er wisse, wo er Dehne finden würde, könnte auch darauf hindeuten, dass er Dehne im Hafen von Vitte treffen wollte. Andererseits glaubte Damp eigentlich auch nicht, dass Zabel sich verdächtig machen wollte, nachdem er und seine Frau gerade der Polizei vom Haken gegangen waren. So blöd war Zabel nicht, wenn Damp an die Vernehmung des Ehepaars vor ein paar Monaten dachte. Er schaute auf die Uhr. „Höchste Eisenbahn. Gleich beginnt die Sitzung des Krisenstabes, und ich muss noch das Auto frei schippen. Soll ich Sie dann hier abholen?", wandte er sich an Nelly.

Sie schüttelte den Kopf. „Nicht nötig. Ich komme schon so ins Revier." Nelly hatte eigene Pläne.

XXVI

Die Hausverwaltung Zabel residierte in einem der alten Häuserblöcke des ehemaligen Ferienheims der Stralsunder Volkswerft im Ortskern von Vitte. Es war eines der letzten Projekte des toten Bauunternehmers Stein gewesen, diese Häuser zu kaufen, dann abzureißen und auf dem Gelände Ferienhäuser zu bauen. Durch seinen Tod schien das Projekt zum Scheitern verurteilt. Die Gemeinde suchte nach einem neuen Investor. Die drei Gebäude mit den riesigen Reetdächern aus den siebziger Jahren waren von Leerstand und Verfall gekennzeichnet. Nur der erste Block, direkt an der Straße, war noch halbwegs intakt. Zum Teil wurden die Zimmer an Saisonkräfte vermietet. Ab und zu gab es im ehemaligen Speisesaal eine Ausstellung. Einige Räume wurden auch zeitweise als Büros genutzt und so hatte sich hier im November die neue Hausverwaltung Zabel einquartiert.

Nelly zog die gläserne Eingangstür auf und stieg einige Stufen empor. Früher war hier der Empfang für die Feriengäste gewesen. Nun stand die Rezeption leer. Es gab jedoch einen Wegweiser zur Hausverwaltung Zabel. Nelly ging nach rechts. Eine Tür ganz am Anfang eines langen Flurs trug die Aufschrift „Hausverwaltung Zabel". Sie klopfte, wartete aber nicht auf Antwort, sondern öffnete die Tür und trat ein.

Nelly stand gleich vor einem Tresen, der die gesamte Zimmerbreite einnahm. Das Ehepaar Zabel saß dahinter, einheitlich gekleidet in grüne Pullover und Jeans, und trank Kaffee. Das Büro wirkte sonst noch sehr provisorisch. Nur die Wände waren frisch gestrichen. Von der Decke warf eine Neonlampe, umhüllt von einem schmutzig-gelben Glaskörper, ihr kaltes Licht in den Raum. Auf Zabels Schreibtisch stand ein aufgeklappter Laptop. Kurt

Zabel erhob sich, nachdem Nelly eingetreten war. „Guten Tag, womit kann ich dienen?", fragte er freundlich.

Nelly war kurz beeindruckt von der Größe und dem Umfang des Mannes. Seine Haut glänzte fast bronzefarben. An seinem Handgelenk und um seinen Hals baumelten dicke goldene Ketten.

„Blohm, Kriminalpolizei Bergen", stellte Nelly sich vor und hielt ihren Dienstausweis hoch. Zabels Miene verfinsterte sich. Seine Frau stellte die Kaffeetasse ab, stand auf und platzierte sich neben ihren Ehemann.

„Ich ermittle im Mordfall Martin Dehne", verkündete Nelly. „Deshalb habe ich ein paar Fragen an Sie."

„Dehne?", fragte Marie Zabel. Auch sie trug Solariumbräune.

„Der Hotelier von Kloster", antwortete ihr Mann auf die Frage. „Ich habe dir doch von ihm erzählt."

„Ach so, der", bemerkte Marie Zabel. Dann stemmte sie ihre Arme in die Hüften. „Was haben wir mit seinem Tod zu tun?", fragte sie angriffslustig.

Nelly wandte sich an Kurt Zabel. „Sie haben Herrn Dehne ein paar Tage vor seinem Tod aufgesucht. Dürfte ich den Grund erfahren?"

Zabel zuckte mit den Schultern. „Ich wollte mir mal seinen Laden ansehen. Abchecken, ob man irgendwie kooperieren kann."

„Kooperieren? Sie vermieten doch Ferienwohnungen? Wie passt da ein Hotel hinein?"

„Na ja, man hat doch immer mal kurz entschlossene Reisende, die noch für eine Nacht eine Bleibe suchen und hier nachfragen. Da wäre es doch ganz gut, gegen eine kleine Provision Dehnes Hotel zu empfehlen oder dort für die Leute ein Zimmer zu buchen. Haben alle was davon. Die Herrschaften ein Quartier, Dehne ein belegtes Zimmer und wir ein paar Euro Vermittlungsgebühr."

„Und warum waren Sie Silvester noch mal im Hotel ‚Dornbusch'?"

„Silvester?", fragte Zabel, als könne er sich nicht erinnern.

„Ja, Silvester", ließ Nelly nicht locker.

Zabel kratzte sich am Kopf und sah seine Frau an.

„Bitte versuchen Sie mir jetzt nicht weißzumachen, dass Sie zu Fuß zu Dehne gelaufen sind, um ihm einen Gast zu vermitteln."

Zabel schüttelte den Kopf. „Ich wollte ihm ein gesundes neues Jahr wünschen, aber er war nicht da."

„Aber Sie wussten, wo Sie ihn trotzdem treffen konnten?", bohrte Nelly weiter.

„Ich weiß nicht, was Sie meinen", entgegnete Kurt Zabel.

„Sie haben zu einem von Dehnes Gästen gesagt, Sie wüssten, wo Sie Herrn Dehne treffen könnten."

Kurt und Marie Zabel wechselten kurz einen Blick. „Das war mehr so eine Redensart", erklärte er dann. „Es ist inselweit bekannt, dass er oft mit seinem Fernglas unterwegs ist, um Vögel zu beobachten. Auch auf den Salzwiesen zwischen Kloster und Vitte. Da dachte ich, vielleicht sehe ich ihn dort."

Kein Wort vom Hafen Vitte. Nelly musste erkennen, dass sie so nicht weiterkam. Ohne Spuren und Beweise würde sie die Zabels nicht in die Enge treiben können. Sie überlegte kurz. Irgendwie wollte sie die beiden aber trotzdem verunsichern. „Haben Sie eigentlich Kontakt zu Ulrike Stein?", fragte sie, als sei es eine Nebensächlichkeit.

Kurt Zabel wurde zornig. Er trat an den Tresen und war nur noch einen halben Meter von Nellys Gesicht entfernt. „Was soll diese Fragerei?", brüllte er. „Wollen Sie uns wieder was in die Schuhe schieben? Wir sind rehabilitiert!"

Marie Zabel griff nach dem Arm ihres Ehemannes und versuchte ihn zurückzuziehen. Doch er schüttelte sie ab und wetterte weiter. „Wir haben nichts, aber auch gar nichts mit diesen Morden hier auf der Insel zu tun! Vielleicht fragen Sie mal bei Ihrem Kollegen Damp nach, wer Herrn Krenz oder Herrn Nemzov erschossen hat. Warum kann er sich nicht erinnern?"

„Weil er von ihrer Freundin Ulrike oder ihrem Komplizen mit einem Elektroschocker gefoltert wurde", hielt ihm Nelly wütend entgegen.

„Beweise, liebe Frau. Wo sind die Beweise?"

„Sind zwei gefesselte Polizisten auf einem Paddelboot nicht Beweis genug?"

„Das können auch Leute von der Insel gewesen sein. Die beiden Bullen sind ja nun wahrlich nicht beliebt gewesen auf Hiddensee!"

„Kurt, beruhige dich", warf seine Frau ein.

Er drehte sich zu ihr um. „Ich beruhige mich, wann ich es will. Ich lasse mir nichts von irgendeiner dahergelaufenen Polizeischülerin unterstellen." Dann wandte er sich wieder an Nelly. „Ich würde Ihnen raten, dass Sie aufhören, in unseren Angelegenheiten rumzuschnüffeln. Sonst laufen Sie morgen wieder Streife."

Nelly hatte die plötzliche Attacke zwar getroffen, aber noch wollte sie nicht aufgeben. Seine Reaktion verlangte geradezu danach, nicht lockerzulassen. „Ich habe Ihnen nichts unterstellt. Ich habe nur gefragt, ob Sie Kontakt zu Ulrike Stein haben. Immerhin verwalten Sie ihre Ferienhäuser hier auf der Insel. Da ist diese Frage wohl mal gestattet. Ebenso, wo das Geld landet, dass Sie hier einnehmen. Frau Stein wird gesucht in Verbindung mit drei Mordfällen und einem Verfahren wegen schwerer Körperverletzung."

Zabel versuchte überlegen zu lächeln, doch sein Gesicht wirkte wie eine Grimasse. „Alles ganz klar geklärt. Abzüglich der Aufwendungen für die Endreinigung und Wäsche sowie der laufenden Betriebskosten plus unserer Provision, landen die Einnahmen auf einem Sperrkonto, verwaltet von Ulrikes Rechtsanwalt. Wenden Sie sich also an ihn, wenn Sie Fragen haben. Die Adresse suche ich Ihnen gerne heraus."

„Bleibt die Frage, von welchem Geld Ulrike Stein ihre Flucht finanziert. Denn mit gefüllten Satteltaschen ist sie wohl nicht abgereist nach den Morden an Nemzov und Krenz." Sie zog das Foto aus der LKA-Akte aus ihrer Jacke und legte es auf den Tresen.

Marie und Kurt Zabel beugten sich nach vorn, sahen auf das Bild und dann sich an. Nelly glaubte, in ihrem Blick ein gewisses Erstaunen zu entdecken. Sie legte nach: „Die nächste Frage ist also: Wo ist das Geld aus dem Tresor im Haus von Peter Stein geblieben, wenn es Ulrike Stein nicht dabeihatte? Immerhin mehrere Millionen."

Sie nahm das Foto, faltete es langsam zusammen, ohne die beiden aus den Augen zu lassen. Dann drehte sie sich um. Es schien, als wolle sie aus dem Raum gehen, doch dann blieb sie stehen und wandte sich noch einmal an Kurt und Marie Zabel: „Haben Sie vielleicht ein Paar Langlaufskier?"

Die Eheleute starrten sie verwirrt an, dann schüttelten beide synchron den Kopf. Nelly hob zum Abschied kurz die Hand und verließ mit einem genüsslichen Lächeln auf den Lippen das Büro.

XXVII

Inselmeteorologe Georg Elm hatte schlechte Nachrichten. Über Skype war er zur Sitzung des Krisenstabes zugeschaltet worden. Ein neues Tief näherte sich Hiddensee. „Nach Auflockerungen am Vormittag zieht wieder Schneefall auf und bringt noch einmal zehn Zentimeter Neuschnee. Die Temperaturen bleiben bei minus zwei Grad. Der Wind kommt nun aus Südwest. Windstärke fünf, in Böen sogar um sechs. Nachts wird es weiter schneien."

Bürgermeister Förster stöhnte auf. „Nimmt das denn kein Ende. Die Insel ist jetzt schon fünf Tage von der Außenwelt abgeschnitten."

„So richtig Hoffnung machen kann ich euch nicht", meldete sich Elm wieder. „Der Schneefall wird morgen wahrscheinlich nachlassen und die Temperaturen auf ein Grad über null ansteigen. Aber bei Wind so um sechs bis neun ist es gefühlt kälter als heute. Tauwetter, auch mit Blick auf das Eis auf Bodden und Ostsee, ist also nicht in Sicht. Ich muss dann mal wieder."

Sein Bild verschwand vom Monitor. Georg Elm arbeitete auch für zahlreiche Hörfunk- und Fernsehsender, die dringend auf seine Prognosen warteten.

Förster schaute ernüchtert in die Runde. Auch die anderen am Tisch machten ernste Gesichter. Der Bürgermeister zog ein Schreiben aus seiner Mappe. „Das lag heute Morgen im Fax. Die ‚Zingst' hat es aufgegeben, die Fahrrinne zwischen Stralsund und Neuendorf aufzubrechen. Das Eis ist für den Tonnenleger zu dick."

„Und wie sieht es mit dem Helikopter aus?", fragte Barnhöft.

„Ab heute Nachmittag vielleicht. Hängt auch vom Wetter ab ..."

„Dann sehe ich aber schwarz für heute", warf Inselarzt Möselbeck ein.

„… aber der Landkreis hat zugestimmt, dass wir den Hubschrauber bestellen", setzte Förster seinen Satz etwas ungehalten über den Zwischenruf fort. Er sah, wie Damps Gesicht sich noch weiter verdüsterte. „Und um Sie gleich zu beruhigen, Herr Damp, der Landkreis wird für die Hiddenseer Einwohner eine Regelung treffen, zum Teil die Flugkosten zu übernehmen. Die Urlauber allerdings, die auf die Insel oder von ihr runterwollen, müssen alles aus eigener Tasche bezahlen. Wenn dann mal ein Hubschrauber fliegt", fügte er mürrisch hinzu.

„Das Geld ist echt das kleinere Problem", meinte Barnhöft. „Habt ihr euch mal das Ding auf der Webseite der Firma angesehen? Da gehen nicht mehr als vier oder fünf Leute rein. Wie sollen wir denn mit der kleinen Klapperkiste die Versorgung der Insel aufrechterhalten? Der Treibstoff geht schon wieder zur Neige. Trotz des Nachschubs von gestern. Wenn wir dreimal am Tag bei Neuschnee die Straße von Grieben bis Neuendorf räumen wollen, damit der Inselbus weiterhin fährt, brauchen wir dringend mehr Diesel. Und die Regale in den Supermärkten …"

Barnhöft schaute Hansen an. Der zuckte jedoch nur mit den Schultern. „Ich kann nichts herzaubern. Mit dem Hubschrauber werde ich auch die Preise anheben müssen. Das wird die Kunden nicht freuen. Sollten auch wieder mehr Urlauber auf die Insel kommen, muss ich vielleicht überlegen, bestimmte Waren für die Hiddenseer zurückzuhalten. Die Touristen müssen dann nehmen, was übrig bleibt."

„Wie zu DDR-Zeiten", kommentierte Möselbeck die Ankündigung des Supermarktchefs.

„Was willst du damit sagen?", entgegnete Hansen wütend. „Ich kann es auch nicht ändern …"

Möselbeck winkte ab.

„Gibt es denn wirklich keinen Weg übers Wasser, oder besser gesagt, übers Eis?", fragte Förster Barnhöft.

Der Feuerwehrmann schüttelte den Kopf. „Zu unsicher. An den Uferbereichen würde es schon gehen, doch die Fahrrinne von Schaprode nach Vitte ist erst später zugefroren, weil ja bis Silvester die Fähre noch gefahren ist und das Eis aufgebrochen hat. Wir wissen also nicht, wie dick dort das Eis ist. Außerdem gibt es zu viele Treibeisberge. Da fährt kein Auto drüber und Räumpanzer sind zu schwer. Abgesehen von der Frage, wo die herkommen sollen. Bundeswehr gibt's auf Rügen nicht mehr."

Förster stand auf und begann um den Tisch zu wandern.

„Was ist denn mit einem Eisbrecher?", fragte Damp.

„Denken Sie, ich habe mich nicht auch darum schon bemüht?", herrschte Förster den Polizisten an.

„War ja nur 'ne Frage", verteidigte sich Damp.

„Die ‚Vilm' wollen sie auf den Weg bringen. Momentan ist sie aber noch im Strelasund im Einsatz, um dort den Hafen frei zu halten. Der Eisbrecher müsste dann wie die ‚Zingst' erst rund um Rügen fahren und von Norden, von der Ostsee, versuchen einen Weg frei zu machen. Bei guter Prognose, meinen die aus Stralsund, braucht das Schiff einen Tag bis zum Enddorn und dann zwei Tage, um das Eis im Libben und danach bis nach Schaprode aufzubrechen. Sicher sind sie sich aber auch nicht, ob das was bringt. Die ‚Vilm' ist auch nicht mehr der jüngste Eisbrecher."

„Man hätte der Reederei mehr Druck machen müssen, endlich eine neue eingängige Fähre anzuschaffen und diesen Oldtimer zu ersetzen. Bei den ständigen Preiserhöhungen in den letzten Jahren muss doch Kohle dafür da sein", regte sich Barnhöft auf.

Die anderen nickten zustimmend.

„Die Debatte hilft uns jetzt auch nicht weiter", beendete Förster die Diskussion. „Hoffen wir erst mal weiter auf den Hubschrauber. In Schaprode hat sich Herr Möbius bereit erklärt, seinen Parkplatz so weit zu räumen, dass dort der Helikopter starten und landen kann. Das Gelände ist nah am Hafen und somit auch nah an der Bushaltestelle. Möbius wäre auch bereit, Waren auf seinem Gelände zu lagern, die hierher geflogen werden sollen. Wenn es klappt, soll es alle zwei Stunden eine Flugverbindung von Schaprode nach Vitte und zurück geben. Du müsstest dafür sorgen", wandte sich Förster an Barnhöft, „dass der Landeplatz immer geräumt ist und eine Crew der Insellogistik bereitsteht, den Hubschrauber zu be- und entladen."

„Zu beladen gibt's wohl kaum was", warf Möselbeck ein und erntete dafür einen weiteren bösen Blick des Bürgermeisters. Barnhöft versprach, sich darum zu kümmern.

„Vielleicht sollten wir auch die Fahrzeiten des Inselbusses auf die Flugzeiten abstimmen und dort eine provisorische Haltestelle einrichten", schlug Damp vor.

„Gute Idee", meinte der Inselarzt, „für meine älteren Patienten wäre das gut, die zu Behandlungen nach Bergen müssen."

„Dann sind wir uns einig."

Alle nickten. Die Runde löste sich auf. Förster bat Damp, noch einen Moment zu bleiben. „Wie läuft es mit Ihrem Fall?", fragte Förster den Polizisten.

„Wir verfolgen mehrere Spuren", antwortete Damp knapp.

„Wie steht es um die Unterstützung aus Stralsund?"

„Wie mit dem Wetter. Beschissen."

Förster grinste über die ehrliche Antwort des Revierleiters.

„Ich frage mich nur, was ich mit einem Verdächtigen mache, wenn wir einen hätten. Momentan ist das Eis die Knastmauer. Eigentlich könnte er durch das Eis nicht weg von der Insel. Aber absolut sicher ist das natürlich nicht…"

„Ich habe noch etwas anderes", wechselte Förster das Thema. „Sie haben es sicher heute Morgen gesehen, als sie aus Neuendorf gekommen sind. Schneebruch in der Heide. In der Nähe der Finnhütten beim Hotel ‚Heiderose' sind einige Bäume unter der Schneelast umgeknickt. Ihr Freund Malte sammelt doch immer Holz. Wäre das nicht was für ihn? Ich kann mich nicht drum kümmern und meine Ranger haben momentan mit eingefrorenen Vögeln genug zu tun."

„Ich sag ihm Bescheid, aber ich hätte noch eine Bitte."

„Schießen Sie los."

XXVIII

Als Damp in das Polizeibüro kam, saß Nelly an ihrem Schreibtisch und tippte an ihrem Laptop. Auf dem Bildschirm zeigten sich endlose Zahlenkolonnen.

„Was machen Sie da?", fragte Damp und stellte sich hinter den Stuhl seiner Kollegin.

„Ich muss was überprüfen."

„Und was, wenn ich fragen darf?"

„Nicht so wichtig."

Nelly drückte eine Taste und die Zahlenkolonnen verschwanden. Sie hatte entschieden, Damp nichts von ihrem Besuch bei den Zabels zu erzählen. Er sollte auch nicht wissen, dass sie sich in die Konten der Hausverwaltung Zabel gehackt hatte. Allerdings hatte sie bisher dort auch keinen Hinweis auf illegale Transaktionen zugunsten von Ulrike Stein oder eines Strohmannes gefunden. Sie hatte dazu noch einmal den Account ihres Schweriner Kollegen genutzt. Nun erschien die Startseite des Landeskriminalamtes, was Damp natürlich wunderte. Er sagte aber nichts dazu.

„Sonst was Neues im Krisenstab?", fragte Nelly.

Damp setzte sich auf seinen Stuhl. „Wenn überhaupt, gibt es außer dem Hubschrauber auf absehbare Zeit weiter keine Verbindung nach Rügen oder Stralsund. Wir bleiben eine Insel. Die Eisbrecher kommen nicht durch oder sind noch nicht verfügbar. Es soll alles über den Hubschrauber geregelt werden. Versorgung mit Lebensmitteln, Treibstoff und so weiter sowie der Personentransport. Aber bei dem Wetter ist das auch keine sichere Bank. Sieht schlecht aus mit einem Flug nach Rügen. Wer weiß, ob Bökemüller die Kohle dafür lockergemacht hätte."

Nelly schluckte. Kurz traten ihr Tränen in die Augen, die sie schnell wegwischte. Sie hatte so gehofft, dass sie am Abend Lukas sehen würde. Und nun klappte es nicht. „Und wie machen wir heute weiter?", fragte Nelly niedergeschlagen.

Damp sah sie an. „Wir knöpfen uns noch mal die Leute vom Hotel vor, Leetz, Zakis und Ihlow, überprüfen Möllers Alibi und dann habe ich noch einen Besuch auf unserer Liste."

„Also wieder eine Winterwanderung", stöhnte Nelly.

Damp reagierte nicht darauf, sondern kramte auf dem Schreibtisch nach seinem Notizblock. „Förster hat mich gefragt, wie es läuft. Da habe ich mich *gefragt*, was wir machen, wenn wir jemanden festnehmen? Wo wollen wir ihn einsperren, wenn es keine Verbindung gibt."

„Dann werden uns doch die Kollegen aus Stralsund einen Hubschrauber schicken."

„Aber wenn das Wetter zum Fliegen zu schlecht ist? Morgen soll es bis Windstärke neun wehen …"

„Gute Frage."

Damp hatte seinen Block gefunden und steckte ihn ein. „Aber so weit sind wir noch nicht. Kommt Zeit, kommt Rat. Wollen wir los?"

Statt einer Antwort stand Nelly auf und griff nach ihrer Winterjacke. Damp folgte ihr, blieb dann aber stehen. „Einen Anruf muss ich noch machen. Haben Sie die Nummer von Fittkau?"

Im Hotel „Dornbusch" wurde noch gefrühstückt, als die Polizisten eintrafen. Mario Zakis stand am Herd und briet Eier. Laura Ihlow lief um den Tisch und bediente die fünf Gäste und Isa Leetz mit verschiedenen Getränken. Die beiden Jungen spielten auf dem Teppich in der Halle. Auf dem Tisch standen Platten mit Wurst und Käse sowie diverse Gläser mit Honig und Marmelade. Damp schaute genauer hin und staunte. Er erkannte an den Etiketten, dass die Marmelade von Malte Fittkau stammte. Isa Leetz erhob sich, als die Beamten die Wohnküche betraten.

„Was wollen Sie schon wieder hier?", fragte sie aufgebracht. „Sie stören und belästigen unsere Gäste."

„Noch einmal mit Ihnen reden", antwortete Damp ungerührt.

„Dann kommen Sie bitte mit in die Bibliothek." Isa Leetz wollte schon losgehen, doch Damp und Blohm blieben stehen. „Mit Ihnen auch, Frau Ihlow und Herr Zakis."

„Wieso? Wir haben doch gestern schon alle Fragen beantwortet", entgegnete Laura Ihlow.

„Beantworten heißt nicht unbedingt die Wahrheit sagen", erklärte Nelly.

„Können Sie wenigstens warten, bis die Mahlzeit beendet ist", wandte Mario Zakis ein. „Wir kommen, sobald Herr Böhnke die Gäste abgeholt hat."

„Böhnke kommt wieder?", fragte Damp neugierig.

„Ja, das Problem konnte gelöst werden. Es war ein Missverständnis", erklärte Isa Leetz. „Wenn ich Sie nun bitten dürfte."

Sie wollte die Polizisten in die Bibliothek manövrieren, doch Damp hielt sie auf. „Wir würden uns gern noch ein wenig im Haus und auf dem Grundstück umsehen?"

Isa Leetz sah ihn verwundert an. „Warum? Außerdem möchte ich nicht, dass die Intimsphäre meiner Gäste noch mehr gestört wird, als es Ihre dauernden Besuche ohnehin schon tun."

„Keine Sorge", beschwichtigte sie Damp. „Es geht mehr um den Keller, die Vorratsräume und das Grundstück, rund um das Hotel."

„Was suchen Sie denn?"

Er zwinkerte ihr verschwörerisch zu. „Das würde ich Ihnen verraten, wenn wir es gefunden haben."

„Dann tun sie sich keinen Zwang an", gab sie schicksalsergeben nach.

Die Suche der beiden war vergebens. Nirgendwo konnten sie ein Paar Langlaufskier oder Spuren davon entdecken.

„Das war ja wohl ein Fehlschlag", bemerkte Nelly, als sie in die Bibliothek zurückkehrten. Damp zuckte mit den Schultern. „Man kann nicht alles haben." Dabei schaute er sich in der Bibliothek um. „Schon erstaunlich, wie der Raum ohne die Vögel gleich ganz anders wirkt. Nicht mehr so einschüchternd." Nelly nickte.

„Wollen Sie wieder die Unterhaltung mit den drei führen?", fragte Damp seine Kollegin.

„Nein, nein, machen Sie ruhig heute mal."

Damp setzte sich in einen der Sessel, zog seinen Block heraus und begann zu schreiben. Nelly schlenderte durch den Raum und schielte dabei ihrem Kollegen über die Schulter. Damp schrieb sich offensichtlich die Fragen für die Vernehmung auf. Unter jeder Frage machte er Stichpunkte, notierte sich schon Antwortmöglichkeiten und malte dann Zahlen dahinter, die er umkreiste. Er dachte sich eine richtige Fragestrategie aus. Jeder Dozent auf der Polizeischule wäre stolz gewesen, dachte Nelly staunend, solch einen gelehrigen Schüler hervorgebracht zu haben. Was war in Damp gefahren?

Nach einer Viertelstunde kamen Laura Ihlow, Mario Zakis und Isa Leetz in die Bibliothek. Da Damp und Blohm schon in den beiden Ledersesseln saßen, mussten die drei auf dem Sofa Platz nehmen.

‚Wie auf der Sünderbank', dachte Nelly im Stillen. Sie hatte sich heute auch einen Notizblock mitgenommen und auf den Laptop verzichtet.

„Also", begann Damp, „wollen Sie Ihren Aussagen von gestern über den Silvestertag etwas hinzufügen oder vielleicht ändern?"

Die drei sahen ihn an, dann sich gegenseitig. Während Leetz und Zakis mit den Schultern zuckten, blickte Laura Ihlow nach unten. Sie wich Damps Blick aus, registrierte Nelly.

„Nein, es gibt nichts weiter zu sagen", erklärte Isa Leetz entschieden.

„Frau Ihlow?", fragte Damp die junge Frau. Sie blickte erschrocken auf, sah unsicher nach links zu ihrem Freund und nach rechts zu Frau Leetz. „Ich weiß nicht, was Sie meinen könnten?"

„Hatten Sie eine Affäre mit Herrn Dehne?", schoss Damp seinen Pfeil gnadenlos ab. Laura Ihlow klappte die Kinnlade nach unten. Auch die beiden anderen sahen Damp mit aufgerissenen Augen an.

„Wie ... wie ... kommen Sie darauf?", stammelte Laura Ihlow.

„Zeugenaussagen!"

Laura Ihlow stützte die Arme auf die Knie und schlug die Hände vor das Gesicht. Sie wurde von einem Weinkrampf geschüttelt.

„Was soll das?", fragte Isa Leetz wütend.

„Zu Ihnen komme ich gleich", wies Damp die Frau zurecht.

„Also, Frau Ihlow, wie war das mit Ihnen und Herrn Dehne?"

Sie sah ihn mit verweinten Augen an. „Ich ... ich ... er hat mich immer wieder bedrängt. Ich wollte doch den Job ... Wissen Sie, wie viele arbeitslose Absolventen aus dem Hotelfach rumlaufen?"

Damp ließ nicht locker. „Was war zwischen Ihnen und Herrn Dehne?"

Laura Ihlow rieb ihre Nase, um wieder Luft zu bekommen. „Ja, ich habe mit Martin geschlafen. Aber nur ein Mal. Nur um diese Stelle zu bekommen."

Zakis ballte bei der Aussage seiner Freundin die Fäuste. Sein Körper verkrampfte sich und er knirschte mit den Zähnen. Auch die Gesichtszüge von Isa Leetz verhärteten sich.

„Er hat es danach immer wieder versucht, aber ich ... ich wollte nicht." Sie sah flehend zu Mario Zakis, der aber starr geradeaus blickte. „Es war wirklich nur ein Mal."

„Und Sie wussten davon?", wandte sich Damp an Isa Leetz.

Die Frau presste die Lippen aufeinander, sodass ihr Mund wie ein Strich wirkte. Sie starrte die Polizisten wütend an. „Ja, ich habe sie erwischt. Am Tag vor Silvester, im Büro unter der Treppe." Sie spuckte die einzelnen Worte geradezu aus.

„Aber ich habe doch gar nichts gemacht", fiel ihr Laura Ihlow ins Wort. „Er ist wieder über mich ...", sie suchte nach einem Wort, „ja, richtig hergefallen."

Isa Letz blickte hasserfüllt auf Laura. „Ihr jungen Dinger. Macht euch an die Männer ran ... Du hast es doch selbst zugegeben. Bist mit ihm ins Bett, um die Stelle zu bekommen!"

„Und die Affäre Ihres Mannes mit Laura Ihlow machte Sie wütend. Haben Sie daraufhin beschlossen, gemeinsam mit Herrn Zakis Ihren Mann zu töten?"

„Quatsch", stieß sie hervor. „Ich habe Herrn Zakis die Augen geöffnet über diese Schlange."

Erneut wurde Laura von einem Weinkrampf geschüttelt. Nelly kam kaum mit dem Schreiben hinterher. Damp schaute kurz auf seinen Block, hakte etwas ab. Dann nahm er sich Mario Zakis vor. „Was haben Sie gemacht, nachdem Frau Leetz Sie über die … nennen wir es ruhig mal so … Untreue Ihrer Freundin informiert hat?"

Zakis schoss von dem Sofa nach oben und stand richtig stramm vor den Polizisten. Alles an ihm war angespannt. Er verschränkte seine Hände so fest, dass die Haut um die Knöchel weiß wurde. „Ich habe sie zur Rede gestellt. Dann bin ich zu Dehne und habe ihm die Meinung gesagt. Er hat alles abgestritten."

„Abgestritten?", fragte Damp ungläubig. Er sah kurz zu Nelly und schüttelte dann verblüfft den Kopf. „Und Sie haben ihm geglaubt?"

„Nein, nicht wirklich."

„Wie ging es dann weiter?"

Da mischte sich Frau Leetz ein. „Wir, also Martin, Herr Zakis, Frau Ihlow und ich, haben hier in der Bibliothek gemeinsam gesprochen und vereinbart, dass wir diese Werbeveranstaltung für die Gäste durchziehen und dann nach dem Jahreswechsel entscheiden, wie es weitergehen soll."

„Wann war das?"

„Auch am Tag vor Silvester. Also am dreißigsten Dezember."

Damp nickte. „Was war dann am Silvestermorgen?"

Zakis und Leetz wechselten kurz den Blick. „Dehne zickte mich an wegen dieser blöden Raketen", erklärte der Koch. „Da habe ich ihm noch mal die Meinung gesagt. Dann ist er abgezogen nach Rügen." Isa Leetz nickte dazu.

Damp stand auf, trat hinter seinen Sessel. „Und Sie, Frau Leetz und Herr Zakis, haben beschlossen, ihm auf dem Rückweg eine kleine Lehre zu erteilen, während Frau Ihlow hier die Stellung hielt. Sie beide", er zeigte auf Leetz und Zakis, „haben an der Fähre auf ihn gewartet, ihn zur ‚Caprivi' gebracht und dort betäubt. Vielleicht wollten Sie ihn nicht umbringen, aber die Sache lief aus dem Ruder. Vielleicht war die Dosis Chloroform zu hoch, weil Ihre Schulkenntnisse über das Betäubungsmittel nicht ausreichten ..." Damp wedelte dabei mit dem Chemielehrbuch in der Luft, das noch immer auf dem Tisch in der Bibliothek gelegen hatte.

„Wie kommen Sie darauf?", fuhr Isa Leetz aufgebracht dazwischen.

Auch Nelly fand Damps Rekonstruktion gewagt, aber vielleicht wollte er die drei nur provozieren. Oder hatte er Beweise?

„Dann frage ich mich, wo Sie beide", Damp zeigte wieder auf Zakis und Leetz, „am Silvesternachmittag waren? Sie, Herr Zakis, haben jedenfalls nicht gekocht. Und Sie, Frau Leetz, nicht liebevoll mit ihren Kindern gespielt."

Zakis ließ sich auf das Sofa fallen. Isa Leetz fuhr sich mit einer Hand über das Gesicht. „Ich war in Vitte beim Geldautomaten und habe achthundert Euro abgehoben", begann Isa Leetz. „Dann habe ich mich in Kloster mit Herrn Zakis getroffen ..."

„... denn ich habe mit dem Geld beim Koch im ‚Wieseneck' ein paar Fische gekauft, weil ich mich verkalkuliert hatte und unser Fischer in Kloster durch den Eisgang nicht die gewünschten und bestellten Fische liefern konnte", setzte Zakis fort. „Beim Fischer hätte ich anschreiben lassen können, aber mein Kollege im ‚Wieseneck' wollte Bares sehen. Bargeld gab es aber bei Dehne schon lange nicht mehr. Wir", er wies mit dem Arm auf Laura Ihlow, „wir haben hier in den letzten zwei Monaten kein Geld bekommen. Davor auch nur Abschläge. Wir sind blank."

„Den Rest des Geldes wollte ich Herrn Böhnke geben, als Anzahlung für die aufgelaufenen Schulden. So hatte ich es mit Martin vor seiner Abreise besprochen", meldete sich Isa Leetz zurück, „doch er war schon mit dem letzten Gast durch, als ich wieder hier oben ankam. In den nächsten Tagen kamen wir wegen des Schnees hier nicht runter und hatten auch keine Verbindung per Telefon. Erst gestern konnte ich bei Herrn Böhnke die Schulden bezahlen, oder sagen wir besser, eine Anzahlung leisten."

„Damp machte einen weiteren Haken auf seinem Block. „Wann haben Sie das Geld abgehoben?"

„So gegen sechzehn Uhr dreißig. Vielleicht etwas später. Ich bin dann nach Kloster gelaufen. Für siebzehn Uhr waren wir im ‚Wieseneck' verabredet. Wir haben dort noch was getrunken und sind danach zusammen hier hoch gelaufen. Gegen sechs waren wir wieder im Hotel …"

„Kochen musste ich ja auch noch", versuchte Zakis die Aussage von Isa Leetz zu stützen.

„So war es", fügte Laura Ihlow flüsternd hinzu.

Damp setzte sich wieder. „Erklären Sie mir jetzt noch, Frau Leetz, warum Sie Frau Ihlow und Herrn Zakis trotzdem angeboten haben, das Hotel weiterzuführen? Pure Nächstenliebe wird es wohl nicht gewesen sein, wenn ich höre, wie Sie über Frau Ihlow reden."

Isa Leetz legte eine Hand auf die Brust, als müsse sie sich beruhigen. „Ich habe für ein paar Sachen während des Baus gebürgt. Wenn jetzt kein Geld reinkommt, dann bin ich nicht nur pleite, sondern mehr als das. Einige Inkassounternehmen haben sich schon gemeldet, die Forderungen von Möbelfirmen und Innenausstattern eintreiben wollen, weil Martin schon seit Monaten nichts mehr bezahlt hat. Es muss einfach weitergehen hier im Hotel. Herr Zakis und Frau Ihlow kennen sich aus. Ich habe vom Hotelbetrieb keine Ahnung. Meinen Job als Lehrerin muss ich unbedingt weitermachen, damit Geld reinkommt und ich für die Kinder sorgen kann."

„Und? Werden Sie bleiben?", wandte sich Damp an Mario Zakis und Laura Ihlow. Sie sah vorsichtig zu ihrem Freund, als wolle sie ihn zu einer Antwort ermuntern.

„Ich weiß es noch nicht", stammelte der Koch. „Es gibt nicht wirklich eine Alternative. Aber es … es ist nicht leicht. Verstehen Sie das?"

Damp klappte seinen Notizblock zu.

„Wir werden das alles überprüfen", erklärte er.

Er nickte Nelly kurz zu. Die Polizisten standen auf und verließen den Raum.

„Chapeau", meinte Nelly, als sie die Tür zur Bibliothek hinter sich geschlossen hatten. „Jetzt haben wir zwar keinen Täter, aber ich fand Ihre Vorstellung nicht schlecht."

Damp drehte sich zu ihr um. „Vielleicht ist es auch ganz gut so. Wir hätten schon bei einem Täter nicht gewusst, wo wir ihn einsperren sollen. Was hätten wir gemacht, wenn es zwei gewesen wären?"

XXIX

Malte Fittkau hatte in seinem Schuppen noch einen alten Schlitten gefunden. Mit Fahrrad und angebundenem Handwagen brauchte er bei dem Schnee nicht loszuziehen. Da würde er stecken bleiben. Also hatte er den Kasten von seiner Kofferkarre, mit der er immer die Gäste vom Hafen abholte, vom Fahrgestell abgeschraubt und auf den Schlitten montiert und dann mit einem dicken Strick mit dem Fahrrad verbunden. Er brauchte eine stabile Konstruktion. Wenn es wirklich mehrere Bäume sein sollten, die der Schnee umgeknickt hatte, dann würde er öfters fahren und der Schlitten einiges an Gewicht aushalten müssen.

Er zog los. Die Straße nach Neuendorf war gut geräumt. Durch die niedrig stehende Sonne glitzerte der Schnee so hell, dass er die Augen zukneifen musste. Aber ihre Strahlen wärmten seine Wangen. Malte war voller Vorfreude. Es war ein Glücksfall, dass er so unverhofft an Brennholz kam. Wenn der Winter länger dauern sollte, würden seine Vorräte rasch abnehmen. Vielleicht müsste er auch schon an die Stiegen für das kommende Jahr ran. Zwei Jahre sollte frisch geschlagenes Holz schon lagern, bevor man es verheizte. Aber an Holz von frisch gefällten Bäumen kam er selten. Da die ganze Insel ein Biosphärenreservat war, gab es kaum Holzeinschlag. Meistens füllte Malte seine Bestände durch Bauholz auf, das auf den Baustellen auf der Insel übrig blieb. Manchmal kam Treibholz dazu, dass er am Strand fand. Sobald es trocken war, flog es in den Ofen.

Der Schneepflug hatte den Schnee rechts und links der Straße so hoch aufgetürmt, dass Malte gerade noch darüber hinwegschauen konnte. Damp hatte gesagt, der Schneebruch läge auf der

Höhe der Appartementanlage vor dem Hotel „Heiderose". Nach gut zwanzig Minuten strammen Marschs kamen die Finnhütten rechter Hand in Sicht. Auf ihren schrägen, fast bis zum Erdboden reichenden Dächern lag der Schnee so hoch, dass die Ferienhäuser wie kleine Höhlen wirkten. Hinter den Häusern entdeckte er einige Bäume, deren Spitzen abgebrochen waren und im Schnee lagen. Es war gut, dass Förster darauf achtete, so schnell wie möglich den Schneebruch zu beseitigen, dachte sich Fittkau. Wenn es erst mal taute und das Frühjahr begann, konnten sich Borkenkäfer im Holz ansiedeln und den Schaden noch vergrößern. Malte wollte in den kleinen Weg zwischen den Ferienhäusern abbiegen, stand aber zunächst vor einem Schneeberg. Mit einem gefüllten Schlitten kam er da bestimmt nicht rüber. Er ärgerte sich, dass er eine Schippe vergessen hatte. Malte schaute sich um. Nirgendwo war eine Schaufel oder ein Schneeschieber zu entdecken. Wieso auch? Hier wohnte im Winter keiner. Er überlegte kurz. Dann trabte er weiter bis zum Hotel „Heiderose". Das hatte eigentlich geschlossen, aber Malte wusste, dass es einen Hausmeister gab, der tagsüber im Hotel war. Er klingelte. Jemand kam drinnen angeschlurft. Bernd Poschau öffnete ihm. „Was willst du denn hier?", fragte der junge Mann. Er wirkte verschlafen.

„Bist du jetzt hier Hausmeister?", fragte Malte.

„Stört es dich?", entgegnete Poschau mürrisch.

„Nee, es wundert mich nur."

Poschau schüttelte misslaunig den Kopf. „Was geht dich das an?"

„Ich brauche eine Schippe. Bürgermeister Förster schickt mich." Autorität machte bei Poschau bestimmt Eindruck. „Ich soll ein paar von den Bäumen klein machen, die im Wäldchen hinter den Hütten umgeknickt sind." Malte wies zu den Finnhütten, die man aber vom Hoteleingang aus nicht sehen konnte.

Poschau starrte Malte eine Weile an, als müsse er die Nachricht erst mal verarbeiten. Dann nickte er kurz, drehte sich um und verschwand im Inneren des Hotels. Nach ein paar Minuten kam er wieder. Malte begann schon zu frieren. Vom Ziehen des Schlittens und dem schnellen Laufen war er ganz schön ins Schwitzen geraten. Poschau hielt ihm eine Schaufel entgegen. „Aber wiederbringen, verstanden!"

„Spiel dich nur nicht auf."

Doch Poschau hatte schon wieder die Tür zufallen lassen. Malte lief auf der Straße zurück bis zu der Stelle, an der eigentlich ein Weg an den Finnhütten vorbei zum Wäldchen und dann zum Strand führte. Dahinter gab es auch noch einige Ferienhäuser, die im Winter nicht bewohnt waren. Alles war unberührt. Keine Spur. Nicht mal von einem Fuchs, Reh oder Wildschwein.

Malte schippte eine Schneise in den Schneehaufen und trat sich dann einen Pfad in den Schnee. Trotzdem blieb der Untergrund sehr weich. Wie sollte er mit einem mit Holz beladenen Schlitten hier durchkommen? Das würde eine schöne Plackerei werden. Malte blieb kurz stehen. Plötzlich wurde ihm bewusst, dass um ihn herum die absolute Stille herrschte. Kein Vogel war zu hören. Auch nicht Wind und Meer. Es war einer der Momente, für die Malte seine Insel liebte. Diese Verlassenheit. Diese Einsamkeit. Er schloss die Augen und genoss den Augenblick. Aber bald spürte er wieder die Kälte unter seine Kleidung kriechen. „Dann man los", sagte er zu sich und suchte den ersten Baum aus. Eine Birke, gut fünfzehn Zentimeter dick, war geköpft worden. Oben hatte der verjüngte Stamm dem Sturm nicht mehr standhalten können; er war abgeknickt.

Malte schüttelte die Äste, die auch nach dem Absturz in die Tiefe voller Schnee waren. Dann nahm er seine Motorsäge, seufzte kurz, weil er nun die Stille zerstören musste, und riss den Motor an. Erst entästete er die Stämme und schnitt dann ein Meter lange Stücke zu. Schnell wurde ihm klar, dass er bei der Masse an kaputten Bäumen das Holz zunächst sägen und stapeln musste und dann nach und nach abfahren konnte. Malte bekam Angst, dass andere dann sein Lager entdeckten und das Holz mitnehmen konnten. Die Konkurrenz schlief nicht. Auch nicht im Winter.

Schon in der ersten Reihe des Wäldchens waren allein drei Birken gebrochen. Wahrscheinlich hatte Förster nur die von der Straße nach Neuendorf gesehen. Nachdem Malte die drei klein gemacht hatte, lief er tiefer in den Wald, um sich ein Bild vom Gesamtschaden zu machen. Mitten im Wald war der Schaden geringer. Da die Bäume recht dicht standen, stützten sich ihre Äste gegenseitig. Aber am Ende der Schonung sah er noch ein paar abgeknickte Bäume. Er stapfte durch den Schnee, der durch das Dach der Äste im Wald nicht so hoch lag wie an den freien Stellen auf der Insel. Als er am Rand des Wäldchens angekommen war, blickte er auf die schneebedeckte Heide. Der Schnee hatte die Höhen der Dünen und Tiefen der Sandkuhlen verstärkt. Das Gelände wirkte wie eine Mondlandschaft. Da entdeckte Malte Spuren. Zwei parallele Stränge zogen sich durch den Schnee. Eine Skispur. Er folgte ihr mit den Augen. Seine Neugier war geweckt. Er schlich sich am Rand des Wäldchens entlang. Die Skispur verlief durch das Wäldchen hindurch zu einer der Finnhütten der Appartementanlage. Es war die letzte, kurz vor dem Wäldchen. Wahrscheinlich hatte das Hotel das Häuschen vermietet, vermutete Malte. Er wollte schon umdrehen, doch dann blieb er wie angewurzelt stehen. Das Hotel hatte doch geschlossen, schoss es ihm durch den Kopf. Außerdem war es die letzte Hütte. Sie war von der Straße bei dem Schnee kaum zu erreichen und es gab auch keine Spuren von der Straße zur Hütte. Nun interessierte ihn brennend, wer sich hier im tiefen Hiddenseer Winter verbarg. Hatten nicht auch die Polizisten einen Skiläufer gesucht? War er auf eine heiße Spur gestoßen? Malte pirschte sich weiter an die Finnhütte heran. Um das Gebäude herum waren Fußspuren zu sehen. Ein Paar Skier lehnte an der Wand. Volltreffer! Kurz schwankte er. Sollte er zurückgehen und den Polizisten Bescheid sagen? Wäre sicher besser, dachte sich Malte, aber ihn reizte das Risiko. Malte blickte nach links und rechts. Niemand war zu sehen. Von der Seite des tiefen Daches ging er näher an das Häuschen heran. Dort gab es keine Fenster, also konnte ihn auch niemand von innen sehen. Dann beugte er den Kopf um die Ecke und versuchte in das große Fenster auf der Rückseite zu schauen. Aber Maltes Körper war zu kurz. Er schlich also um die Ecke. Um das Knirschen des Schnees zu vermeiden, trat er ganz vorsichtig auf. Jetzt stand er fast direkt vor dem Fenster. Er schaute hinein. Sachen lagen verstreut herum. Karten von Hiddensee waren auf dem Tisch ausgebreitet. Aber es war niemand zu sehen. Da traf Malte von hinten ein Schlag auf den Kopf. Seine Beine gaben nach. Wie in Zeitlupe sank er auf die Knie. Sein Körper kippte in den Schnee.

XXX

Damp und Blohm standen vor dem Hotel. Der Meteorologe hatte recht gehabt. Die Sonne brach immer wieder durch die Wolken. Irgendwie war Nelly erleichtert, dass sich der Verdacht gegen Isa Leetz, Laura Ihlow und Mario Zakis nicht erhärtet hatte. Sie war davon überzeugt, dass sich die Aussagen bestätigen würden. Vielleicht waren es ihre eigenen Muttergefühle, dass sie froh war, nicht die Mutter von zwei Kindern verhaften zu müssen, auch wenn ihr Isa Leetz nicht sehr sympathisch war. Sie rührte auch diese unglückliche Liebe zwischen den beiden jungen Leuten. Wie das wohl ausgehen würde, fragte sie sich.

Sie sah Damp an. Er blickte geradeaus. Es sah aus, als würde er angestrengt über etwas nachdenken. Nelly folgte seinem Blick. Durch das Buschwerk konnte man einen Hügel sehen. Kinder tobten dort mit ihren Schlitten herum. Es versetzte ihr einen Stich. Sie dachte an Lukas. Sie musste etwas tun, um kein Heimweh zu bekommen.

„Wir sollten eigentlich jetzt erst mal die Angaben von Ralf Möller überprüfen", schlug sie deshalb vor. „Das wird schwierig. Hier oben wird ihn wahrscheinlich kaum einer gesehen haben. Die Ferienhäuser ringsum sind unbewohnt."

Damp sah sie an. „Darüber habe ich auch gerade nachgedacht." Er schaute wieder geradeaus auf den Hügel. „Ich glaube, ich habe da eine Idee, wie wir weiterkommen."

Er lief in Richtung des Hügels los. Nelly folgte ihm. Plötzlich blieb Damp stehen und drehte sich zu ihr um. „Über den Hexenberg hat es keinen Zweck. Wir laufen durch den Ort."

Er marschierte nun in die entgegengesetzte Richtung.

„Würden Sie mir verraten, was Sie vorhaben?", rief ihm Nelly unwillig hinterher.

Damp blieb abermals stehen. „Erinnern Sie sich, dass dieser Fotograf erzählt hat, Möller sei über den Hexenberg gelaufen?" Nelly nickte und schloss zu ihm auf.

„Da, wo die Kinder rodeln, ist der Hexenberg. Dort ist Möller lang. Und ich weiß auch wohin." Damp machte eine Pause. „Vielleicht jedenfalls. Aber dazu machen wir lieber einen Umweg durch Kloster, sonst holen wir uns wieder nasse Füße. Auf dem Weg können wir vielleicht auch gleich die Aussagen von Leetz und Zakis überprüfen."

Damp stapfte wieder los. Nelly konnte seinen schnellen Schritten kaum folgen. Sie liefen durch die Schneegasse, die vom Hotel „Dornbusch" zum Weg „Am Hochland" führte. Auf diesem kamen sie gut voran. Durch Böhnkes Schlittenfahrten war der Weg gut zu begehen, trotz des Neuschnees. Wenn Damp nicht so ein Tempo vorgelegt hätte, hätte Nelly den Winterspaziergang durchaus genießen können.

Damp bog nach rechts in den oberen Teil des Biologenweges ein. Nelly musste fast ein wenig rennen, um mit ihm Schritt zu halten. Sie staunte über seine Kondition. Am Aufgang zur Lietzenburg blieb er stehen.

„Da ist wieder ein Licht!"

„Laura Ihlow meinte, das wäre nur 'ne Lampe, um vielleicht Einbrecher abzuschrecken."

„Gestern habe ich hier jemanden hochlaufen sehen. Da muss jemand sein und vielleicht hat der was gesehen. Vielleicht Leetz und Zakis. Oder auch Dehne. Schauen Sie!" Er zeigte auf den Weg. „Hier hat jemand auch den Weg zur Lietzenburg frei geschippt."

Damp überlegte kurz. „Vielleicht sollten wir hier mal nach dem Rechten sehen." Er setzte sich wieder in Bewegung. Nelly trabte hinterher. Links und rechts standen noch alte Laternen, die sicher aus den fünfziger oder sechziger Jahren stammten. Die Stufen zum Eingang der Lietzenburg waren gefegt. Dort gab es eine provisorische Klingel. Damp drückte den Knopf. Nichts passierte. Er betätigte die Klingel noch einmal, diesmal länger. Da hörten die Polizisten von drinnen eine Männerstimme rufen: „Ich komme!"

Ein Mann mit grauen Haaren, aber jugendlichem Gesicht öffnete. Er trug fleckige Jeans und ein kariertes Hemd mit einigen Farbspritzern. Er schaute überrascht auf Damps Uniform. „Polizei?"

Damp stellte sich und Nelly Blohm vor. „Und wer sind Sie?"

„Matthies. Ludwig Matthies. Mir gehört dieses Gemäuer. Wie kann ich Ihnen helfen?" Dabei rieb er seine Arme, denn offensichtlich ließ ihn die Kälte frösteln.

„Wir ermitteln im Fall Martin Dehne. Ihr Nachbar ist umgebracht worden."

„Martin? Umgebracht?", fragte Ludwig Matthies geschockt. „Wollen Sie nicht reinkommen. Hier draußen ist es arschkalt."

Er hielt den Polizisten die Tür auf und lotste sie dann durch die Halle des Hauses. Dort standen Gerüste und Malerutensilien herum. „Hier ist alles noch Baustelle", erklärte der Mann und blieb stehen. „Aber ich habe es einfach nicht mehr ausgehalten. Ich wollte endlich hier wohnen. In diesem fantastischen Gebäude. Es wird sicher noch fast ein Jahr dauern, bis alles fertig ist, aber … ich kann es nicht erklären und alle meinen, ich sei verrückt, auf einer Baustelle zu wohnen, doch dieses Gefühl, hier zu Hause zu sein, ist unbeschreiblich."

Damp schaute sich zweifelnd um. Es gab wirklich noch viel zu tun.

„Wohnen Sie hier allein?", fragte Nelly.

„Im Moment schon. Meine Frau war nur über den Jahreswechsel hier und hat sich gestern mit dem Hubschrauber aus dem Staub gemacht. Sie zieht noch unser Berliner Haus vor. Verständlich, oder?"

Nelly musste lächeln. Matthies zeigte auf eine Tür mit einem Rundbogen, die auch noch auf einen neuen Anstrich wartete. Dahinter lag ein Zimmer, das vollständig renoviert und eingerichtet war. Es war ein großer Raum, offensichtlich das Wohnzimmer, mit über Eck gestellten großen Sofas und einem kleinen Couchtisch. Gegenüber an der Wand stand ein Kaminofen, der noch nicht angeschlossen war; es fehlte das Ofenrohr und die Öffnung in der Wand zum Schornstein war mit Zeitungspapier ausgestopft. Mehrere Radiatoren wärmten deshalb den Raum. Nelly trat ans Fenster. Davor gab es eine kleine Terrasse. „Darf ich mal neugierig sein und mir die anderen Räume ansehen?"

„Aber bitte."

Nelly schaute in das Bad und die Küche mit Essecke. Alles war modern eingerichtet.

„Ich wollte einen Kontrast zum Gemäuer", erklärte Matthies, als er Nellys skeptischen Blick sah. „So ungefähr sollen auch die anderen Ferienwohnungen im Haus aussehen."

Aus einem der Zimmer kam ein Schäferhund gelaufen. Er beschnüffelte erst Nellys und dann Damps Hosenbeine, fand sie aber weitgehend uninteressant.

„Das ist übrigens ein Kollege von Ihnen", stellte Matthies den Hund vor. „Caruso. Er war früher mal bei der Polizei, aber wohl nicht klug genug, um nach Drogen und Spuren zu suchen. Das Einzige, was er immer findet, ist der Futtertrog. Er wurde ausgemustert. Dafür kann er wunderbar jaulen. Deshalb auch sein Name."

Caruso nahm nicht weiter Notiz von den Besuchern, sondern legte sich unter den Couchtisch auf den Teppich und schloss die Augen.

„Kannten Sie Martin Dehne gut?", fragte Damp.

Ludwig Matthies drehte sich zu ihm um. „Gut, das wäre übertrieben. Aber wir waren Nachbarn und hatten ähnliche Projekte. Da tauscht man sich schon mal aus. Ich fand es gewagt, so abgelegen auf der Insel ein Hotel mit diesem Komfort zu eröffnen. Junge, Junge, ich will nicht wissen, was das gekostet hat. Aber was ich nicht verstehe ... Martin ist ermordet worden? Wo denn?"

„Wir haben seine Leiche auf der ‚Caprivi' gefunden", erklärte Nelly.

„Dem alten Wrack? Was wollte er denn dort?"

„Das würden wir auch gern wissen. Wahrscheinlich ist er dort betäubt worden und dann erfroren."

„Erfroren?", fragte Ludwig Matthies.

„Haben Sie Martin Dehne am Silvestertag gesehen oder mit ihm gesprochen?"

Matthies überlegte. „Ja, kurz. Er kam mir entgegen, als ich mit meiner Frau von Kloster hier hoch kam. Wir hatten noch ein paar Sachen für Silvester gekauft. Aber mehr als Guten Tag und Guten Weg haben wir nicht gewechselt. Er schien sehr in Eile zu sein. Ich glaube, er wollte zur Fähre."

„Ist ihm jemand gefolgt?", fragte Damp.

„Nicht dass ich wüsste. Hier ist im Winter nicht so viel los und in diesem Jahr war auch kaum einer der Ferienhausbesitzer über die Jahreswende hier."

„Und seine Frau und den Koch, Herrn Zakis? Haben Sie die beiden Silvester gesehen?"

„Dehnes Frau kenne ich gar nicht", erklärte Matthies. „Herrn Zakis schon." Er grübelte. „Doch, Zakis habe ich gesehen. Ich habe gerade am Nachmittag noch etwas Holz gemacht. Das liegt hinterm Haus. Da ist Herr Zakis vorbei. Er trägt so eine auffällige rote Winterjacke. Selbst in der Dämmerung fiel sie mir auf. Und wenn ich es recht überlege. Ja, da war eine Frau dabei. Ich dachte, sie wäre einer der Gäste. Sie war ein wenig zu alt für ihn. Sonst ist er immer mit der jungen Hübschen unterwegs. Aber ob das Frau Dehne war?"

„Sie heißt nicht Dehne, sondern Leetz", informierte ihn Nelly.

„Leetz?", fragte Matthies mehr sich selbst. „Habe ich auch noch nie gehört. Dehne hat nicht viel von ihr erzählt, nur dass sie nicht auf der Insel wohnt. Wie gesagt, so eng waren wir dann doch nicht befreundet."

Damp ärgerte sich, dass er kein Foto von Frau Leetz gemacht hatte, das er Matthies jetzt hätte zeigen können. Aber auch diese Aussage reichte wahrscheinlich schon aus.

„Da fällt mir noch ein: Der Koch hatte so eine Kühlbox in der Hand. Ich habe mir noch gedacht, die kann er sich bei der Kälte sparen."

„Wann hatten Sie das letzte Mal vor dem Jahreswechsel Kontakt zu Martin Dehne?"

„Kurz vor Weihnachten. Er hatte ja ziemliche Geldprobleme. Ich glaube, er wollte mich anpumpen. Aber wie gesagt, ich fand sein Projekt ziemlich unsicher. Ich bin zwar kein armer Mann, ich hatte früher eine Konzertagentur, die ganz gut lief, und das hier", er wies mit seinem Arm in den Raum, „das soll jetzt meine Altersvorsorge werden. Mit den Einnahmen will ich unsere Rente aufbessern. Aber ich muss jetzt das Geld auch nicht zum Fenster rauswerfen. Dehne meinte dann aber auch, er hätte noch ein oder zwei Optionen, um an Geld zu kommen. Und ich habe ihm auch noch was vorgeschlagen, weil vor allem die ‚Inselbau' Druck gemacht hat. Das hat in der Vergangenheit schon mal funktioniert." Er hielt plötzlich inne. „Was wird denn jetzt aus dem Hotel, wenn Dehne tot ist?"

Nelly wusste nicht recht, ob sie in Matthies' Augen die Gier entdeckt hatte. Vielleicht überlegte er, ob das „Dornbusch" nicht ein billiges Schnäppchen für ihn sein konnte.

„Frau Leetz will es weiterführen", erklärte Damp. „Nicht selbst, aber durch die beiden Angestellten, Frau Ihlow und Herrn Zakis."

Nelly war skeptisch, ob ihr Kollege Matthies das unbedingt auf die Nase hatte binden müssen.

„Hm", brummte Matthies. „Komisch. Irgendwie scheint sich die Geschichte zu wiederholen."

„Wie meinen Sie das?", fragte Damp nach.

„Na, die Geschichte um das ‚Haus am Meer'. So hieß der Schuppen früher, lange bevor er zur Vogelwarte wurde."

Die Polizisten sahen ihn neugierig an.

„Wollen wir uns nicht setzen?" Die drei ließen sich vorsichtig auf die Sofas nieder, um nicht auf den Hund zu treten, aber Matthies sprang sofort wieder auf. Er lief in eines der Schlafzimmer und kam mit einem Stapel Bücher zurück. Damp erkannte die einschlägigen Werke der Inselliteratur über die Geschichte Hiddensees. Gelesen hatte er davon noch nichts. Ihm reichte die Gegenwart.

„Früher gehörte das Grundstück, auf dem heute das Hotel ‚Dornbusch' steht oder eben die alte Vogelwarte, dem Erbauer der

Lietzenburg, Oskar Kruse", begann Ludwig Matthies zu erzählen, nachdem er sich wieder gesetzt hatte. „Der hat einem gewissen Henning von Sydow 1910 das Land nördlich der Lietzenburg verkauft. Henning von Sydow hat daraufhin angefangen, das sogenannte ‚Haus am Meer' zu bauen. Damals gab es sogar eine richtige Schienenbahn von Kloster hier hoch, um das Baumaterial zu transportieren. Aber dann stirbt von Sydow noch während der Bauarbeiten. Wie jetzt Dehne. Seine Frau hatte aber nicht das Geld, um weiterzubauen. Das hat diese Frau, wie sagten Sie, äh, Leetz, sicher auch nicht. Also Sydows Witwe machte jedenfalls mit der Baufirma einen Deal. Den habe ich nämlich Dehne auch vorgeschlagen. Frau von Sydow hat ausgehandelt, das Haus solle fertiggebaut werden und sie würde dann die ausstehenden Rechnungen mit dem Geld bezahlen, dass der Pensionsbetrieb einspielt. Und so ist es dann auch gelaufen."

Matthies schlug in einem der Bücher nach. Nachdem er gefunden hatte, was er suchte, hielt er die entsprechende Seite den Polizisten unter die Nase. „Sehen Sie, hier steht es. Ich habe Dehne gesagt, er soll es auch so machen, also mit der Geschäftsführerin der ‚Inselbau' klären, ob sie nicht wartet, bis er Geld verdient. Mit einer Bauruine wäre doch beiden nicht geholfen gewesen. Dehne oder seine Witwe würden kaum was bekommen, wenn es zur Zwangsversteigerung kommt, und die Baufirma muss sich das Geld dann noch mit den anderen Gläubigern teilen. Andersherum haben beide was davon."

Matthies lächelte. Er schien richtig stolz zu sein auf seine Idee.

„Na ja, pleitegegangen ist die Sydow dann trotzdem. Ich glaube, so 1933. Aber auch da hat sie Glück gehabt. Aus der Bude wurde ein Müttergenesungswerk. Passte so in die Zeit. Nach dem Krieg war da die Kommandantur der Russen und in den sechziger Jahren ist es dann an die Universität Greifswald verkauft und Vogelwarte geworden." Matthies lehnte sich zurück. „Aber wer da früher alles abgestiegen ist ... Thomas Mann, Albert Einstein und der Erbauer der Lietzenburg, Oskar Kruse. Er soll übrigens immer im ‚Haus am Meer' genächtigt haben und nicht hier in diesem schönen Gemäuer." Matthies legte den Polizisten einen Bildband vor. Nelly begann darin zu blättern. „Dehnes Fehler war auch, alles zu wollen. Es sollte ein tolles Hotel mit dieser besonderen Note sein. Alle an einem Tisch und so. Jeder kann mit jedem reden. Blabla. Viele wollen doch im Urlaub ihre Ruhe. Dann noch Swimmingpool, Sauna, Massageraum. Wissen Sie, was das kostet, das Wasser immer warm zu halten." Matthies redete sich in Rage. „Dann sollte es noch so eine Art Museum sein als Erinnerung an die Vogelwarte. Dieses tote Viehzeug da in der Bibliothek. Mein Gott, habe ich mich zu Tode erschreckt, als mich die ganzen Geier angesehen haben. Alles Quatsch. Zu viel. Zu sentimental."

XXXI

Malte wachte auf. Langsam öffnete er die Augen. Er konnte aber nichts erkennen. Um ihn herum war es stockdunkel. Er versuchte leicht den Kopf zu heben, doch ein stechender Schmerz ließ ihn wieder zurücksinken. Er stöhnte kurz auf und befühlte dann mit der linken Hand seinen Kopf; er war mit einem Verband umwickelt. Als er ihn berührte, wurde der Kopfschmerz stärker.

Malte fragte sich, was passiert war. Er erinnerte sich an den Wald, die umgekippten Bäume und dass er zu den Finnhütten gelaufen war. Dann folgte ein großes schwarzes Loch. Filmriss. Er dachte noch einmal intensiv nach. Aber es gelang ihm nicht, sich zu erinnern.

Wo war er eigentlich? Es war jedenfalls sehr warm. Malte merkte, dass er seine Wattejacke nicht mehr anhatte. Dafür war eine Decke über ihn gebreitet. Auch seine Filzstiefel waren ihm ausgezogen worden. Er tastete um sich. Er lag auf einer Matratze. Er beugte sich zur Seite und fühlte langsam weiter. Ein Betonfußboden. Da fiel ihm wieder ein, dass er vor einer Finnhütte gestanden und hineingeschaut hatte. War er jetzt in diesem Häuschen? Wahrscheinlich. Er ließ seine Hand weiter über den Boden fühlen. Er stieß an etwas Heißes. Malte riss seine Hand zurück und pustete auf seine Finger. Das konnte ein Metallrohr gewesen sein. Vorsichtiger erkundete er die Umgebung des Rohres mit ganz leichten Schlägen, um sich nicht die Hände zu verbrennen. Das Rohr führte zu einem kastenförmigen Gerät. Sicher die Heizung, dachte sich Malte. Wahrscheinlich der Boiler, in dem das Wasser vorgeheizt wurde. Für die weitere Erkundung des Raumes musste Malte die Matratze verlassen. Er kippte sich einfach zur Seite und rutschte auf den Knien über den Boden. Er ertastete einen Rahmen mit einer Metalltür. Mit Mühe erreichte er die Klinke und zog sich an ihr nach oben. Als er stand, merkte er, wie weich seine Knie waren. Nur mit Mühe konnte er sich aufrecht halten. Er hielt ein Ohr an die Tür. Aber von draußen war nichts zu hören. Malte drückte vorsichtig die Klinke nach unten, doch die Tür gab nicht nach. Verschlossen! Malte glitt wieder auf den Boden. Er schüttelte den Kopf über sich selbst. Seine eigene Neugierde hatte ihn hierher gebracht. Niemand wusste, wo er abgeblieben war. Hätte er wenigstens Dora Bescheid gesagt? Aber warum sollte er das tun? Sie waren ja nicht verheiratet. Er legte den Kopf zurück an das kalte Türblatt; es kühlte seinen schmerzenden Schädel. Ob Dora mal an ihn dachte? Was hatten sie eigentlich für eine Beziehung? Waren sie nur gute Nachbarn? Freunde? Warum dachte er gerade jetzt an sie, fragte sich Malte. Noch einmal lauschte er an der Tür. Aber um ihn herum war nur Stille. Er robbte zurück zu der Matratze und legte sich wieder hin. Langsam kroch die Angst in seinen Körper. Hatte er das Versteck des Mörders entdeckt? Vielleicht war er inzwischen geflohen und hatte ihn hier zurückgelassen? Dann prost Mahlzeit! Wer sollte ihn hier finden? Damp? Der wusste das mit dem Holzeinschlag, aber würde er ihn deshalb suchen? Sie waren nicht verabredet und ein zweites Mal würde er nicht für den Preis bei ihm übernachten. Nelly Blohm? Sie vielleicht schon eher. Sie würde es bestimmt verdächtig finden, wenn er am Abend nicht daheim war. Aber Krach würde sie erst morgen früh schlagen. Malte hielt inne. Heute Abend? Morgen früh? Wie lange hatte er hier schon gelegen? Malte besaß keine Uhr. Sein Lebensrhythmus war sein Zeitmesser. Der funktionierte perfekt und genauer als jedes Uhrwerk. Aber jetzt konnte er nicht sagen, ob es früh oder spät, Tag oder Nacht war. Malte legte sich hin. Die Angst ließ ihn frieren, trotz Decke und Heizung neben sich. Er dämmerte vor sich hin. Ein Geräusch ließ ihn auffahren. Es tat sich was im Haus. Da klappte eine Tür. Füße wurden abgetreten. Jemand lief vor der Tür auf und ab. Er hörte Wasser laufen. Dann war es ruhig. Nicht lange. Wieder Schritte. Ein Schlüssel im

Schloss der Tür wurde gedreht. Dann wurde sie geöffnet. Jemand stand im grellen Gegenlicht. Malte konnte nicht erkennen, ob es ein Mann oder eine Frau war. Er blinzelte, geblendet von dem Lichtschein. Dann kam die Gestalt auf ihn zu. Er konnte die Pistole erkennen. Sein Herz schlug ihm bis zum Hals. Sein Atem raste.

XXXII

Der Ausflug zur Lietzenburg war schon ein voller Erfolg", verkündete Damp. „Jedenfalls ist das Alibi von Zakis und Leetz so gut wie bestätigt. Fehlt nur noch die Aussage vom Koch des ‚Wieseneck'. Jetzt wird es Zeit, mit dem Raben zu reden. Da wollte ich vorhin eigentlich hin."

„Mit dem Ornithologen?", fragte Nelly. „Ich denke, wir wollen noch das Alibi von Ralf Möller überprüfen. Sie wollten mir da doch was zeigen."

„Genau das machen wir jetzt."

Sie standen noch vor der Lietzenburg. Damp schlug den Weg zum Stromhäuschen ein und bog dort nach links ab. Der Weg führte zur sogenannten Siedlung. Der Name stammte aus den dreißiger Jahren des letzten Jahrhunderts. Die Häuschen in dieser Straße waren damals für landlose Hiddenseer Fischer und Bauern gebaut worden. Hier war zwar nicht geräumt, aber es waren Pfade in den Schnee getreten. Nach so vielen Tagen trieb es auch die Hiddenseer in Kloster aus ihren Häusern, um mal nach dem Angebot im Supermarkt zu schauen oder um sich im Gespräch mit den Nachbarn über die Situation auf der Insel auszutauschen.

Nelly wäre lieber durch das Ortszentrum gelaufen. Der Kirchweg war von Barnhöfts Leuten frei geschoben worden und so bekam man keine nassen Füße. Aber Damp stapfte weiter.

Sie passierten die Kreuzung Mühlberg, liefen aber weiter geradeaus. Am Wegende stand ein altes Holzhaus. Es sah aus wie ein Bootsschuppen. Die dunkelrote Farbe auf den Brettern musste vor Jahrzehnten aufgetragen worden sein. Damp deutete nach links.

„Wetten, dass Möller über den Hexenberg gelaufen ist und dann hier durch den Birkenweg, um seinen Freund Brand zu besuchen? Der wohnt nämlich hier?"

„In dieser Bruchbude?", fragte Nelly überrascht. „Das ist doch nur ein Schuppen."

„Nicht jeder kann sich auf Hiddensee ein Häuschen leisten. Bei der Rente eines Vogelwarts ist eben nicht mehr drin. Aber den Raben stört das nicht."

Es gab nur eine Sanddornhecke um das Grundstück. Ein paar orangefarbene Beeren leuchteten an den Ästen unter der Schneedecke hervor wie Leuchtkugeln.

Der Weg zum Eingang des Schuppens war geräumt. Nelly versuchte durch das Fenster zu schauen, konnte aber nichts erkennen. Im Garten standen zahlreiche, mit Futter gefüllte Vogelhäuschen. An den Büschen und Ästen der Bäume hingen Meisenknödel. Damp klopfte an die Tür. Nichts regte sich.

„Er ist sicher bei seinen Vögeln", meinte er. Wie zufällig drückte er auf die Klinke. „Aber das er einfach die Tür offen stehen lässt …"

Nelly ließ die Kinnlade fallen. Wollte ihr Kollege hier ohne richterlichen Beschluss eindringen? Mit ihren Computerrecherchen operierte sie sicher auch hart am Rande des Legalen und, wie sie sich gerade eingestehen musste, in der letzten Nacht auch darüber hinaus, aber das hier ging eindeutig zu weit.

Damp hatte sich kurz umgesehen. Niemand war in der Nähe. Er schlüpfte durch den geöffneten Spalt. Nelly zögerte kurz, folgte ihm dann aber doch. Drinnen roch es recht streng. Nelly hielt sich die Nase zu. Wahrscheinlich waren die Holzwände mal weiß gewesen. Nun waren sie eher grau. Der Raum schien Küche, Wohnzimmer und Schlafstube zugleich zu sein. Überall lagen aufgeschlagene Bücher mit Vogelbildern, dazu auf dem Tisch Blätter mit Tabellen und Notizen. In einer Ecke gab es, abgetrennt durch einen Vorhang, eine Art Verschlag. Nelly blickte hinein. Es war die Toilette mit einem kleinen Waschbecken. Beides musste offensichtlich dringend gereinigt, wenn nicht desinfiziert werden.

Auf dem Küchenschrank stand ein benutzter Becher, daneben ein Brett mit Brot und einer angeschnittenen Salami.

Plötzlich hörten die Polizisten ein Rascheln und gurgelnde Laute. Sie drehten sich um. Da gab es noch eine Tür. Damp und Nelly schauten sich an. Damp rief: „Herr Blank? Sind Sie da?"

Keine Antwort. Doch das Rascheln wurde lauter. Nelly öffnete ihre Jacke, löste den Riemen an der Pistolentasche und legte die Hand auf den Griff ihrer Waffe. Damp ging voraus. Er öffnete vorsichtig die Tür. Plötzliches Vogelgeschrei ließ sie kurz zurückweichen. Dann folgte lautes Flügelschlagen und Scharren. Sie schauten vorsichtig in den Raum. Dort standen mehrere große Vogelkäfige. In ihnen saßen eine Lachmöwe und eine Silbermöwe, ein Schwan und eine Gans. Der Schwan zischte die Polizisten an. Sein Flügel war verbunden. Die Lachmöwe versuchte neugierig ihren kleinen schwarzen Kopf durch das Gitter ihres Käfigs zu stecken. Die Silbermöwe knabberte an den Metallstäben. Die Gans saß still auf dem Stroh in ihrer Box. Doch im Gegensatz zur Stube war es hier trotz der Tiere geradezu peinlich sauber.

„Wahrscheinlich pflegt er hier verletzte Vögel, die er draußen gefunden hat", meinte Damp.

Auf einer Werkbank lag Verbandszeug und medizinisches Besteck. Nelly fiel ein dunkelbraunes Fläschchen auf. Sie nahm es hoch und versuchte die verwischte Schrift auf dem Etikett zu identifizieren.

„$CHCl_3$", las sie laut vor. Sie stellte es wieder hin und kramte ihr Handy hervor. Nachdem sie es in verschiedene Richtungen gehalten hatte, hatte sie endlich Empfang. Sie rief eine Suchmaschine auf und gab die Formel ein. „Chloroform!", rief sie triumphierend aus. „Eine merkwürdige Tatwaffe für einen Mord."

Sie zog eine Asservatentüte aus der Innentasche ihrer Jacke und steckte mit spitzen Fingern das Fläschchen hinein. Damp schaute zu. Sie hielt es ihm entgegen.

„Da haben wir wohl ein paar Fragen an Herrn Blank", stellte Nelly fest. „Aber wo ist er?"

„Ich schätze, auf dem Bessin. Da sind jetzt die meisten Vögel zu finden." Er zeigte auf die Käfige. „Seine Patienten kommen sicher auch von dort."

„Wie kommen wir dahin?"

Damp zog die Augenbrauen in die Höhe. „Na wie wohl? Bis Grieben geht's mit dem Auto. So weit hat Barnhöft die Straße frei gepflügt. Aber dann zu Fuß. Der kürzeste Weg führt übers Eis."

Als sie Blanks Haus verließen, entdeckte Damp zwischen den Büchern, die im Fenster nebeneinanderstanden, einen braunen Umschlag. Er sah genauso aus wie der, den Ralf Möller von Martin Dehne bekommen hatte. Er zog ihn heraus und blickte hinein. „Den habe ich eigentlich gesucht."

XXXIII

Ob Möller und Blank gemeinsame Sache gemacht haben, um Dehne zu töten?", fragte Nelly, als die beiden Polizisten im Streifenwagen langsam nach Grieben rollten. Sie blätterte in den Unterlagen, die sie in dem Umschlag gefunden hatten. Blank hatte als inoffizieller Mitarbeiter der Staatssicherheit regelmäßig über die Vorgänge in der Vogelwarte Hiddensee berichtet.

Damp wog den Kopf hin und her. „Ich weiß es nicht. Sicher weiß Möller, wie viel Chloroform man braucht, um bei der Kälte jemanden ins Jenseits zu schicken. Er ist immerhin Arzt. Aber als Beweis taugt das noch nicht." Er hielt Ausschau, ob er auf den schneebedeckten Wiesen links und rechts die dunkle Gestalt von Walter Blank entdecken würde. Auf dem Weg zum Streifenwagen hatte Damp Nelly offenbart, dass er bereits seit dem Besuch in Dehnes Hütte in der letzten Nacht wusste, dass der alte Vogelwart wohl für die Stasi gearbeitet hat und der Hotelier ihn mit diesem Wissen, so wie auch den Arzt Ralf Möller, erpresst haben könnte. Nelly hatte ihren Ärger über Damps Alleingang und Heimlichkeiten heruntergeschluckt, plagte sie doch ihr eigenes schlechtes Gewissen wegen ihrer Recherchen bei den Zabels hinter dem Rücken ihres Kollegen.

Kurz vor Grieben standen zwei helle Kaltblüter auf einer Koppel eng beieinander. Sie steckten die Köpfe zusammen und wärmten sich so gegenseitig. Neben ihnen lag ein Haufen Heu. Nelly war entsetzt. „Das kann doch für die beiden nicht gut sein, hier draußen in der Kälte zu stehen?"

„Die Kutscher werden schon wissen, was sie tun", entgegnete Damp kühl.

Hinter Grieben, dem nördlichsten Inselort, hatte Barnhöft die Straße nicht mehr geräumt. Mit dem Polizeiauto konnten sie nicht weiter. Nelly blickte aus dem Fenster der Beifahrertür und deutete in Richtung der Landzunge Alter Bessin. „Sind Sie sich sicher, dass wir Blank da drüben treffen. Ich habe keine Lust, umsonst durch den Schnee zu stapfen."

„Wo soll er sonst sein? Zwischen Sonnenaufgang und Sonnenuntergang ist Blank immer bei seinen Vögeln. Und wo sind die Vögel jetzt? Hier am Alten und Neuen Bessin. Da gibt's immer noch ein paar Wasserlöcher, um die sich die Gänse, Enten und Schwäne sammeln. Da schaut er nach verletzten Tieren, streut Futter aus." Damp hob sich leicht aus dem Sitz und schaute durch die Frontscheibe. „Sehen Sie dort vorn?" Er zeigte auf die Schneefläche. Nelly konnte zuerst nichts erkennen, doch dann sah sie eine Vertiefung rechts neben dem Schneehaufen, den der Schneepflug aufgetürmt hatte. „Da ist er lang. Dort sind auch Spuren auf dem Eis. Das ist Blanks Spur."

Damp ließ noch einmal den Motor an, fuhr ein Stück zurück und parkte an der Bushaltestelle. „Dann mal los!"

Sie liefen über das Eis des Boddens und kamen dabei gut voran. Hier an der Nordspitze des Vitter Boddens war die Eisfläche unter dem Schnee ziemlich eben. Die Bucht zwischen dem Bessin und der Insel war windgeschützt. So hatte der Wind die Eisschollen nicht zusammengeschoben und zu Bergen aufgetürmt wie sonst zwischen Rügen und Hiddensee.

Blank hatte einen Pfad getreten und zur besseren Orientierung daneben noch eine rote Leine von einer Linde am Ufer bei Grieben zu einem Pfahl auf dem Alten Bessin gespannt.

Damp marschierte wieder vornweg und bot Nelly damit einen guten Windschutz. Sie schaute nach links auf die Ausläufer des Bessin. Die beiden Arme der Halbinsel waren im letzten Jahrhundert entstanden. Sand, Gemengsel und Steine, die der Wind an der Steilküste Hiddensees abtrug, wurden durch die Strömung am Enddorn, der Spitze der Insel, angeschwemmt und abgelagert.

Erst waren Sandbänke entstanden. Durch den ständigen Nachschub wuchsen sie nach Süden aus dem Wasser heraus. Pflanzen siedelten sich an. Erst Gräser, dann wuchsen aber auch Büsche. In der Stille und abgeschieden von der Insel entdeckten Seevögel den Bessin als idealen Lebensraum. Manche blieben das ganze Jahr, andere machten hier nur auf dem Vogelzug im Frühjahr oder Herbst Station. Große Teile des Neuen Bessin waren gesperrt, um die Vögel nicht zu stören. Auf dem Alten Bessin stand an der Spitze ein Holzturm, von dem man die Vögel beobachten konnte, ohne ihnen zu nahe zu kommen.

Da die Fahrrinne zwischen dem Bessin und der Halbinsel Bug von Rügen nicht mehr regelmäßig ausgebaggert wurde und der Wasserstand oft sehr niedrig war, drohten nun durch Versandung und das Bewachsen der Sandbänke die beiden Inseln wieder zusammenzuwachsen, wie es vor vielen Jahrhunderten auch gewesen war, ehe Sturmfluten Hiddensee von Rügen getrennt hatten. Die Naturschützer sahen das mit Argwohn. Eigentlich sollte in die Natur hier nicht mehr eingegriffen werden. Das Gebiet war als besondere Schutzzone des Nationalparks Vorpommersche Boddenlandschaft ausgewiesen. Aber durch das Flachwasser und über die Sandbänke wanderten auch immer mehr ungebetene Gäste und natürliche Feinde der Vögel von Rügen nach Hiddensee. Füchse und Wildschweine plünderten die Nester, machten reiche Beute unter den Jungvögeln und dezimierten so die Bestände.

Als Damp und Blohm am Ufer des Alten Bessin angekommen waren, war von Walter Blank nichts zu sehen. Sie mussten erst noch durch eine Schneise im Buschwerk und standen dann am Strand. Eine dunkle Gestalt kniete im Schnee. Um sie herum waren Schwäne und Enten versammelt. Als die Vögel die beiden Polizisten wahrnahmen, flogen sie auf, landeten aber bald wieder. Walter Blank drehte sich um. Langsam stand er auf. Nelly erschrak beim Anblick der großen hageren Gestalt in dem schwarzen Umhang und dem schwarzen Hut mit breiter Krempe. Das lange Gesicht, die von Falten zerfurchte Haut und nicht zuletzt die übergroße Nase erinnerten sie an eine Vogelscheuche. Ihr war sofort klar, warum alle Blank den Raben nannten.

„Damp, ihr stört!"

„Wir müssen mit dir reden, Blank." Damp zeigte hinter sich. „Das ist Nelly Blohm von der Polizei in Bergen."

Blank bewegte ganz leicht das Gesicht, als müsse er von Nelly eine Witterung aufnehmen. „Und? Worüber?"

„Über Martin Dehne. Und seinen Tod."

„Warum?"

Nelly holte die Tüte mit dem Fläschchen aus ihrer Jackentasche und hielt es ihm entgegen.

„Weißt du, was das ist?", fragte Damp.

Blank kam näher heran. Die Vögel folgten ihm im sicheren Abstand. Er griff nach der Tüte. Nelly wollte sie wegziehen, doch der Mann hielt sie fest und beugte sich darüber. „Chloroform. Aus meinem Haus. Was erlaubt ihr euch? Was stöbert ihr in meinen Klamotten rum?"

„Mit Chloroform wurde Martin Dehne betäubt, bevor er starb."

„Na und? Was habe ich damit zu tun?"

„Ich weiß nicht, wer außer dir hier auf der Insel noch Chloroform haben könnte?"

„Möselbeck? Der Inselarzt?"

„Was sollte der für einen Grund haben, Dehne zu töten?"

„Welchen Grund sollte ich haben?"

Damp zog den Umschlag aus seiner Jacke. „Vielleicht droht er dir mit diesen Papieren? Du bist doch der IM ‚Singschwan'."

Blank zuckte mit den Schultern. „Und wenn? Das ist lange her. Ich bin ein alter Mann. Außerdem würdet ihr beide das sowieso nicht als Beweis durchkriegen. Es war illegal, die Papiere und das Chloroform aus meinem Haus zu stehlen. Und nun macht, dass ihr fortkommt. Ich habe zu tun." Er wandte sich ab und kniete sich wieder hin. Sofort kamen die Vögel näher und scharrten sich um ihn. Er griff in sein dunkles Cape und warf eine Handvoll Körner in den Schnee. Sofort schnappten und pickten die Vögel danach.

Blank hatte recht, sagte sich Damp. Sie hatten das Chloroform und die Kopien der Stasiunterlagen ohne Durchsuchungsbeschluss mitgenommen. Vielleicht würden sie bei einem guten Staatsanwalt, schlechtem Verteidiger und gnädigem Richter noch mit Gefahr in Verzug durchkommen.

„Wo waren Sie am Silvesternachmittag?", fragte Nelly mit schneidender Stimme.

„Hier", antwortete Blank, ohne sich umzudrehen.

„Allein?"

Blank schüttelte den Kopf. „Ralf Möller alias IM ‚Pirol' war hier. Er stand plötzlich da. Dann haben wir die Vögel beobachtet und er hat über den alten Scheiß gejammert …"

„Dehne hat ihn damit erpresst", warf Nelly ein.

„Kann schon sein. Martin brauchte ja Geld. Und bei Geld hört bekanntlich die Freundschaft auf. Ich bin wahrscheinlich sogar schuld daran."

„Wie meinen Sie das?"

„Ich habe Ralf Möller angeworben für die Stasi."

Nelly war sprachlos.

„Früher waren die beiden unzertrennlich", erzählte Blank weiter, „hingen bei den Sommerlagern immer zusammen. So ernst wie die hat keiner die Vogelbeobachtung genommen. Ralf litt aber darunter, dass Martin immer mehr von allen beachtet wurde. Er hatte als Hiddenseer einen Heimvorteil. Da habe ich etwas nachgeholfen, dass Ralf auch ernster genommen wurde, wenn auch nicht von Vogelschützern, aber Kiebitzen der besonderen Art. War vielleicht nicht meine beste Idee." Blank grinste bei seinen Worten. „Dann kamen andere Zeiten. Jeder musste sehen, wo er bleibt. Ich weiß auch nicht, was Martin getrieben hat, diese Akten einsehen zu wollen. Was sollte es bringen? Aber danach hat er seine Chance gewittert und Ralf erpresst. Der hatte natürlich die Hosen voll. Ich habe ihm gesagt, dass alles so lange her ist, dass es keinen mehr interessiert. Er ist ein guter Arzt, versucht Menschen das Leben zu retten. Das zählt doch, oder?"

„Wie lange hast du hier mit Möller Vögel beobachtet?", fragte Damp weiter.

„Keine Ahnung. Ich habe keine Uhr. Es dämmerte. Er hat mir dann geholfen, einen verletzten Schwan zu versorgen und das Tier in mein Haus zu bringen." Er drehte sich um und grinste hässlich. „Ihr könnt ja den Schwan fragen. Er wird die Aussage bestätigen."

„Vielleicht haben Sie Möller das Chloroform gegeben oder er hat es sich genommen. Immerhin ist er Arzt", spekulierte Nelly.

Blank stand auf. Er sah die Polizisten ernst an. „Das Chloroform ist für mich so wichtig, dass ich keinen Tropfen verschwenden oder verschenken würde. Ich brauche es für die kranken Tiere, um sie zu betäuben. Nur so schaffe ich es, allein einen Schwan oder einen Seeadler zu behandeln, wenn sie von Füchsen oder Mardern gebissen worden sind oder sich verletzt haben. Seit die Vogelwarte geschlossen ist, gibt es hier nämlich kaum noch einen, der sich um die Vögel kümmert. Die Ranger laufen oft nur den Strand ab und sammeln die toten Tiere ein. Alle sind so stolz, dass es hier diese vielen Vögel gibt, die Eiderenten, die Höckerschwäne, die Kanadagänse", dabei wies er auf unterschiedliche Vögel, „aber einen Tierarzt gibt es nicht auf Hiddensee. Zu teuer, zu unrentabel. Ist eben nur Natur. Ich würde deshalb das Chloroform nie aus der Hand geben. Es ist meine einzige Medizin für diese armen Geschöpfe." Blank beugte sich ganz nah vor Nellys Gesicht. „Und ich wäre Ihnen dankbar, wenn Sie vorsichtig damit umgeben oder es mir gleich zurückgeben."

„Woher hast du es überhaupt?", fragte Damp.

„Dehne hat es mir besorgt. Woher?" Blank zuckte mit den Schultern. „Ich habe ihn nicht danach gefragt. Hauptsache, ich hatte es."

„Sie hatten auch sonst Streit mit Dehne", warf Nelly ein.

„Soll vorkommen, dass man Streit hat."

„Er wollte kein Vogelmuseum in seinem Hotel, wie Sie es sich gedacht hatten, und wir haben gesehen, wie wütend Sie darüber waren, als Sie gestern aus dem Hotel kamen."

„Ja, ich habe mich geärgert, dass er die Vögel aus der Bibliothek räumen wollte. Und gestern", brauste Blank auf, „ja, gestern war ich wütend, weil diese Schnepfe meine Vögel, meine Arbeit aus über vierzig Jahren einfach in den Müll werfen will. So lange war ich Präparator an der Vogelwarte. Wären Sie da nicht auch wütend, wenn jemand Ihr Leben einfach wegschmeißen will?"

Nelly antwortete nicht. Blank starrte sie an.

„Um noch mal auf Silvester zurückzukommen", ging Damp dazwischen, „gibt es Zeugen, die dich und Möller Silvester gesehen haben? Sonst ist das mit dem Alibi ein bisschen dünne."

Blank hob die Arme. Durch den ärmellosen Umhang sah es fast aus wie Flügelschlagen. „Was weiß ich. Vielleicht jemand von der Pension gegenüber. Da waren eine Menge Gäste. Wir sind mit dem Vogel nicht durch den Ort gelaufen, sondern gleich durch den Honiggrund und den Weg am Rabenberg rüber zu mir. Da war keiner mehr unterwegs. Es wurde schon dunkel und das Wetter schlechter. Ralf musste dann auch weg. Er hatte Angst, seine Frau würde richtig sauer werden, wenn er noch länger wegbliebe." Blank machte eine Pause. „Ich glaube, er hat die meiste Angst davor, dass sie nicht mehr Frau Chefarzt sein könnte und ihn deshalb verlassen würde, wenn das bekannt wird."

„Hat Dehne dich auch erpresst?" Damp wedelte mit dem Umschlag. „Wollte er Geld?"

„Er wusste doch, dass ich keines habe. Habe nie welches gehabt. So viel habe ich bei der Vogelwarte nicht verdient. Martin wollte nur wissen, warum ich es gemacht und nie was gesagt habe. Er war enttäuscht von mir und das konnte ich auch verstehen. Ich kenne ihn, seit er ein kleiner Junge war. Ich habe ihm alles beigebracht, was er über Vögel wusste, und irgendwann wusste er mehr als ich. Hat ja Biologie studiert. Aber Martin wollte immer zu viel." Blank lüftete kurz den Hut, strich sich die strähnigen Haare zurück. „Er wollte als Lehrer, dass alle Kinder zu Vogelschützern oder Beringern werden, so wie er als kleiner Junge. Er wollte dieses Hotel aufmachen und es sollte das schönste sein auf der Insel, obwohl er davon keine Ahnung hatte. Er wollte der Vogelwarte ein Denkmal setzen. Er wollte im Chor singen, obwohl er dafür keine Zeit mehr hatte. Jede Woche rüber nach Rügen, nach Bergen, singen und am nächsten Tag wieder zurück. Er wollte diese Frau Leetz heiraten, obwohl er für sie keine Zeit hatte. Alles zu viel. Aber er wollte nicht auf mich hören. Ich habe einfach versucht, für ihn da zu sein, ihm zu helfen, seine Träume zu träumen, weil ich nur ihn hatte, hier auf der Insel."

Blanks Augen waren feucht geworden. „Mir wird kalt. Ich will nach Hause."

XXXIV

Damp legte den Hörer auf. „Wir stehen wieder am Anfang. Möller bestätigt die Angaben von Blank Wort für Wort. Er hat ihn am Bessin getroffen, sie haben von dort den Schwan mitgenommen, ihn in Blanks Haus versorgt und gegen sechs ist Möller wieder zurück zum Hotel."

„Und warum hat Möller das nicht gleich ausgesagt?", fragte Nelly genervt.

„Er wollte Blank nicht kompromittieren. So heißt das doch wohl. Seine Stasigeschichte sollte nicht bekannt werden, weil er wusste, dass Blank auf der Insel nicht gut gelitten ist."

„Bleibt nur noch Dehnes Schwester."

„Um die können Sie sich morgen kümmern."

„Wie soll das gehen? Ich sitze doch hier fest."

Damp grinste sie an und schaute dann auf die Uhr. „Ich habe heute Morgen schon alles mit Förster klargemacht. Sie bekommen den Jungfernflug von Vitte nach Schaprode. Gratis. Wenn alles klappt und das Wetter mitspielt." Damp drehte sich um und schaute aus dem Fenster. „Noch sieht ja alles ganz gut aus. Der Wind ist mäßig. Kein Schneefall." Er wandte sich wieder Nelly zu. „Im Büro des Bürgermeisters habe ich vorhin erfahren, dass circa sechzehn Uhr der erste Flug hier ankommen soll und es eine halbe Stunde später wieder zurück nach Schaprode geht. Und Sie sind an Bord! Also los. Packen Sie Ihre Sachen."

„Ist das wahr?" Nelly konnte es kaum glauben. Sie sprang von ihrem Stuhl auf und fiel Damp um den Hals.

„Nun ist ja gut", wehrte Damp sie verlegen ab. „Übermorgen sind Sie wieder zurück. Inzwischen können Sie mit Dehnes

Schwester reden und mit der Baufirma, dieser ‚Inselbau'. Die sitzen in Prora."

„Ich weiß. Ich war mit Rieder schon mal dort."

Da brummte etwas auf dem Tisch. Immer wieder. Damp schaute auf sein Telefon. Nichts. Auch Nelly sah auf das Display ihres Handys. Doch auch dort Funkstille. Dann sah sie es hell in einer der Asservatentüten blinken, die sich auf dem Schreibtisch angesammelt hatten. Es war Dehnes Handy. Nelly hatte es geladen, aber bisher noch nicht weiter untersucht. Das wollte sie den Kollegen der Spurensicherung in Stralsund überlassen, um nicht aus Versehen Daten oder Nummern zu löschen.

Sie zog das Handy aus der Plastikfolie. Fragend sah sie Damp an. Der zuckte mit den Schultern.

„Soll ich rangehen? Die Nummer ist auch angezeigt. Beginnt mit null, drei, acht … muss von Rügen kommen."

Damp stand auf und sah ebenfalls auf das Display. „0 – 3 – 8 – 3 – 0 – 6. Das ist die Vorwahl von Samtens."

Das Brummen verstummte. Damp nahm das Telefon und schaute sich die Nummer genauer an, die im Display angezeigt wurde. „Die Nummer könnte zum Rathaus dort passen."

„Was können die von Dehne wollen?"

„Keine Ahnung. Vielleicht was wegen des Hotels."

Da leuchtete das Display erneut auf. Eine SMS wurde angezeigt. „Mailbox. Der Anrufer hat eine Nachricht hinterlassen."

„Wissen Sie, wie man da rankommt?"

Sie nickte. „Tippen Sie mal 5 – 5 – 0 – 0."

Damp tat es. Die Mailbox meldete sich. Der Polizist folgte den Anweisungen und drückte die entsprechenden Tasten. Dann war eine Frauenstimme zu hören. Damp hielt das Telefon so, dass auch Nelly mithören konnte. „Hier ist Carla. Du kannst das Familienbuch und die gewünschten Kopien abholen. Die Steuerklassen sind auch geändert. Alles fertig also. Ich weiß gar nicht, warum du so ein Geheimnis draus machst, dass du geheiratet hast. Melde dich. Tschüüüss."

Damp und Blohm sahen sich an.

„Was soll das nun schon wieder bedeuten?", fragte Damp.

„Rufen wir doch mal zurück."

Damp reichte Nelly das Telefon. Sie ging auf den Ordner „Unbeantwortete Anrufe" und wählte die Samtener Nummer.

Eine Computerstimme teilte mit: „Hier ist das Bürgeramt Samtens. Sie rufen außerhalb unserer Öffnungszeiten an. Wir sind für Sie da am Montag von neun Uhr bis zwölf Uhr …"

Nelly beendete den Anruf und schaute auf die Uhr. „Wahrscheinlich haben die schon Feierabend."

„Sieht so aus. Aber Sie könnten doch auch morgen da vorbeifahren."

„Ganz schönes Programm. Dehnes Schwester, die Baufirma und dann noch das Rathaus in Samtens."

Von draußen war ein leises Dröhnen zu hören.

„Der Hubschrauber!", rief Damp aus. Beide stürzten an das Fenster des Reviers. Der Helikopter war noch weit entfernt. Man sah nur einen hellen Lichtpunkt am Horizont.

„Sie müssen los, damit Sie nicht noch Ihren Flug verpassen", meinte Damp.

Nelly drückte ihm einen Kuss auf die Wange. „Vielen Dank. Ich weiß immer noch nicht, was ich sagen soll. Danke!"

Damp wurde rot. „Nun machen Sie schon."

Nelly stürmte aus dem Revier.

Damp schaute zu, wie der Hubschrauber immer näher kam. Auf der Straße vor dem Landeplatz stand eine der Elektrokarren der „Hiddenseer Logistik" mit zwei Anhängern. Offenbar wurde Nachschub für die Insel erwartet. Die Männer der Insellogistik lehnten an den Fahrzeugen. Supermarktchef Hansen und Barnhöft debattierten heftig miteinander. Dann kam auch noch der Bürgermeister dazu. Ein paar Insulaner standen in einigem Abstand und beobachteten mit gehobenen Köpfen den herannahenden Hubschrauber. Damp schnappte seine Jacke und wollte auch nach draußen gehen. Da klingelte der Dienstapparat auf dem Schreibtisch. Erst wollte er nicht rangehen, doch ein kurzer Blick zeigte ihm, dass es ein Anruf aus der Polizeidirektion war. Er nahm ab. Bökemüllers Sekretärin meldete sich und verband ihn ohne jedes überflüssige Wort mit dem Polizeidirektor.

„Damp, was haben Sie sich dabei gedacht? Warum können Sie die Sache nicht ruhen lassen?", rief Bökemüller ins Telefon.

„Ich? Gemacht? Ja, was denn?", fragte Damp erstaunt.

„Sie wissen genau, was ich meine! Dann haben Sie wenigstens den Mut und stehen dazu. Aber nein! Sie schicken auch noch Frau Blohm vor."

Damp verstand kein Wort. Er unternahm mehrere Versuche, den wütenden Redefluss seines Vorgesetzten zu unterbrechen. Aber es gelang ihm nicht.

„Der Fall Ulrike Stein ist eine Nummer zu groß für Sie. Und für Frau Blohm auch. Was haben Sie sich eigentlich dabei gedacht, Ihre Kollegin anzustiften, sich in das Netz des LKA zu hacken, mit einem fremden Account. Woher hatten Sie eigentlich die Daten?"

„Ich weiß nicht, wovon Sie sprechen", bemerkte Damp kleinlaut.

„Damit wird sich noch die Abteilung Innere Ermittlung beschäftigen. Ich hoffe nur, Sie stellen sich Ihrer Verantwortung, sonst kann Frau Blohm wieder Streife laufen. Und Sie mit. Warum gehen Sie die Zabels an? Lassen Sie die Leute in Ruhe."

„Zabel? Aber wie kommen …"

„Ich habe keinen Bock, mich von deren Rechtsanwalt hier noch einmal zur Sau machen zu lassen. Was sollte das mit dem Foto von der Stein? Können Sie mir das mal sagen?"

„Foto …? Welches Foto …?", stammelte Damp.

„Der Zabel gilt als unschuldig. Die Frau auch. Um den Rest kümmert sich das LKA. Leute, die davon was verstehen. Bleiben Sie mal bei Ihrem Leisten. Sie müssten doch wissen, wohin das führt. Das haben Sie doch nun am eigenen Leib zu spüren bekommen. Denken Sie mal an Rieder. Vielleicht war das doch keine gute Idee, Sie wieder auf Ihren alten Posten zu setzen! Innendienst hier in Stralsund wäre wahrscheinlich doch besser. Dann hätte ich Sie wenigstens unter Kontrolle."

Endlich machte Bökemüller eine Pause. Damp versuchte die Chance zu nutzen. „Ich verstehe gar nicht, was Sie …"

Da hakte Bökemüller schon wieder ein. „Sie wissen ganz genau, was ich meine. Ich hoffe, wir haben uns verstanden! Halten Sie auch im Fall von diesem toten Hotelier mal besser die Füße still. Irgendwann wird das Eis ja geschmolzen sein. Dann schicke ich eine Mannschaft los, die das übernimmt. Wiederhören." Bökemüller legte auf.

Wie vom Donner gerührt starrte Damp auf den Telefonhörer. Es arbeitete in seinem Kopf. Er versuchte sich die Dinge zusammenzureimen. Keine zehn Pferde würden ihn auch nur in die Nähe der Zabels bringen. Allein der Name des Ehepaares ließ die Wut in ihm aufwallen und schürte in ihm böse Rachegefühle, vor denen er sich selbst schützen wollte. Seitdem er von Malte Fittkau erfahren hatte, dass die Zabels wieder auf der Insel waren und im alten Volkswerft-Heim ihre Hausverwaltung betrieben, hatte er deshalb immer versucht, nicht einmal mehr dort vorbeizufahren, wenn es sich vermeiden ließ. Also musste Nelly Blohm …

Nelly stürmte in Maltes Haus. Sie riss die Tür zu seiner Wohnstube auf, doch dort saß nur der Kater im Fenster und starrte hinaus. Er wartete offenbar auf sein Herrchen. Er ließ ein kurzes Knurren hören, sprang herunter und steuerte geradewegs den leeren Futterteller an. Er setzte sich daneben und begann herzergreifend zu miauen. Sicher würde Malte gleich kommen und sich um ihn kümmern, dachte sich Nelly. Sie lief die Treppen nach oben, warf in ihrem Zimmer ein paar Sachen in ihre Tasche und rannte dann wieder nach unten. Der Kater saß immer noch neben dem Teller und miaute. Nelly riss einen Zettel aus ihrem Notizblock und schrieb Malte eine kurze Nachricht: „Bin morgen Abend oder übermorgen wieder zurück. Ich würde das Zimmer gern bis dahin behalten. Meine Sachen liegen noch oben. Viele Grüße, Nelly Blohm."

Sie legte den Zettel auf den Wohnzimmertisch. Als sie sich umdrehte, stand der Kater auf seine Vorderpfoten gestützt in der

Zimmertür. Statt zu miauen, knurrte er jetzt. Es war ein dunkles Brummen. Er schien beschlossen zu haben, sie nicht aus dem Zimmer oder Haus zu lassen, ohne dass sie ihm seinen Futterteller gefüllt hatte. Sie schaute sich im Zimmer nach etwas Essbarem um. Nirgendwo war eine Packung mit Katzenfutter zu entdecken. Das durfte doch nicht wahr sein, dass ihre Reise nach Bergen jetzt scheitern sollte, weil sie wegen Maltes Kater den Flug verpassen würde. Da gab es ein Geräusch von der Tür. Der Kater war kurz abgelenkt. Er drehte seinen Kopf, aber als er nicht richtig orten konnte, was da passierte, erhob er sich auf alle vier Pforten und lief schnell in Richtung Haustür. Nelly nutzte den Moment. Sie schlich sich schnell aus dem Zimmer, immer den Kater im Blick. Dabei sah sie nicht, dass jemand von draußen hereinkam. Sie stieß mit der Person zusammen. Es war eine Frau mit kurz geschnittenen grauen Haaren. Ihr Blick war ernst, fast böse. „Wo ist Malte?", fragte sie in scharfen Ton.

„Ich weiß es nicht", antwortete Nelly eingeschüchtert.

„Sie sind die Polizistin, die hier wohnt?"

Nelly nickte mit dem Kopf. „Ich muss aber leider weg. Ich kann mit dem Hubschrauber nach Rügen rüber und bin spät dran."

„Komisch. Malte ist sonst immer um die Zeit hier."

Der Kater strich der Frau um die Beine und schaute mit sehnsüchtigen Augen zu ihr auf. Sie beugte sich zu ihm herab und strich ihm über den Kopf. „Du brauchst doch auch dein Futter."

Nelly war schon fast zur Tür heraus. „Und Sie wissen wirklich nicht, wo Malte sein könnte?", rief ihr die Frau hinterher.

Nelly drehte sich noch einmal um. „Nein, weiß ich wirklich nicht", antwortete sie genervt. Da fiel ihr ein, dass Damp mit Malte über die kaputten Bäume gesprochen hatte. „Ich glaube, er ist in den Wald gegangen. Holz schlagen."

Dann rannte sie davon, verärgert über die Verzögerung.

Als sie am Landeplatz ankam, musste sie sich durch die Leute drängeln. Bürgermeister Förster bemerkte sie. Er bahnte ihr einen Weg. „Kommen Sie, Frau Blohm. Es geht gleich los. Sie sind doch unsere Testperson."

Noch waren die Männer der Insellogistik dabei, die Kisten mit Lebensmitteln auf die verschiedenen Karren zu verteilen. Die Chefs der vier Supermärkte der Insel standen daneben. Sie gingen die Lieferlisten durch. Schnell wurde das eine oder andere Paket geöffnet und der Inhalt umsortiert. Ein schlanker Mann in blauem Overall mit Dreitagebart und lockigen grauen Haaren lehnte am Hubschrauber und schaute ungeduldig dem Treiben zu. Er sah immer wieder auf die Uhr. Um den Hals hing ein Headset.

Bürgermeister Förster ging mit Nelly auf ihn zu. „Herr Groth, das ist Ihr Passagier."

Der Mann musterte Nelly. „Das ist ja eine nette Begleitung. Da ist es richtig schade, dass der Flug nicht länger als zehn Minuten dauert."

„Ich bin schon richtig aufgeregt", stammelte Nelly.

„Ich wäre froh, wenn es langsam losgehen würde", wandte sich der Pilot an den Bürgermeister. „Es wird nicht heller und Schaprode hat nicht so einen hübschen Landeplatz wie Hiddensee mit einer richtigen Befeuerung."

„Ich kümmere mich mal." Förster eilte zu den Männern der „Insellogistik".

„Wenn Sie wollen, können Sie Ihre Tasche schon mal unter die hintere Sitzbank legen. Ihr Platz ist der Sitz des Kopiloten." Er lächelte Nelly an. „Ich heiße übrigens Carl. Piloten reden sich immer mit dem Vornamen an."

„Ich bin Nelly."

Sie war verwirrt und verlegen, wusste nicht recht, wohin sie schauen sollte. „Ich geh dann mal die Tasche wegbringen."

Als sie um den Helikopter herumlief, entdeckte sie Damp. Er stand etwas abseits, die Mütze tief ins Gesicht gezogen, die Hände in die Taschen gesteckt. Seine Schultern hatte er leicht nach vorn gebeugt. Der Ausdruck seiner Augen war unendlich traurig. Er kam auf sie zu. Seine Schritte waren schleppend. Sie wollte schon auf ihn zugehen und fragen, was mit ihm sei, da blieb er ein paar Schritte vor ihr stehen. „Warum haben Sie mir nicht gesagt, dass Sie mit Zabel gesprochen haben?", fragte er mit leiser Stimme.

„Ich wollte Sie nicht …"

„Das ist meine Geschichte", unterbrach er sie. „Mischen Sie sich da nicht ein."

Ohne ein weiteres Wort drehte er sich um und ging langsam davon. Nelly sah ihm verstört nach.

XXXV

Dora versorgte Maltes Kater mit frischem Futter. Laut schmatzte er über den Futterteller gebeugt.

„Wo ist nur dein Herrchen?", fragte Dora Ekkehard. Sie saß auf der Treppe und beobachtete das Tier. Der Kater schaute sie zwar kurz an, nachdem sie Maltes Namen genannt hatte, wandte sich dann aber wieder seinem Futter zu.

Dora ging in Maltes Wohnzimmer. Sie las Nellys Zettel. Dann sah sie sich im Zimmer um, entdeckte aber nichts, was ihr Auskunft über Maltes Verbleib geben konnte. Draußen wurde es dunkel. Sie kannte Maltes Lebensrhythmus inzwischen genau. Er würde auf keinen Fall die Futterzeit seines Katers verpassen. Auch die Schmusestunde danach mit dem Tier war ein heiliges Ritual. Selbst wenn sie um diese Zeit auf einen Kaffee oder Tee vorbeischaute, rührte sich Malte nicht, um den auf seinem Schoß ruhenden und schnurrenden Kater nicht zu vertreiben.

Dora holte ihr Funktelefon aus der Jackentasche und suchte im Speicher nach Damps Nummer. Sie drückte die Wähltaste.

„Polizeiposten Hiddensee, Damp", meldete sich der Polizist mit müder Stimme.

„Dora Ekkehard. Weißt du, wo Malte ist?"

„Bin ich seine Mutter?", entgegnete Damp unfreundlich. „Mir doch egal, wo er abgeblieben ist."

„Mir aber nicht", erklärte Dora.

„Schon klar. Dann stimmt es also, was die Möwen von den Dächern kreischen."

„Was denn?"

„Na, du und Malte. Spätes Glück und so …"

„Blödes Gequatsche."

„Pff", machte Damp in den Hörer. „So dicke wie ihr beide plötzlich seid. Da läuten doch die Glocken."

Dora stöhnte auf. „Deinen Tratsch kannst du für dich behalten. Ich will wissen, wohin du Malte geschickt hast. Deine Kollegin meinte, es ging um irgendwelche Bäume."

„Er kann sich in der Heide ein paar Bäume schlagen, die der Schnee umgelegt hat. Irgendwo in der Nähe der ‚Heiderose'.

„Danke", sagte Dora und legte ohne ein weiteres Wort auf.

Wenige Minuten später stapfte Dora auf dem Wiesenweg nach Süden. Sie hatte ihren Kopf mit einem Wollschal umwickelt. Er schützte sie vor den eisigen Böen, die jetzt immer wieder über die Heide fegten. Ihre Hände steckten in dicken Lammfellhandschuhen, passend zu ihrer Winterjacke. Schneegriesel rieselte aus den Wolken. Der Pulverschnee knirschte unter ihren Winterschuhen. Außer ihr war kein Mensch unterwegs.

Dora lief schnell, ließ aber immer wieder den Blick rechts und links über die schneebedeckten Heidewiesen schweifen. Im Abstand von hundert Metern beleuchteten Straßenlaternen den Weg mit trüben Licht. Aber nirgends konnte sie eine Spur von Malte entdecken.

Rechts kam schon das Schild der Appartementanlage in der Dünenheide. Da sah sie in einiger Entfernung, wie sich jemand gebeugt auf der Straße dahinschleppte. Die Mütze, die Jacke, die Haltung, es musste Malte sein. Dora lief schneller, rannte auf ihn zu. Er zog einen Schlitten hinter sich her, vollgepackt mit frisch gesägtem Holz.

„Mensch, Malte", rief sie. „Wo warst du denn?"

Malte blieb stehen und richtete sich mit einem Stöhnen auf. Er kniff die Augen zusammen.

„Dora." Kurz ging ein Lächeln über sein Gesicht. Doch dann presste er die Lippen aufeinander und ächzte. Er griff sich an den Kopf. Dora entdeckte den weißen Verband unter seiner Mütze. Sie trat näher heran. „Was ist denn passiert?"

Malte schaute sich um, als könne er selbst seine Wunde am

Kopf betrachten. Dann zuckte er mit den Schultern. „Mir ist ein Ast auf den Kopf gefallen."

„Wer hat dich denn versorgt?"

Er schien etwas zu überlegen, bevor er in Richtung „Heiderose" nickte. „Da ist doch der Poschau", log Malte. „Der macht Dienst in der ‚Heiderose'. Der hat mir Verbandszeug gegeben."

Dabei schaute er Dora genau an, als wolle er überprüfen, ob sie das auch genau verstanden habe. „Mein Fahrrad steht da auch noch irgendwo."

Dora sah, dass er zitterte. „Das blöde Holz hättest du auch dort lassen können", schimpfte sie. Dann nahm sie ihm den Strick aus der Hand. „Lass uns mal nach Hause gehen", fügte sie mit sanfterer Stimme hinzu, „sonst holst du dir in der Kälte noch den Tod."

Sie kamen nur langsam vorwärts. Dora hatte das Gewicht des Schlittens unterschätzt und wunderte sich, wie Malte es trotz seiner Verletzung geschafft hatte, das Gefährt von der „Heiderose" bis hierher zu ziehen und wie er es hatte fertigbringen wollen, mit der Ladung bis nach Vitte zu kommen. ‚Männer', dachte sie sich.

Malte schwankte beim Gehen. Immer wieder fasste er sich an den Kopf.

Als sie endlich bei Malte angekommen waren, ließ er sich auf das Sofa fallen und kippte zur Seite. Sie pellte ihn aus seiner Jacke und zog ihm die Schuhe aus. Das hatte sie noch nie bei einem Mann gemacht. Dann deckte sie ihn zu.

„Ich koche dir einen Tee und hole dir mal eine Schmerztablette."

Malte stöhnte zustimmend mit geschlossenen Augen.

Er hatte sich wie ein Kleinkind zusammengerollt. Der Kater hatte es sich in seiner Kniebeuge bequem gemacht, schaute aber auch besorgt auf sein Herrchen.

Dora beschloss, dass es keinen Sinn ergeben würde, ihn in sein Bett im Obergeschoss des Hauses zu bringen. Vielmehr würde es das Beste sein, er würde hier unten schlafen. Aus dem Bad holte sie einen Eimer und stellte ihn vor das Sofa. Sie war sich sicher, dass Malte durch den Ast eine Gehirnerschütterung erlitten hatte, und da konnte einem schnell übel werden. Sie überlegte, ob sie bleiben oder nach Hause gehen sollte. Sie schob die Entscheidung noch etwas hinaus und heizte das heruntergebrannte Feuer im Ofen neu an.

Immer wieder hörte sie Malte aufstöhnen, auch wenn er nur leicht den Kopf bewegte. Er konnte vor Schmerzen nicht einschlafen.

„Dein Fahrrad kann ich morgen abholen. Das klaut bestimmt keiner in der Nacht", sagte Dora so nebenher.

Da setzte sich Malte mit einem Satz aufrecht, starrte sie mit aufgerissenen angsterfüllten Augen an. „Das machst du nicht! Das Fahrrad bleibt, wo es ist!"

Er sprang auf, stürzte zu ihr und legte ihr die Hände auf die Schultern. „Du gehst nicht in die Heide oder in den Strandwald. Versprich mir das!"

XXXVI

Nelly wachte auf und fühlte sich wie gerädert. Lukas lag quer auf ihr und schlief selig auf ihrem Bauch. Sie war völlig überrascht gewesen, wie er ihr entgegenstürmte, als sie die Treppe zu ihrer Wohnung hochgekommen war. Den ganzen Abend wich er nicht mehr von ihrer Seite. Ihre Mutter lächelte nur darüber, wie schnell der Junge die Seiten wieder gewechselt hatte. Natürlich durfte er auch mit in Nellys breitem Bett schlafen. Sie wollte das nicht zur Gewohnheit werden lassen. Irgendwann, so hoffte sie, würde sie es wieder mit einem Mann teilen, wenn auch nicht mehr wie erträumt mit Stefan Rieder. Lukas sollte sich dann nicht zurückgesetzt fühlen oder eifersüchtig werden, wenn für ihn dann kein Platz mehr war. Kurz überlegte sie, ob dieser Mann vielleicht Carl Groth sein könnte. Der Pilot hatte während des Fluges heftig mit ihr geflirtet, war extra bis nach Güttin geflogen, wo ihr Auto noch am Flugplatz stand. Es hatte sie beeindruckt, wie er seinen Hubschrauber gesteuert und trotz des aufkommenden Schneefalls und der heftigen Windböen gut im Griff gehabt hatte. Keine Sekunde hatte sie gezweifelt, dass er sie sicher nach Rügen bringen würde. Kurz hatte sie geschwankt, als er sie noch auf einen Drink in die Flughafenkneipe einladen wollte und dabei ihre Hand genommen hatte. Zärtlich hatte er mit seinen Fingern über ihre Knöchel gestreichelt und sie mit einem sanften Lächeln angeschaut. Sie hatte ein Kribbeln im Bauch gespürt. Dieses Gefühl hatte sie vermisst, seitdem Rieder aus ihrem Leben verschwunden war. Doch dann hatte sich das Gewissen einer Mutter gemeldet und sie war ohne Abschiedsdrink nach Bergen gefahren. Irgendwie hätte sie es auch als Verrat an Stefan empfunden, wenn sie sich auf Groths Avancen eingelassen hätte. Allerdings hatte sie sich die Schwäche gestattet, mit Carl Groth die Telefonnummern zu tauschen. Man konnte nie wissen, wofür es gut war.

Unglücklich machten sie aber auch Damps Worte vor dem Abflug. Sein trauriger Blick ging ihr nicht aus dem Sinn, seine Enttäuschung darüber, dass sie ihm nichts von ihren Recherchen über und bei den Zabels gesagt hatte. Sie begann langsam zu ahnen, wie tief sich die Ereignisse vom letzten Herbst in die Seele ihres Kollegen eingegraben hatten. Aber konnte er deshalb die Augen vor einem möglichen Verdächtigen verschließen? Das galt auch für Bökemüller. Er hatte ihr auch noch am Abend am Telefon eine Standpauke gehalten. Für das Eindringen in das Netz des LKA hatte er ihr ein Disziplinarverfahren versprochen, nachdem sie dafür die Schuld auf sich genommen hatte. Sie solle ihre Uniform schon mal aufbügeln, er könne nicht ausschließen, dass sie bald wieder Streife liefe. Als er sie dann nach den Beweisen gegen Zabel gefragt hatte, die ihr Vorgehen rechtfertigen würden, war sie auf dünnes Eis geraten. Außer Kurt Zabels Besuchen im Hotel „Dornbusch" und seiner Ankündigung vom Silvestertag, er wisse, wo er Dehne treffen könne, hatte sie nichts vorzuweisen. Ob es nicht besser gewesen wäre, erst mal im Hafen Vitte zu recherchieren, ob sich einer der Zabels am Silvesterabend dort aufgehalten hätte, bevor man bei den Zabels mit der Tür ins Haus falle, hatte Bökemüller ihr entgegengehalten und auch wissen wollen, wie der Stand der Dinge im Fall Dehne war. Sie hatte berichtet, dass ihnen die Verdächtigen ausgingen und nun eigentlich nur noch Dehnes Schwester blieb, die am Silvesterabend aber auch nicht auf Hiddensee, sondern nur im Fährort Schaprode gesehen worden war. „Und? Haben Sie schon mal mit dem Fährpersonal gesprochen, ob Frau Dehne an Bord war?", hatte der Polizeichef nachgehakt.

Sie musste es verneinen. „Prima", hatte Bökemüller süffisant bemerkt. „Wie wollen Sie die Frau dann in die Enge treiben, liebe Kollegin? Sobald der Eisbrecher eine stabile Verbindung zwischen Rügen und Hiddensee möglich macht oder das Wetter eine regelmäßige Flugverbindung erlaubt, schicke ich von Stralsund einen Trupp los. Damp und Sie haben ihre Chance gehabt." Nelly war das Herz stehen geblieben, aber dann hatte sie doch noch gewagt zu fragen, ob sie die Ermittlungen einstellen solle. Bökemüller hatte eine Weile geschwiegen, bevor er geantwortet hatte. „Schauen Sie sich die Schwester des Opfers mal an. Aber vorsichtig. Versuchen Sie mehr über das Opfer herauszubekommen. Das werden Sie wohl schaffen und nicht noch größeren Schaden anrichten. Abgesehen davon, sollten Sie vielleicht lernen, erst zu denken, bevor Sie handeln."

Nach dieser Retourkutsche für ihr Vorpreschen gegenüber den gestrandeten Touristen in Vitte hatte er aufgelegt.

Nelly fuhr beim Revier in Bergen vorbei. Ihr Vorgesetzter war von Bökemüller schon über ihre Verfehlungen informiert. Der Revierleiter, Hauptkommissar Arthur Gottschalk, hatte sich über den Bericht des Polizeidirektors nicht gewundert.

„Liebe Frau Blohm, ich habe Sie schon oft gewarnt, unsere Grenzen nicht zu überschreiten, sondern zu respektieren. Die Abteilung Inneres wird sich mit Ihnen beschäftigen und ich prophezeie nicht zu viel, wenn ich sage, das wird Konsequenzen für Sie haben. Sie haben Glück, wenn es bei einer Abmahnung bleibt."

„Ich wollte doch nur …", versuchte sie sich zu verteidigen, doch Gottschalk ließ keinen Widerspruch gelten. Er stand aus seinem Sessel auf und stellte sich mit dem Rücken zu Nelly ans Fenster. „Ich schätze Ihr Engagement. Ich muss mir vorwerfen, Ihnen nicht öfter auf die Finger gehauen zu haben. Da hat auch für mich manchmal der Erfolg mehr gezählt als der ordnungsgemäße Umgang mit dem Datenschutz. Das werde ich auch zu Ihrer Verteidigung vorbringen und dafür meinen Teil der Verantwortung übernehmen. Aber was Sie sich in Vitte geleistet haben, das ging entschieden zu weit und wäre von mir nie", er drehte sich wieder zu ihr um und sah sie mit ernstem Gesicht an, „ich betone, *nie* geduldet worden."

Gottschalk setzte sich, nahm die Unterschriftenmappe, schlug sie auf und begann einen Brief zu lesen. Er würdigte sie keines Blickes mehr. Das Gespräch war beendet.

Als sie in ihren Wagen stieg, war sie verzweifelt. Sie schwankte zwischen Selbstvorwürfen und Frust über ihre Vorgesetzten. Ein flaues Gefühl im Magen ließ sie die Angst spüren, ihren Job als Polizistin zu verlieren. Und was dann? Gar nicht auszudenken! Was blieb ihr dann als Alternative? Ein unterbezahlter Job in einer Sicherheitsfirma?

Sie lenkte das Auto auf die Bundesstraße in Richtung Göhren. Hinter Baabe bog sie nach rechts ab. Von dort ging es über Middelhagen und Lobbe nach Thiessow. Die Straße verlief durch die Ausläufer der Baaber Heide in einer leichten Serpentine bergauf. Als sie aus dem Wald herausführte, hatte Nelly einen weiten Blick über die schneebedeckte Ebene des Mönchguts. Das Land sah aus wie mit Zuckerguss überzogen. Dahinter lag im winterlichen tiefen Sonnenlicht glitzernd der vereiste Greifswalder Bodden. Es schien eine endlose weiße Fläche zu sein. Dieses Naturschauspiel hatte sie noch nie erlebt. Gestern vom Hubschrauber aus hatte sie gedacht, nur die schmalen Gewässer zwischen Rügen und Hiddensee sowie die Buchten bei Wiek und Ummanz seien zugefroren, doch nun sah sie, wie Kälte und Frost die Landschaft verwandelt hatten. Sie trat auf die Bremse, um den Augenblick zu genießen, bevor sie die Straße im Tal nach Middelhagen hinabführte. Vorsichtig steuerte sie den Wagen hinter dem Ort durch die kurvenreiche Strecke nach Lobbe. Das kleine Straßendorf schien völlig ausgestorben. Dann führte die Straße parallel zum Ostseestrand nach Thiessow.

Das Restaurant von Steffi Dehne lag mitten im Ort. Es war später Vormittag, als Nelly direkt davor parkte. Ein Zettel an der Tür verriet, dass erst ab siebzehn Uhr geöffnet war. Nelly schaute durch die kleinen Fenster des Fachwerkbaus. Drinnen konnte sie nur erkennen, dass die Stühle noch hochgestellt waren. Aber es war niemand zu entdecken. Sie klopfte an die Eingangstür. Nichts rührte sich. Sie lief um das Haus. An der Giebelseite fand sich eine Tür mit der Aufschrift „Privat". Dort gab es auch eine Klingel. Nelly drückte den Knopf und hörte von drinnen ein lautes Läuten.

Wenig später öffnete ein junger Mann die Tür. Er streckte seinen Kopf mit sehr strubbeligen blonden Haaren heraus. „Was gibt's? Wir haben noch geschlossen."

„Polizei", antwortete Nelly.

Der Mann sah sie von oben bis unten an. „Soll das ein Witz sein?"

Nelly zückte ihren Dienstausweis und hielt ihn dem Mann vor die Nase. Wenn sie erwartet hatte, das würde ihn beeindrucken, so hatte sie sich getäuscht. Er öffnete die Tür etwas weiter, und ehe Nelly ihren Ausweis einstecken konnte, schnappte er sich die Plastikkarte und begann sie zu studieren.

„Gerade mal fünfundzwanzig und schon bei der Kripo", witzelte er. „Das Foto ist nicht so toll. In echt siehst du besser aus."

Sie riss ihm wütend den Ausweis aus der Hand. So was hatte ihr heute gerade noch gefehlt. „Wer sind Sie?", fragte sie barsch.

„Holla, jetzt die harte Tour?" Er grinste sie an. „Das steht dir doch gar nicht."

Nelly atmete tief durch. Sie warf den Kopf zurück. „Also, verraten Sie mir jetzt Ihren Namen?"

„Das klingt schon besser. Schenk. Andreas Schenk. Kellner von Beruf. Und was ist dein Begehr?", fragte er übertrieben höflich.

„Ich möchte mit Frau Dehne sprechen."

„Mit Steffi? Worum geht's?"

„Das würde ich gern mit ihr selbst klären."

„Warte hier."

Er lehnte die Tür an und verschwand. Sie hörte, wie er laut durch das Haus nach „Steffi" rief. Nelly schob die Tür auf. Vor ihr ein dunkler Flur. Am Ende eine Holztür mit einem Oberlicht. Sie umfing der typische Geruch aus den Nebengelassen einer Kneipe. Ein Gemisch aus abgestandenen Küchendüften von Bratenfett und Fleischsoße sowie den Ausdünstungen von Urin und Toilettenstein aus den Herrenklos. Die Tür am Ende des Flurs wurde aufgerissen. „Ich hatte doch gesagt, du sollst warten!", blaffte er sie an.

Hinter ihm tauchte eine Frau mittleren Alters mit blonden Haaren auf.

„Lass das, Andreas", sagte sie ärgerlich und schob ihn beiseite.

„Man muss sich auch nicht alles gefallen lassen", versuchte er noch einzuwenden, doch ein kurzer Blick von Stefanie Dehne brachte ihn zum Schweigen. Mit hochgezogenen Brauen ging er zurück in den Schankraum. Die blonde Frau streckte Nelly die Hand entgegen. „Stefanie Dehne. Sie sind sicher wegen des Todes meines Bruders hier?"

Nelly drückte der Frau die Hand und nickte dabei. Sie stellte sich kurz vor. „Ich bin eine der ermittelnden Beamten und da sind Fragen aufgetaucht, die nur Sie beantworten können."

Stefanie Dehne schaute Nelly einen Moment lang eindringlich an, dann hielt sie die Tür auf. „Dann kommen Sie mal rein."

Der Schrankraum war sehr dunkel. Die kleinen Fenster ließen nur wenig Licht herein. Dazu kam das trübe Wetter. Andreas Schenk war dabei, den Boden zu wischen. Die Wirtin nahm von einem Tisch die Stühle herunter. „Wollen Sie vielleicht was zu trinken? Küche ist noch nicht."

„Nein, vielen Dank", lehnte Nelly ab.

Die beiden Frauen setzten sich. Nelly holte ihren Notizblock heraus, hielt dann inne und schielte zu Andreas Schenk. Stefanie Dehne bemerkte es. „Keine Angst. Ich habe keine Geheimnisse vor Andreas. Er ist mein Lebensgefährte."

Nelly stutzte. Der Mann war mindestens zehn, wenn nicht sogar fünfzehn Jahre jünger als Stefanie Dehne.

Auch das blieb der Frau nicht verborgen. „Wo die Liebe nun mal hinfällt."

Nelly sammelte sich und versuchte sich zu konzentrieren. „Darf ich fragen, wie Sie vom Tod Ihres Bruders erfahren haben?"

Stefanie Dehne legte die Arme auf den Tisch und verschränkte die Hände. „Frau Leetz hat mich vor zwei Tagen angerufen und es mir gesagt. Auch dass die Umstände etwas unklar seien und die Polizei ermittle. Ich hatte deshalb eigentlich schon früher mit Ihrem Besuch gerechnet. Die Straßen hier auf Rügen sind ja nun schon länger frei."

Nelly wunderte der kühle Ton, in dem die Frau von ihrer Schwägerin sprach.

„Ich kam nicht von Hiddensee runter", antwortete sie. „Die Insel ist erst seit gestern per Hubschrauber wieder mit der Außenwelt verbunden. Wir wollten auch zunächst mit den Leuten auf der Insel sprechen, mit der Frau Ihres Bruders, seinem Personal und den Gästen." Nelly machte eine kurze Pause. „Vielleicht fangen wir ganz von vorn an. Wie war Ihr Verhältnis zu Ihrem Bruder Martin?"

Ein Lächeln flog über Stefanie Dehnes Gesicht. Sie beugte kurz den Kopf nach unten. Eine blonde Strähne rutschte von den streng nach hinten gekämmten und gegelten Haaren in ihr Gesicht. Sie strich sie zurück und klemmte die Spitze hinter das Ohr. „Das werden Ihnen doch bestimmt die Insulaner schon alles berichtet haben? Wir waren nicht wie Hund und Katze, aber hatten uns auch nicht mehr viel zu sagen, nachdem unser Vater Martin zum Alleinerben gemacht hat und er auch nicht bereit war zu teilen. Zu Ostern und Weihnachten ein Anruf. Zu den Geburtstagen schaute man vorbei für ein gemeinsames Essen. Selten trafen wir uns auch mal dazwischen. In letzter Zeit etwas öfter, weil Martin immer mal Fragen hatte, wie man eine Pension führt, wo man Lebensmittel bekommt, wie man in einem Hotel und Restaurant kalkuliert. Er hatte davon einfach keine Ahnung. Aber es ist doch wohl eher Zufall, wer des Bruders Schwester ist und umgekehrt. Das band mich jetzt nicht besonders an ihn und ihn auch nicht an mich."

„Wann haben Sie Ihren Bruder das letzte Mal gesehen?"

„Silvester. Er rief mich am Mittag aus Schaprode an, dass er mich sprechen müsse und ob wir uns in Bergen treffen könnten."

„Und haben Sie sich getroffen?"

„Ja, haben wir. Mir passte das gar nicht, denn wir hatten hier am Abend die Silvesterparty für die Leute aus dem Ort und die Touris, da war 'ne Menge vorzubereiten, aber ..."

„Was aber?"

Stefanie Dehne verzog kurz das Gesicht. „Er wirkte irgendwie ... wie soll ich sagen ... er war total runter, da dachte ich, du kannst ihn nicht hängen lassen, und bin nach Bergen gefahren. Wir haben uns dann dort in diesem Burgerrestaurant in der Nähe des Einkaufszentrums getroffen."

„Was wollte er?"

Stefanie Dehne lehnte sich zurück und verschränkte die Arme vor der Brust.

„Geld. Ganz schlicht Geld."

„Wie viel?"

„Zu viel."

Die Frau streckte sich, als müsse sie etwas abwerfen. „Er wollte einhunderttausend Euro ..."

„Einhunderttausend", rief Nelly überrascht aus.

„Ja, einhunderttausend. Habe ich aber auch nicht so in der Portokasse", erwiderte Stefanie Dehne mit einem säuerlichen Lächeln.

Auch Andreas Schenk, der jetzt ganz in der Nähe des Tisches wischte, grinste in sich hinein.

Die Frau stand auf, ging zum Tresen, schnappte sich einen Lappen und begann die glänzende Fläche abzuwischen. „Das mit dem Hotel war doch eine Schnapsidee von Martin. Ohne Erfahrung und finanzielles Hinterland so einen Luxusschuppen im Hochland von Hiddensee aufzumachen, ist der reine Wahnsinn. Hätte er nicht einfach ein paar nette Ferienwohnungen da reinbauen können, wo sich die Leute selbst versorgen und er sich um nicht mehr kümmern muss als die Endreinigung und das Wechseln der Bettwäsche und Handtücher. Das war einfach eine Nummer zu groß für Martin."

„So ähnlich habe ich das auch schon von anderen gehört."

„Sehen Sie! Aber er war unbelehrbar." Sie hielt mit dem Polieren der Tresenplatte inne. „Wissen Sie, wie ich hier kämpfen muss, um über die Runden zu kommen. Klar bleibt in der Saison was hängen und der Jahreswechsel bringt auch noch mal eine schöne Stange Geld. Aber in der Zwischenzeit … Ich kann mir einen Superkoch wie Mario Zakis nicht leisten, wenn ich mich auch frage, was der Junge dort will."

Stefanie Dehne sah, dass die Polizistin etwas verwundert schaute. „Mario ist ein bisschen verrückt, aber ein exzellenter Koch", erklärte sie. „Wahrscheinlich konnte er bei Martin machen, was er wollte. Andere Hoteliers oder Restaurantbesitzer kommen mit Marios Kreativität und cholerischer Ader meist nicht zurecht."

Nelly horchte bei diesen Worten auf, sagte aber nichts.

„Und für ein eigenes Restaurant reicht es bei Mario noch nicht. Dafür wäre er nicht nur viel zu chaotisch."

Sie hörte auf zu sprechen. Eine tiefe Furche zeigte sich auf ihrer Stirn. „Was wollte ich eigentlich sagen? … Ach ja. Ich muss hier auch immer mit ran. Andreas und ich schmeißen die Kneipe, der Koch und eine Gehilfin die Küche. Die Aushilfe kommt aber auch nur, wenn es nötig ist. Heute also zum Beispiel nicht. Jetzt ist Saure-Gurken-Zeit nach dem Jahreswechsel bis Ostern. Manchmal muss da für die Gäste auch nur die Mikrowelle reichen. Aber Martin? Immer raus mit der Kohle. Zwei Vollkräfte? Schon vor der Eröffnung!" Stefanie Dehne schüttelte den Kopf. „Ohne überhaupt Einnahmen zu haben. Von der Ausstattung der Bude mal ganz zu schweigen."

„Wollten Sie oder konnten Sie ihm nicht helfen?"

Stefanie Dehne wog den Kopf hin und her. „Die Idee mit dem Luxushotel und diesem besonderen Ambiente ist im Grunde nicht schlecht. Es kommen ja immer mehr Leute aus Berlin hierher nach Rügen und auch nach Hiddensee, die was anderes erwarten als das Normale. Da ist auch Geld. Viel Geld. Und sehen Sie sich doch mal auf der Insel um. Klar, für Familien mit Kindern sind die Ferienwohnungen ausreichend. Da muss man vielleicht mal noch was an der Ausstattung tun. Ohne DVD-Player und Espresso-Maschine können viele auch im Urlaub mittlerweile nicht leben. Aber denken Sie an die kinderlosen Paare mit Kohle und Anspruch. Da gibt's in Kloster das ‚Hitthim' und in Vitte das ‚Godewind'. Vielleicht noch die ‚Heiderose', aber sonst … also die Lücke ist da. Nur Martin war nun mal nicht der richtige Mann. Ludwig Matthies sagt das auch."

„Sie kennen Ludwig Matthies?"

„Klar. Schon lange. Wir waren mal ein Paar, bevor er Millionär und ich Wirtin wurde", berichtete Stefanie Dehne.

Andreas Schenk hatte aufgehört zu wischen und Stefanie Dehne bemerkte, wie er interessiert zuhörte.

„Bleib locker", rief sie ihm zu. „Keine Konkurrenz für dich und ich bin auch nicht mehr seine Liga."

Sie lachten beide über den Witz. Dann wandte sich Stefanie Dehne wieder Nelly zu.

„Ludwig und ich haben auch schon überlegt, ob wir nicht bei Martin einsteigen …"

„Aber uns hat Herr Matthies gesagt, er hätte kein Interesse …", warf Nelly ein.

„Ja, ja, wer's glaubt", meinte die Frau. „Über die Brücke möchte ich nicht gehen. Silvester hörte sich das jedenfalls ganz anders an."

„Silvester?", fragte Nelly nach.

Stefanie Dehne kam an den Tisch und setzte sich wieder.

„Ich habe ihn angerufen, nachdem ich mit Martin gesprochen hatte, und ihn gefragt, ob er nicht investieren will? Es sei jetzt vielleicht eine gute Gelegenheit. Ich habe wie gesagt keine Hunderttausend, aber Ludwig? Für ihn ist das nicht so ein Problem. Jedenfalls wollte er es sich überlegen und das wollte ich Martin sagen. Aber er hatte sein Telefon vergessen. Also bin ich dann noch nach Schaprode gejuckelt, habe gewartet, aber Martin kam nicht und dann rief Andreas an, dass hier die Hütte brennt. Da bin ich los."

„Stimmt. Sie wurden in Schaprode gesehen. Haben Sie denn auch Zeugen, die Sie so gegen achtzehn Uhr hier gesehen haben?"

Andreas Schenk hob den Arm. Er verfolgte das Gespräch der beiden Frauen offenbar sehr genau. „Sie war kurz nach sechs hier", rief er.

„Ich meinte eher jemanden, mit dem Sie vielleicht nicht per Tisch und Bett verbunden wären?"

„Vier Aushilfen, denen ich klarmachen musste, dass eine Silvesterparty bei mir kein Dorfbums ist, wo man anziehen kann, was man will", antwortete Stefanie Dehne. „Die habe ich alle noch mal nach Hause geschickt, um sich eine weiße Bluse und einen schwarzen Rock oder Hose anzuziehen. War alles ein bisschen knapp, denn Punkt sieben ging es los. Ich musste deshalb mit Andreas alles eindecken. Ich hatte Stress und keine Zeit, meinen Bruder umzubringen, falls Sie das meinen." Der Tonfall der Frau war am Ende recht scharf. „Sie müssen verstehen, dass wir … Entschuldigen Sie, aber es ist im Moment ein wenig zu viel für mich. Martin war doch mein Bruder."

Nelly stand auf. „Danke für Ihre Auskünfte."

Sie war enttäuscht. Auch ihre letzte Verdächtige schien aus dem Schneider zu sein. Sicher würde ihr jetzt endgültig der Fall abgenommen werden. Sie verabschiedete sich und ging zur Tür.

„Haben Sie eigentlich schon Ludwig gefragt, ob er Martin am Hafen in Vitte gesehen hat?", rief ihr Stefanie Dehne noch nach.

Nelly drehte sich abrupt um. Die Frau war wieder zu ihrem Tresen gegangen und wischte erneut mit dem Lappen über die glänzenden Flächen.

„Ich habe ihn noch angerufen, nachdem ich Martin in Schaprode nicht getroffen hatte. Ich habe Ludwig gebeten, zum Hafen in Vitte zu fahren und mit Martin zu reden, ob er ihm helfen könne. Martin brauchte das Geld ja bis zum zweiten Januar. Und dann auch noch in bar. Er hatte sich auf irgendeinen Deal eingelassen, fremdes Geld ausgegeben … Ich weiß auch nicht."

„Fremdes Geld", wiederholte Nelly nachdenklich. Ihr schoss ein Gedanke durch den Kopf. Sie sah das Bild von Ulrike Stein vom Flughafen Hamburg vor sich. „Wissen Sie noch mehr darüber? Von wem er das Geld erhalten hat?"

Stefanie Dehne schüttelte den Kopf. Dann warf sie den Lappen in das volle Waschbecken, das Wasser spritzte heraus. „Ach Scheiße, warum musste das Martin passieren." Sie begann zu weinen.

XXXVII

Damp hatte die Beine unter dem Besprechungstisch im Zimmer des Bürgermeisters ausgestreckt, drehte einen Kugelschreiber zwischen den Händen und hörte desinteressiert mit halb geschlossenen Augen dem Inselmeteorologen zu. Mit seinen Gedanken war er ganz woanders. Er hatte immer noch schlechte Laune. Bökemüller hatte ihn beleidigt, Nelly Blohm ihn hintergangen und für den Mord an Dehne fehlten ihm die Verdächtigen. Irgendwann würde eine Truppe aus Stralsund kommen und den Fall übernehmen. Er konnte also die Füße stillhalten.

„Es nähert sich die nächste Schlechtwetterfront. Sie ist jetzt über Schleswig-Holstein", erklärte unterdessen Georg Elm. „Wir sollten uns also nicht von der Wetterberuhigung am Morgen und jetzt am Vormittag täuschen lassen. Das ist die Ruhe vor dem Sturm, im wahrsten Sinne des Wortes. Böen von Windstärke sieben bis neun aus West werden die Insel am Nachmittag erreichen, dazu ein dichtes Wolkenfeld, bis oben hin voll mit Schnee. Zwischen zehn und fünfzehn Zentimeter Neuschnee sind zu erwarten."

‚Noch ein Grund mehr, nichts zu tun', dachte Damp bei sich. Zwar graute ihm vor seiner Wohnung, aber er hatte auch keine Lust mehr, durch den Schnee zu stapfen und zu frieren. Es hatte doch sowieso keinen Sinn.

„Für den Flugverkehr zwischen Schaprode und Vitte sehe ich schwarz", beendete Elm seinen Bericht. „Für die nächsten Tage mache ich euch auch keine große Hoffnung auf Wetterbesserung. Abends und nachts beruhigt sich die Lage zwar, aber ab Mittag geht es dann immer wieder los mit Sturm und Schnee. Der Wetterfilm sieht aus wie der Wellengang auf der Ostsee." Er schaltete das Bild auf seinem Monitor um. Der Krisenstab sah nun den Film des Wettersatelliten. „Seht ihr? Die dicken Wolkenstreifen sind wie Wellenkämme, vollgepackt mit Schnee, und dazwischen die klaren Felder sind die Wellentäler. Die bedeuten Wetterberuhigung. Ab und zu schaut dann die Sonne raus." Elm schien ganz verliebt in seine meteorologische Poesie. „Ist das nicht fantastisch?"

„Das hilft uns jetzt nicht weiter."

Bürgermeister Förster hatte offenbar keinen Sinn für den Zauber der Natur. „Das sind keine guten Aussichten für unsere Versorgungslage, denn auch vom Eisbrecher ‚Vilm‘ gibt es schlechte Nachrichten. Er hat einen Schaden an der Ruderanlage, hat mir heute Morgen die Schifffahrtsdirektion mitgeteilt. Grund sei die Belastung des Schiffs in den vergangenen Tagen."

Einige am Tisch konnten sich ein Lachen nicht verkneifen. „Wozu ist er auch Eisbrecher geworden", rief Barnhöft aus und schlug sich mit der flachen Hand an den Kopf.

„Die ‚Vilm‘ ist also nach Stralsund zurück", berichtete Förster weiter, „und wie lange dort die Reparatur dauert, ist unklar. Schöne Scheiße."

„Gibt's denn bei euch was Neues?", riss Supermarktdirektor Hansen Damp aus seinen Gedanken. „Habt ihr denn nun einen Verdächtigen?"

Damp riss die Augen auf, als müsse er erst mal richtig wach werden. Dann schüttelte er den Kopf. „Nichts. Alle unschuldig. Jedenfalls von der Papierform." Er ärgerte sich, dass er mehr preisgegeben hatte, als er wollte. Aber Hansens Frage hatte ihn überfahren. „Mehr darf ich auch nicht sagen. Eigentlich sollte Verstärkung kommen, aber bei dem Wetter …"

„Und deine hübsche Kollegin? Kommt die wieder?", fragte Barnhöft mit einem Augenzwinkern.

Damp zuckte mit den Achseln. „Sie überprüft ein paar Dinge auf Rügen. Mehr kann ich euch beim besten Willen nicht sagen. Das sind ermittlungstaktische Dinge."

„Die Leute sind schon beunruhigt", wandte sich Förster an den Inselpolizisten. „Ist ja klar bei der Situation. Alle glauben, der Mörder ist noch auf der Insel und könnte wieder zuschlagen."

Damp ging in sein Büro und knallte die Tür hinter sich zu. Bökemüller hielt ihn für eine Null und Förster wollte Ergebnisse. Er spürte, wie sich die Wut in seinem Körper anstaute. Aber er wusste keinen Weg sie rauszulassen. Niemandem konnte er es recht machen. Er stellte sich ans Fenster und steckte mit einem Ruck die Hände in die Taschen. Draußen landete gerade wieder der Helikopter aus Stralsund. Ein paar Hiddenseer warteten bereits, um damit nach Rügen zu kommen. Außerdem stand auch wieder einer der Containerwagen der Insellogistik bereit. Die Versorgungslage hatte sich durch die Luftbrücke deutlich verbessert. Es gab sogar schon wieder frische Brötchen. Das gelbe Postauto rollte auch zum Landeplatz. Seit gut einer Woche sollte es nun auch das erste Mal wieder Post und Zeitungen für die Insel geben.

Der Hubschrauber schwebte zu Boden. Eine Schneewolke wurde aufgewühlt und legte sich wie Mehlstaub über die Menschen und Fahrzeuge. Kaum standen die Rotoren still, sprang Carl Groth aus dem Cockpit und öffnete die Tür zum Passagierraum, klappte eine kleine Leiter aus und Leute begannen aus dem Hubschrauber zu steigen. Dann lief er zum Heck, zog die Hecktüren auf und gab den Männern von Post und Insellogistik das Zeichen, mit dem Auslagen zu beginnen.

Damp schaute, wer angekommen war. Darunter waren drei Männer in blauen Latzhosen und Wattejacken, darauf das aufgenähte Symbol der Reederei Hiddensee. In der Hand trugen sie prall gefüllte Plastiktüten. Es war die Crew der kaputten Fähre „Vitte", die in Schaprode lag. Damp schoss ein Gedanke durch den Kopf. Er schnappte sich Mütze und Jacke, stürmte nach draußen, blieb aber kurz in der Tür stehen, drehte sich um und griff noch schnell nach der Ermittlungsakte. Dann rannte er los.

Die Männer waren gerade dabei, sich voneinander zu verabschieden, als Damp auf sie zugelaufen kam. „Halt!", rief er, „ich muss mit euch reden."

Die Männer sahen den Polizisten verdutzt an.

„Damp, was soll das?", fragte der Kapitän der „Vitte", Bruno Mann. „Wir wollen endlich nach Hause. Seit einer Woche haben wir auf dem blöden Schiff gehangen und gewartet. Lass uns in Ruhe!"

„Geht nicht", erklärte Damp in einem Ton, der keinen Widerspruch dulden sollte. „Es geht um Mord!"

Die drei fingen an zu lachen. „Spiel dich doch nicht immer so auf", meinte Ulrich Thurow. Er war Maschinist auf der „Vitte". Auf seinen Sachen waren auch deutliche Spuren von Öl und Schmiere zu sehen.

Damp blickte sie finster an. Dann griff er in seine Mappe, holte ein Bild von Martin Dehne raus und hielt es den Männern vor die Nase. „Dieser Mann ist am Silvesterabend im Hafen von Vitte ermordet worden. Und er ist vorher mit euch gefahren. Hat einer von euch ihn an Bord gesehen?"

Bruno Mann schüttelte den Kopf. „Ich war den ganzen Tag auf der Brücke und hatte genug mit dem An- und Ablegen zu tun bei dem Wetter und dem Eis. Ich bin gar nicht runter."

Auch Ulrich Thurow zuckte mit den Schultern. „Auf Deck war nur Matti. Er hat die Fahrscheine kontrolliert."

Matti Witt nahm Damp das Bild aus der Hand und schaute es genauer an. Dann legte er den Kopf etwas schief. „Tja, könnte der Spinner gewesen sein, der mit seinen Skiern aufs Schiff wollte, aber keinen Frachtschein hatte. So mit dem Bart, das könnte schon hinkommen. Aber die sahen mit ihren Mützen, Jacken und Schals alle aus wie ... ich weiß auch nicht. Er hatte noch so ein Basecap auf, ein braunes Basecap. Aber das Schiff war auch so voll, ich könnte nicht mit Sicherheit sagen, dass er es war. Da waren dann auch noch mehr Leute mit Skiern. Die haben wir dann einfach so raufgelassen, sonst wären wir nicht mehr weggekommen."

„Du musst doch Dehne erkennen", entgegnete Damp. „Er war doch sicher früher dein Lehrer."

Matti schüttelte den Kopf und die beiden anderen grinsten.

„Matti ist ein Zugereister", erklärte der Kapitän. „Eingefangen von der holden Weiblichkeit. Ein Beute-Insulaner."

Matti zuckte mit den Schultern. „Ich kann dir nicht helfen. Kann schon sein, dass es dieser Mann war. Er hatte jedenfalls einen Inselfahrschein."

„Hat er an Bord mit jemandem gesprochen?", fragte Damp weiter.

„Du, ich hab da noch zwei, drei Dinge an Bord zu tun, bei Eisgang sowieso, und kann nicht die ganze Zeit glotzen. Ich muss hinten stehen und schauen, ob uns nicht eine Scholle an der Schraube erwischt", antwortete Matti. „Der Typ mit dem Basecap stand jedenfalls die ganze Zeit unten auf der Plattform für die Fahrzeuge und wird sich schön den Arsch abgefroren haben."

„Hast du gesehen, ob er in Vitte von jemandem erwartet wurde?"

„Mensch, Damp, weißt du, was hier los war. Im Hafen waren Himmel und Menschen", entrüstete sich Thurow. „Du bist doch auch nicht erst seit Neujahr auf der Insel. Silvester kannste im Hafen nicht treten, wenn die Fähre ankommt. Außerdem sehen wir doch dort hinter der Schranke nicht, wer wen begrüßt."

„Wart mal", sagte Kapitän Mann. „Ich bin runter vom Schiff, um zu telefonieren, weil mit der Maschine schon nicht mehr alles rund lief und hinten am Kai war schon keiner mehr. Ich bin vor zum Schalter am Deich. Da war auf alle Fälle einer mit Skiern. Der hatte auch ein Basecap auf. Hat die Dinger oben auf dem Deich angeschnallt. Der ist dann Richtung Sprenge auf dem Deich lang …"

„In Richtung der ‚Caprivi'?", bohrte Damp nach.

„Genau. Richtung ‚Caprivi'. Aber getroffen hat der niemanden. Jedenfalls nicht im Hafen."

Damp steckte das Foto wieder ein. „Ihr müsst morgen noch mal bei mir vorbeikommen, damit ich eure Aussagen aufnehmen kann. Danke jedenfalls."

Die drei Männer verzogen kurz das Gesicht. „Wenn's denn sein muss?", antwortete Matti Witt genervt. Dann gingen sie in verschiedene Richtungen davon. Damp stand noch am Zugang zum Flugfeld.

Er beobachtete, wie der Hubschrauber startete und langsam in die Höhe schwebte. Vielleicht hatte Dehne sich mit seinem Mörder an der „Caprivi" verabredet, überlegte Damp. Da tippte jemand ihm von hinten auf die Schulter. Als er sich umdrehte, stand Dora Ekkehard vor ihm.

„Weißt du, was mit Malte passiert ist?", fragte sie ihn.

„Mit Malte? Was soll mit ihm passiert sein? Ich habe ihn seit gestern Morgen nicht mehr gesehen. Du kümmerst dich doch immer so rührend um ihn."

„Ich habe ihn gestern auf der Straße nach Neuendorf aufgesammelt. Er hatte einen Verband um den Kopf. Angeblich ist ihm ein Ast auf den Kopf gefallen …"

„Kann doch sein? Förster wollte, dass ich ihm sage, er soll sich mal um die umgekrachten Bäume in der Dünenheide kümmern. Vielleicht hat er nicht aufgepasst?"

„Quatsch, Malte ist noch nie ein Ast auf den Kopf gefallen. Da muss irgendwas passiert sein. Sobald man ihn danach fragt, sieht er einen an, als wäre ihm der Leibhaftige begegnet. Mir hat er verboten, in die Heide zu gehen. Würde ich bei dem Wetter sowieso nicht tun, aber … Kannst du nicht mal mit ihm reden?"

„Du, ich hab echt den Kopf voll wegen des toten Hoteliers. Vielleicht heute Abend. Ich sehe dann mal bei ihm vorbei." Im Stillen hoffte Damp, eine bequeme Übernachtung bei Malte herauszuschlagen.

Das Klingeln seines Handys riss ihn aus seinen Gedanken. Er zog es aus seiner Jacke und nickte Dora entschuldigend zu. Laura Ihlow war dran. „Die Kinder sind weg", schrie sie mit schriller Stimme.

XXXVIII

Samtens war ein zerrissenes Straßendorf. Nelly hatte über eine Stunde gebraucht, um von Thiessow über Putbus und Garz zum Rathaus des Ortes zu kommen. Jetzt ärgerte sie sich, nicht die B 196 gefahren zu sein, denn die Straßen der Nebenstrecke waren schlecht geräumt worden. Nur langsam war es auf der festgefahrenen Schneedecke vorangegangen. Alle waren mit ihren Autos geschlichen aus Angst, bei der Glätte ins Schleudern zu kommen oder in den Straßengraben zu rutschen.

Nelly mochte aber diesen Weg durch das Rügener Hinterland mit den schönen Alleen und verschlafenen Dörfern, auch wenn die kahlen Kopfweiden und schneebedeckten Felder am Straßenrand sie immer traurig stimmten. Heute passte die Landschaft zu ihrer Gemütslage. Nach dem Besuch bei Martin Dehnes Schwester hatte sie noch keine Lust gehabt, ins Revier nach Bergen zurückzufahren und dort im Büro Däumchen zu drehen oder an irgendeine Kreuzung kommandiert zu werden, um den Verkehr zu regeln, weil in der Kälte die Ampeln ausgefallen waren. Vor sich selbst rechtfertigte sie ihren Ausflug nach Samtens, um weiteres Material über Martin Dehne zu sammeln. Vielleicht ergab sich doch noch ein neuer Ansatzpunkt für die Ermittlungen. Die Information über ein mögliches Treffen von Ludwig Matthies mit Martin Dehne am Silvesterabend im Hafen von Vitte war doch schon mal ein Ansatz. Nelly drückte sich aber davor, Damp anzurufen, um ihm diese Information zu geben. Zum einen immer noch aus Scham, weil sie ihm ihren Alleingang verheimlicht hatte und er auch, durch sie verschuldet, von Bökemüller von den Ermittlungen ausgeschlossen worden war. Zum anderen, weil sie mit dieser Information glänzen und vielleicht ihre Scharte ein wenig auswetzen konnte, wenn das angekündigte Stralsunder Team die Ermittlungen übernahm. Vielleicht wäre es der entscheidende Tipp in diesem Fall. Das wäre allerdings Damp gegenüber auch wieder unfair. Aber musste sie nicht auch ihre eigene Haut retten und in dem anstehenden Verfahren der Abteilung Inneres eine gute Figur abgeben? Sie wollte nicht zur Streifenpolizistin degradiert werden. Immer wieder hatte sie auf der Fahrt nach Samtens das Für und Wider abgewogen, war aber bislang zu keiner Entscheidung gelangt.

Hiddensee unterstand seit ein paar Jahren der Amtsverwaltung in Samtens. Die Einwohner der kleinen Insel empfanden das als Schmach. Für jede bürokratische Kleinigkeit mussten sie nun nach Rügen. Zuletzt hatten sie sogar noch das Standesamt an Samtens verloren, sodass nicht einmal mehr Eheschließungen auf der Insel stattfinden konnten. Bürgermeister Förster hatte in seinem Wahlkampf angekündigt, diesen Zustand zu beenden und wenigstens das Recht auf standesamtliche Trauungen für Hiddensee zurückzugewinnen. Das war immerhin in den Übergangszeiten im Frühjahr und Herbst keine schlechte Einnahmequelle für Hoteliers und Wirte gewesen. Es hatte viele Fans der Insel gegeben, die dort auch gern den Bund der Ehe schließen wollten. Momentan waren jedoch nur kirchliche Trauungen möglich, deren Nachfrage aber deutlich geringer war. Förster wollte das Asta-Nielsen-Haus am Nordrand von Vitte entsprechend herrichten lassen. Dort hatte der Stummfilmstar in den zwanziger und frühen dreißiger Jahren des letzten Jahrhunderts die Sommer verbracht. Nun stand es leer, nachdem die letzten Mieter ausgezogen waren. Aber es fehlte noch das Geld für eine gründliche Sanierung.

Nelly meldete sich an der Rezeption des schlichten Zweckbaus, zeigte ihren Ausweis und fragte, ob es hier eine gewisse Carla gäbe, die vielleicht mit Meldeangelegenheiten zu tun hätte.

„Carla gibt's, na klar", antwortete die Frau am Schalter fröhlich. „Die Carla Schön. Brauchen Sie einen neuen Ausweis?"

„Nein. Ich muss sie dringend sprechen."

„Klar! Bei der Polizei ist es immer dringend." Die Rezeptionistin sah auf die Uhr. „Das könnte allerdings schwierig werden. Ist schon Mittag. Wenn ich mich nicht täusche, ist Carla vorhin raus, mal kurz nach Hause. Ist ja gleich über die Straße. Aber die Kinder brauchen auch ihr Essen. Sie verstehen?"

Die Mutter in Nelly verstand, die Polizistin nicht unbedingt. Sie konnte auch nicht während des Dienstes mal schnell nach Lukas sehen, sondern musste immer Kopfstände machen und ihre Mutter organisieren, wenn der Kindergarten früher schloss oder ihr Sohn krank war.

„Können Sie mir sagen, wo Frau Schön wohnt?"

„Gleich da drüben, in den neuen Häusern in der Neubaustraße. Kommen Sie mal mit."

Die Frau kam hinter ihrem Tresen vor und ging mit Nelly vor die Tür. „Muss ja mächtig dringend sein", versuchte die Empfangsfrau Nelly noch ein paar Informationen zu entlocken. Aber Nelly sagte nichts. Draußen vor der Tür zeigte die Frau nach links auf mehrere neu gebaute Mehrfamilienhäuser. „Gleich im zweiten Block der erste Eingang. Da wohnen die Schöns."

Nelly bedankte sich und lief zu den Häusern. Sie klingelte an der Haustür. Die Tür wurde aufgerissen. „Es wird ja wohl auch Zeit", rief ihr eine zierliche rothaarige Frau in einer bunten Schürze entgegen. „Ich warte schon seit … " Sie verstummte. „Wer sind Sie?"

Nelly zeigte ihren Dienstausweis.

„Das passt mir jetzt eigentlich gar nicht. Ich warte auf meine Tochter. Sie sollte längst da sein." Die Frau riss die Augen angstvoll auf. „Es ist doch nichts mit Sophie?"

„Nein, keine Sorge", beruhigte Nelly sie. „Ich habe ein paar Fragen zu Martin Dehne."

„Zu Martin?", entgegnete Carla Schön verwundert. „Wieso?"

„Er wurde ermordet."

Carla Schön war starr vor Schreck und ließ das Geschirrtuch fallen, das sie in der Hand hielt. „Martin? Ermordet?"

„Können wir vielleicht reingehen?"

Die Frau hob ihr Tuch auf und gab dann die Tür frei. Drinnen sah es aus wie in einem bekannten schwedischen Möbelhaus. Familie Schön hatte sich offensichtlich vollständig mit dessen Klassikern an Regalen, Schränken und Polstermöbeln ausgestattet. Auch das Geschirr auf dem Tisch musste aus dem Geschäft stammen.

„Ich kann es nicht fassen … Martin ermordet?"

Carla Schön bat Nelly, doch in einem hölzernen Freischwinger mit nicht mehr ganz weißem Polster Platz zu nehmen. Sie selbst setzte sich auf ein Sofa, das auch mit weißem Stoff überzogen war.

Nelly zog Notizblock und Stift aus der Jacke, schlug ein neues Blatt auf und schrieb den Namen der Zeugin darüber.

„Wann haben Sie Martin Dehne das letzte Mal gesehen?"

Carla Schön überlegte kurz. „Vorige Woche, zwischen den Feiertagen. Er brachte mir seine Unterlagen vorbei. Eigentlich haben wir da zu, aber Martin hatte mich kurz vor Weihnachten angerufen und es ganz dringend gemacht, weil er wieder geheiratet hatte und noch alles vor dem Jahreswechsel klären wollte. Wegen der Steuerklasse und so. Ich war vielleicht baff, als er mir das mit der Hochzeit erzählt hat. Er wollte es auch nicht an die große Glocke hängen. Ich sollte den anderen nichts davon sagen."

„Welchen anderen?"

„Na, den anderen vom Chor. Vom Bergener Kirchenchor. Wir singen da … äh, sangen da zusammen." Sie schüttelte den Kopf, als könne sie es immer noch nicht begreifen.

„Warum sollten die anderen nichts davon wissen?", fragte Nelly nach.

„Keine Ahnung. Vielleicht schämte er sich. Mit seiner Frau war es ziemlich elend zu Ende gegangen. Er war damals ganz schön von der Rolle. Vielleicht glaubte er, wegen Kirche und so würden wir ihn verurteilen, dass er nun nicht auf ewig Witwer geblieben ist. Was weiß ich."

„Waren Sie denn enger mit ihm befreundet?"

„Ach, ganz und gar nicht. Wenn man sich einmal in der Woche sieht, schließt man nun nicht die großen Freundschaften. Für mich ist das auch nur die Chance, mal aus dem Familienchaos herauszukommen und einen Abend abzuschalten."

Wie aufs Stichwort wurde die Tür geöffnet und ein etwa vierzehnjähriges Mädchen kam herein, von Haarfarbe, Gesichtszügen und Figur eindeutig die Tochter der Mutter. In der Hand hielt sie ein Smartphone, auf das sie heftig eintippte.

„Sophie, wo warst du wieder? Dein Unterricht ist schon über eine Dreiviertelstunde …"

Das Mädchen sah kurz auf. „Mensch, Mama, musst du immer so einen Stress machen." Dabei tippte sie weiter.

„Aber ich habe nicht ewig Mittagspause."

Erst jetzt nahm Sophie Nelly wahr und schaute dann fragend zu ihrer Mutter.

„Das ist eine Polizistin."

Nelly registrierte, dass Sophie blass wurde. Wahrscheinlich fielen ihr ein paar Sünden ein, die ihre Mutter besser nicht erfahren sollte.

„Von … von der Polizei. Wieso?", stotterte sie. „Ich …"

„Es geht dieses Mal nicht um dich", antwortete Carla Schön. An Nelly gewandt erklärte sie: „Wir hatten schon zweimal Besuch von Ihren Kollegen. Einmal ist sie in einer Disco mit Haschisch erwischt worden und einmal war sie so betrunken, dass sie an der Bushaltestelle von einer Streife aufgelesen und hier abgeliefert wurde. Nicht wahr, mein Kind?"

Sophie verzog die Augenbrauen und verschwand sicherheitshalber aus dem Blickfeld ihrer Mutter.

„Aber auf den Chorreisen muss man sich doch sicher besser kennengelernt haben", setzte Nelly das Gespräch fort.

Carla Schön war verwundert. „Welche Chorreisen?"

Jetzt war Nelly erstaunt: „Ein Zeuge hat uns erzählt, dass der Chor immer wieder Reisen gemacht hat und Martin Dehne mitgefahren sei."

„Das kann nicht sein. Es geht zwar manches an mir vorbei, aber bei einer Chorreise wäre ich bestimmt dabei gewesen, schon um mal meinen lieben Mann mit unseren drei Kindern allein zu lassen, damit er mal weiß, was hier so abgeht."

Nelly schrieb „Chorreise/Blank" auf ihren Block und machte ein großes Fragezeichen dahinter. „War denn jemand aus dem Chor enger mit Martin Dehne befreundet?"

Carla verzog den Mund. „Keine Ahnung. Ich komme immer auf den letzten Drücker, und wenn die anderen noch auf ein Bier los sind, bin ich meist nach Hause. Mein Mann arbeitet im Hafen Mukran. Schicht. Das ist aber eher Theorie. Er kann es oft nicht absehen, wann er nach Hause kommt. Wenn noch ein Schiff verspätet reinkommt und schnell entladen werden muss, kann er als Lademeister nicht weg. Hier tanzen dann die Mäuse auf dem Tisch, wenn keiner zu Hause ist. Aber fragen Sie doch mal den Kantor von der Kirche in Bergen. Der ist auch der Chorleiter. Klaus Thürsam. Oder noch besser: Heike Theusing. Die war mit Martin im Chorvorstand. Der habe ich es auch ausgeplaudert." Carla Schön machte ein verschwörerisches Gesicht und beugte sich näher zu Nelly. „Als ich sie am ersten Feiertag in der Kirche in Bergen getroffen habe. Wie man so unter Frauen mal schnell quatscht. Die war auch total überrascht."

„Haben Sie eine Adresse von Frau Theusing? Den Kantor finde ich sicher im Pfarramt."

„Nein, tut mir leid. Geht doch heute alles per Mail. Aber Heike wohnt in Bergen, nicht weit von der Marienkirche, gleich da irgendwo am Markt wahrscheinlich. Als einer von den Tenören mal bei der Probe sein Wasserglas runtergeschmissen und sich dann noch an den Scherben geschnitten hat, ist sie losgerannt und hat von zu Hause Pflaster und Verbandszeug geholt. Keine zehn Minuten, da war sie wieder da."

Als Nelly wieder in ihrem Wagen saß, rief sie im Revier Bergen an und wollte die Adresse von Heike Theusing recherchiert bekommen. Die Geschichte mit den angeblichen Chorreisen kam ihr doch sehr verdächtig vor. Aber die Kollegen waren im Einsatz oder in der Mittagspause. Sie hinterließ die Bitte, ihr doch so schnell wie möglich die Adresse mitzuteilen. Auch im Pfarramt von Sankt Marien war nur der Anrufbeantworter eingeschaltet.

Sie schaute durch die Frontscheibe. Während in Richtung Osten noch blauer Himmel zu sehen war, näherten sich von Westen dunkle Wolken. Die Fahnen der Amtsverwaltung flatterten straff im Wind. Wahrscheinlich würde es bald wieder schneien. Ob Hiddensee schon wieder im Neuschnee versank? Nelly lehnte sich zurück. Sie überlegte, was sie noch tun könnte, um nicht ins Revier fahren zu müssen. Sie könnte bei der „Inselbau" in Prora vorbeischauen und mit der Geschäftsführerin reden, wie es um die Schulden von Dehne stand. Ob sie sich auf den Deal eingelassen hatte, dass ihre Firma alle Arbeiten am Hotel „Dornbusch" erledigte, aber dafür erst bezahlt wurde, wenn es Einnahmen geben würde. Bevor sie sich auf die Strecke machte, wollte Nelly bei der Geschäftsführerin Frau Wunderlich anrufen, ob sie überhaupt zu sprechen war, denn bei dem drohenden Wetterumschwung wollte sie nicht unbedingt umsonst quer über Rügen fahren. Sie besorgte sich über die Auskunft die Nummer der „Inselbau" und ließ sich gleich zu Frau Wunderlich durchstellen.

Die Geschäftsführerin hatte schon vom Tod Dehnes gehört, schien aber nicht besonders geschockt und besorgt.

„Ihnen droht doch nun, viel Geld zu verlieren?"

„Warum?", entgegnete Frau Wunderlich. „Es ist immer noch eine gewisse Summe offen, aber Herr Dehne hat kurz vor Weihnachten einen Großteil der ausstehenden Summe beglichen. In bar."

„Beglichen? Mit welchem Geld?", wandte Nelly überrascht ein.

„Das kann mir ja egal sein. Bezahlt ist bezahlt. Jetzt ist die Summe überschaubar, sodass wir bei einer Zwangsversteigerung keinen allzu großen Verlust haben werden. Wir sind wahrscheinlich immer noch der größte Gläubiger und hätten dadurch Anspruch auf den Großteil der erlösten Summe", stellte die Geschäftsfrau sachlich fest.

„Hat Herr Dehne Ihnen gegenüber denn gar keine Andeutung gemacht, wie er plötzlich zu Geld gekommen ist?"

„Wie ich schon sagte", kam es leicht genervt vom anderen Ende der Leitung, „mir war das egal. Vielleicht hat er einen Teil des Geschäfts verkauft. Interessenten gab es ja."

„Was meinen Sie damit?"

„Mich haben mehrere Leute angerufen und gefragt, wie groß die Außenstände des Hotels ‚Dornbusch' seien, wahrscheinlich mit dem Hintergedanken einzusteigen."

„Namen?"

Frau Wunderlich seufzte. „Darüber würde ich ungern sprechen und damit vielleicht jemanden in Schwierigkeiten bringen."

„Es geht hier um eine Mordermittlung", legte Nelly nach.

„Gut, gut." Frau Wunderlich machte eine kurze Pause. „Herr Matthies von der Lietzenburg und Herr Zabel. Dieser Zabel baut sich wohl eine neue Existenz auf Hiddensee auf. Er will auf der Insel groß ins Vermietungsgeschäft einsteigen. Matthies rief mich sogar Silvester an …"

„Wann?", unterbrach sie Nelly. Sie war völlig aufgeregt, nachdem sie die beiden Namen gehört hatte.

„Am späten Nachmittag. Keine Ahnung, wie spät es genau war. Aber es war schon dunkel. Das weiß ich noch, weil ich zum Telefonieren auf den Balkon gegangen bin und die ersten Raketen abgeschossen wurden."

Nelly bedankte sich für die Auskunft und beendete das Gespräch. Sie musste Damp sofort informieren. Vielleicht konnten sie beide mit diesem Wissen doch noch den Fall lösen. Sie hatte sich entschieden, Damp über Matthies' Geschäfte mit Dehne und seine falschen Angaben zu seinen Kontakten mit dem Hotelier zu informieren. Das war sie ihm schuldig. Doch bevor sie die Nummer ihres Kollegen wählen konnte, brummte ihr Handy. Zu ihrem Erstaunen wurde Damps Nummer im Display angezeigt.

„Ich wollte Sie auch gerade …"

Weiter kam sie nicht. Sie wurde bleich, als sie hörte, was Damp berichtete. Die beiden Kinder von Isa Leetz waren verschwunden. Die Polizeidirektion Stralsund konnte keine Verstärkung schicken, denn dort tobte der Sturm schon so heftig, dass der Helikopter nicht mehr aufsteigen konnte.

„Können Sie irgendwie auf die Insel kommen? Vielleicht über den Bug? Da ist es nicht weit übers Eis bis nach Hiddensee? Ich weiß, was ich von Ihnen verlange, aber ich brauche dringend Ihre Hilfe."

Damp klang völlig durcheinander. „Ich könnte Sie am Bessin abholen. Barnhöft würde den Weg bis zum Enddorn frei pflügen …"

Nelly schaute wieder aus ihrem Auto in den Himmel. Die Wolkenbänder rasten südlich auf Rügen zu. „Ich komme. Ich melde mich, wenn ich weiß wie."

Sie legte auf, griff unter den Beifahrersitz nach dem Blaulicht. Dann startete sie den Wagen und raste ohne Rücksicht auf Schnee und Eis los.

XXXIX

Damp hoffte, dass Nelly Blohm noch rechtzeitig vor dem aufkommenden Sturm einen Weg nach Hiddensee finden würde. Er stand in dem kleinen Büro von Laura Ihlow unter der Treppe und schaute in den Garten des Hotels. Dort stand ein kleiner Schneemann. Wahrscheinlich hatten ihn die Kinder in den letzten Tagen gebaut. Drum herum waren viele kleine Fußspuren zu sehen. Jetzt waren die beiden Jungen verschwunden. Nur hier hatte Damp Schwäche gezeigt, als er Nelly gebeten hatte, ihm zu Hilfe zu kommen. Gleich musste er wieder in die Rolle des Polizisten mit Übersicht schlüpfen und Ruhe ausstrahlen, obwohl er selbst nicht wusste, wo ihm der Kopf stand, und er sich von seinen Kollegen in Stralsund allein gelassen fühlte.

Bökemüller hatte die Angelegenheit abgewiegelt. Auf Hiddensee könne schon keiner verloren gehen. Bestimmt würden die Kinder bald wieder, von der Kälte getrieben, nach Hause kommen. Mit Blick auf das Wetter wäre es erst am Abend möglich, zwei Mann zusätzlich mit dem Hubschrauber nach Hiddensee zu schicken. Bis dahin solle er versuchen, die Sache „mit Bordmitteln" zu händeln. „Nur keine Panik", waren die Worte seines Chefs gewesen, „Sie sind bestimmt auch noch nicht so richtig wieder in Form und nehmen sich das alles zu sehr zu Herzen. Das muss mit dem Mord an dem Stiefvater der Kinder nichts zu tun haben."

Aber Damp war sich sicher, dass es einen Zusammenhang gab. Dafür sprachen die Fakten.

Als er atemlos am Hotel „Dornbusch" angekommen war, hatten Frau Möller und die beiden Journalisten mit bedrückten Mienen in der Halle gesessen. Mario Zakis lotste ihn in die Bibliothek.

Isa Leetz lag völlig in Tränen aufgelöst auf einem Sofa und wurde immer wieder von Weinkrämpfen geschüttelt. Laura Ihlow saß neben ihr und hielt ihre Hand. Die junge Frau zitterte am ganzen Leib. Daneben stand Ralf Möller mit einer Spritze in der Hand.

„Gut, dass Sie kommen", begrüßte ihn der Arzt. „Frau Leetz ist völlig am Ende."

„Was ist eigentlich passiert?", fragte der Polizist.

Frau Leetz richtete sich auf und flüsterte leise „Florian und Jonas" und warf sich dann wieder auf den Rücken, drehte sich zur Seite und begann erneut zu weinen.

„Die Kinder waren rodeln, gleich hier am Hexenberg", erklärte Laura Ihlow. „Als ich sie vor gut einer Stunde reinholen wollte, waren sie weg. Nur ihr Schlitten stand noch da, am Waldrand. Ich habe sie gerufen, aber sie haben mir nicht geantwortet."

„Haben vielleicht andere Kinder gesehen, wie sie weggegangen sind?", fragte Damp.

Laura Ihlow schüttelte den Kopf. „Da waren keine anderen Kinder. Hier oben ist doch sonst keiner."

„Gab es sonst Spuren? Vielleicht sind sie in den Wald gelaufen?"

„Da habe ich nachgesehen. Da war nichts. Nur der Schlitten."

Damp dachte kurz nach. „Wo ist der Schlitten jetzt?"

„Steht noch da, wenn Sie aus dem Hotel kommen, geradezu, dann aber nicht nach rechts runter zum ‚Kleinen Inselblick', sondern geradeaus, am Waldrand entlang. Da geht ein schmaler Pfad, der auch nicht so zugeschneit ist."

Damp wandte sich noch einmal an Isa Leetz. Sie schien sich etwas beruhigt zu haben. „Könnten Ihre Kinder weggelaufen sein? Gab es Streit zwischen Ihnen und Ihren Söhnen?"

Isa Leetz schüttelte heftig den Kopf. „Nein! Nichts!", rief sie aus. „Sie waren sogar richtig froh, noch nicht wieder in den Kindergarten und die Schule zu müssen. Für sie war das hier oben ein großes Abenteuer."

„Könnten Sie mit jemandem aus der Nachbarschaft mitgegangen sein? Vielleicht stopfen sie sich nur irgendwo mit Kuchen und Pudding voll?"

Die Frau seufzte. „Wir kennen hier doch niemanden. Außerdem sind die meisten Häuser drum herum jetzt im Winter sowieso nicht bewohnt."

„Als hier die Leitungen tot waren, sind wir alle Häuser abgelaufen. Nirgendwo war jemand hier oben", ergänzte Laura Ihlow. „Nur Herr Matthies unten in der Lietzenburg ist da, und dem traue ich nicht zu, die Kinder einfach mitgenommen zu haben."

Damp auch nicht. „Wir werden eine Suchaktion starten und ich werde dazu Verstärkung aus Stralsund anfordern."

Er zog sein Telefon aus der Uniform, überlegte dann aber, dass es besser wäre, allein mit den Kollegen der Polizeidirektion zu telefonieren.

Isa Leetz schien jetzt dem völligen Zusammenbruch nahe zu sein. Sie beugte sich vor und schlug immer wieder mit den Fäusten auf ihre Knie. „Hätte ich diesen Typen doch nur abgewimmelt", klagte sie laut, „und wäre mit ihnen rodeln gegangen."

Laura Ihlow tätschelte ihr beruhigend den Arm. „Das bringt doch nichts ..."

„Welcher Typ?", fragte Damp nach, der schon fast an der Tür der Bibliothek war.

Statt Isa Leetz antwortete Laura Ihlow. „Dieser Herr Zabel war hier. Er wollte Frau Leetz unbedingt sprechen."

„Zabel?" Damp wurde hellhörig. „Was wollte er?"

Laura Ihlow zuckte mit den Schultern. Isa Leetz setzte sich plötzlich auf, schnäuzte heftig in ihr Taschentuch und schien sich wieder etwas gefangen zu haben. „Geld! Alle wollen Geld!", schimpfte sie. „Aber ich habe keines."

„Wieso wollte Zabel Geld von Ihnen?"

„Wäre es jetzt nicht besser, erst mal nach den Kindern zu suchen", mischte sich Ralf Möller ein.

„Hunderttausend", antwortete Isa Leetz auf Damps Frage. „Einhunderttausend! Er hätte es Martin zur Aufbewahrung gegeben und dafür auch eine gute Provision erhalten. Dann hat er mir noch gedroht. Wenn ich ihm das Geld bis heute Abend nicht zurückgäbe, würde was passieren."

Beim Namen Zabel schrillten in Damps Kopf sofort die Alarmglocken. Dieser Typ war wie ein Dämon, den er nicht wieder loswurde.

„Also ich denke, wir sollten uns zunächst um die Kinder kümmern", riss Möller den Polizisten aus seinen Gedanken.

„Sie haben recht", sammelte sich Damp. „Erst telefoniere ich mit Stralsund und dann sehe ich mir die Stelle an, wo der Schlitten steht. Zuvor werde ich auch hier auf der Insel Helfer für die Suche organisieren. Wo könnte ich hier ungestört telefonieren?"

Laura Ihlow stand auf und brachte ihn in ihr kleines Büro unter der Treppe. Von dort rief Damp zunächst Barnhöft an, schilderte ihm kurz die Situation und bat ihn, mit seinen Leuten zum Hotel „Dornbusch" zu kommen. Außerdem informierte er den Bürgermeister. Dann folgte das erfolglose Gespräch mit seinem Chef in Stralsund. Danach hatte er das Telefon auf Lauras Schreibtisch gelegt und war in dem kleinen Kabuff immer zwei Schritte vor und dann wieder zurück gelaufen. Mehrmals nahm er sein Handy auf, suchte auch schon die Nummer von Nelly Blohm heraus, zögerte jedoch, die Anruftaste zu drücken. Noch immer wurmte ihn ihr Alleingang bei den Zabels. Dann aber überwand er seine Vorbehalte. Er wusste, dass Nelly ihm helfen würde. Sein Finger hatte die Taste mit dem grünen Hörersymbol gedrückt.

Nach Nellys Zusage lief er zum Hexenberg. Wie Laura Ihlow gesagt hatte, stand der Schlitten der Kinder verlassen am Waldrand des Dornbuschs. Da gab es ein paar Fußspuren. Aber Damp konnte nicht genau sagen, ob sie nur von den Kindern stammten. Er folgte der Spur. Sie führte am Wald entlang und endete auf dem Plattenweg zum Leuchtturm. Dort verloren sie sich in einem Durcheinander von Spuren im Schnee. Offensichtlich hatten viele den Weg heute schon genommen, um den Leuchtturm im Winter zu sehen. Wann gab es das schon mal, dass die rote Kappe des Seezeichens von einer weißen Schneedecke bedeckt war. Aber jetzt, am frühen Nachmittag, war kein Mensch zu sehen. Der nahende Wetterumschwung hatte alle zurück in ihre Häuser getrieben.

Er ging ein Stück auf dem Leuchtturmweg wieder talwärts nach Kloster. Von dort erklomm er mühsam den Hexenberg, um wieder zum Hotel in der alten Vogelwarte zu kommen. Oben auf dem Gipfel stand eine Bank. Völlig außer Atem lehnte sich Damp kurz an, um Luft zu holen und etwas auszuruhen. Vor ihm lag die Insel, umschlossen von einem Eispanzer. Auf der Boddenseite reichte er bis Rügen. An der Ostseeseite türmten sich Treibeisberge gut fünfzig Meter ins Meer. Im Westen war der Himmel noch eisig blau, doch über dem Darß und der Halbinsel Zingst im Süden zeigten sich schon dunkelgraue Wolken. Noch weiter südlich war die Silhouette von Stralsund schon hinter einer grauen Wand verschwunden. Er schätzte, dass die Schlechtwetterfront gerade bei Rambin und Güttin vorbeizog. Keine dreißig Kilometer mehr bis Hiddensee. Und der Wind frischte schon deutlich auf.

Als er wieder vor dem Hotel ankam, traf auch Barnhöft ein. Er hatte mit seinem Schneepflug einfach einen Weg bis zum Hotel frei geschoben. So konnte ihm das Feuerwehrauto mit fünf Mann Besatzung bis zum Dornbusch folgen.

„Ich dachte, es wäre gut, wenn wir unsere Ausrüstung dabei haben", erklärte Barnhöft. „Man kann nie wissen, was einen erwartet."

Damp war froh, mit der Situation nicht mehr allein zu sein. Er erklärte den Feuerwehrmännern kurz die Lage und schlug vor, in einer Kette den Wald des Dornbuschs in der Nähe des Plattenweges zu durchsuchen. Mehr war mit sechs Mann nicht drin. Barnhöft fragte, ob es nicht besser sei, Möselbeck kommen zu lassen, falls den Kindern was passiert sei.

„Hier ist sonst auch ein Arzt, aber du hast recht, wir sollten ihn auch holen."

Die Hotelgäste boten an, sich an der Suchaktion zu beteiligen. Damp fiel auf, dass einer fehlte.

„Wo ist denn Herr Barthel?"

„Der wollte sich mit diesem Vogelmenschen treffen für eine Reportage über die Vogelwelt im Winter auf Hiddensee", antwortete der Fotograf Axel Löwe. „Er ist gleich nach dem Frühstück los."

Barnhöft schaute in den Himmel und sog die Luft ein. „Das Wetter schlägt um. Wie der Wetterheini gesagt hat. Wir dürfen keine Zeit verlieren."

XL

Fast drohte der Wagen auszubrechen, als sie viel zu schnell die Linkskurve vor dem Ortseingang Schaprode nahm. Sie steuerte heftig gegen und bekam das Auto wieder unter Kontrolle. Es hatte schon leicht angefangen zu schneien. Erleichtert sah sie, dass der Hubschrauber von Carl Groth auf dem Parkplatz von Möbius in Schaprode stand, auf dem im Sommer die Gäste ihre Autos parkten. Groth war gerade dabei, eine Plane über den Helikopter zu ziehen, als Nelly knapp vor seinen Füßen hielt.

Sie sprang aus dem Auto. „Sie müssen mir helfen. Ich muss so schnell wie möglich nach Hiddensee."

Groth sah sie kurz an und wandte dann den Blick in den Himmel. „Sieht schlecht aus, junge Frau. Petrus ist gegen uns. Hier geht bald der Sturm los. Da geht nichts. Tut mir leid."

Normalerweise wäre sie spätestens bei den Worten „junge Frau" aus der Jacke gesprungen, doch sie zwang sich zu Geduld und Nachsichtigkeit, was ihr schwerfiel. „Zwei Kinder sind verschwunden. Sie müssen mich rüberbringen." Nelly schaute auf die Uhr. „Wir brauchen doch höchstens zehn Minuten bis zum Dornbusch. Ich springe dort raus und sie sind in zwanzig Minuten wieder zurück. So lange hält das Wetter. Ich komme von hier oben. Ich weiß, wie die Wolken ziehen", behauptete sie lächelnd, obwohl sie wusste, dass der Sturm heranraste und ihr schon jetzt vor einem Flug durch Turbulenzen schauderte.

„Welche Kinder sind verschwunden?", fragte Carl Groth. Offenbar war er von der Notsituation nicht wirklich überzeugt.

„Zwei Kinder aus Kloster", rief Nelly aufgebracht und kurz davor, die Fassung zu verlieren. „Sie sind in Gefahr. Vielleicht entführt. Stralsund kann aber keine Leute schicken. Mein Kollege ist ganz allein. Wollen Sie, dass die Kinder sterben?"

Groth zog die Plane von der Frontscheibe des Cockpits. „Kommen Sie. Das ist allerdings ein Himmelfahrtskommando. Gnade uns Gott. Steigen Sie ein."

Kaum dass sie im Cockpit saßen, ließ er die Rotoren an. Immer wieder beugte er sich vor und sah nach den Wolken am Himmel. Nelly beobachtete, wie er lautlos vor sich hin sprach. Betete er? War es so gefährlich?

Dann hoben sie mit einem Ruck ab. Nelly wurde gegen ihren Sicherheitsgurt gedrückt, als Groth den Hubschrauber geradezu in die Höhe katapultierte und dann mit hoher Geschwindigkeit geradeaus steuerte. Nelly wollte schon einwenden, dass es da nicht nach Hiddensee ging, sondern geradewegs nach Dranske, als er ihr über den Kopfhörer in ihrem Helm erklärte, erst mal den Sturm nördlich zu umfliegen. Er fragte, wo er in Kloster landen sollte.

„Die Kinder sind am Dornbusch verschwunden, an der alten Vogelwarte, aber es reicht, wenn Sie mich irgendwo in Kloster rauslassen."

„Ich brauche einen Orientierungspunkt. Ist da diese alte Burg in der Nähe oder soll es direkt zum Leuchtturm gehen?"

„Alte Burg?", überlegte sie. Dann kam sie drauf. „Ach, die Lietzenburg", antwortete Nelly. „Da wäre es natürlich toll, aber da ist es sicher blöd zu landen. Wir können auch auf einer der Wiesen vor Kloster …"

„Wenn schon, denn schon. Ich fliege Sie in die Nähe der Lietzenburg. Bei meinen Touren habe ich gesehen, dass es da eine große freie Fläche gibt. Mal sehen, ob die Bäume nicht zu nah stehen, weniger um runter, als vielmehr wieder hoch zu kommen."

Der Hubschrauber machte nun eine heftige Linkskurve und sie flogen direkt über den Bessin und Grieben auf den Dornbusch zu. Nelly blickte aus dem Fenster. Auf dem Bessin sah sie zwei Leute stehen, die aber nicht wie Kinder aussahen. Haltung und Kleidung nach konnte der eine Walter Blank sein, der Vogelschützer. Den anderen erkannte sie nicht. Sie glaubte, im Schnee im Honigrund, eine Skispur zu erkennen, war sich aber nicht sicher.

„Dort vorn ist es."

Sie zeigte geradeaus auf das Hotel „Dornbusch". Davor standen ein paar Leute um ein Feuerwehrauto und beobachteten den herannahenden Hubschrauber. Carl Groth drehte über dem Haus noch eine Runde, um einen guten Landeplatz zu finden. Plötzlich wurde der Hubschrauber hin und her gerissen. Nelly langte nach dem Haltegriff und starrte Groth mit weit aufgerissenen, angsterfüllten Augen an. Er schaute ernst. „So viel zum Thema Wolkenzug", hörte sie ihn lakonisch durch den Kopfhörer sagen. Das Schaukeln hatte wieder nachgelassen. Mit leichten Drehbewegungen schwebte er in die Tiefe. Als sie unterhalb der Baumwipfel waren, atmete Nelly heftig aus. Aus dieser Höhe würde sie wahrscheinlich eine Bruchlandung überleben, schoss es ihr durch den Kopf. Da setzte der Hubschrauber auch schon sanft auf. Carl Groth schaltete die Rotoren aus und nahm seinen Helm ab.

„Wollen Sie nicht wieder zurück?", fragte sie ihn.

„Schon, aber nicht bei dem Wetter."

Damp kam Nelly entgegen. „Gut, dass Sie da sind."

Sie spürte, wie erleichtert er war, als er ihr die Hand drückte und dabei in die Augen schaute. Dieser warme Blick löste etwas in ihr aus. „Ich möchte mich entschuldigen für …"

„Ist gut. Lassen wir das, Frau Blohm."

Ihr Handy klingelte. Es war ein Kollege aus Bergen dran. „Erstens will Gottschalk wissen, wo du eigentlich bist?"

„Auf Hiddensee! Gibt es sonst noch was?"

„Das wird ihn nicht freuen."

„Hier sind zwei Kinder verschwunden. Ich hätte mich schon gemeldet. Aber …"

„Das klär doch bitte mit ihm selbst. Zweitens: Diese Heike Theusing wohnt …"

„Das ist nicht mehr relevant", unterbrach sie ihren Kollegen.

„Wie auch immer. Nur damit du es weißt und ich hier einen

Haken hinter machen kann. Diese Theusing wohnte in Bergen. Am Markt 10, da wo sie jetzt dieses Medienzentrum bauen. Früher hätte man es Bibliothek genannt. Aber nun ist sie unbekannt verzogen. Mehr war nicht rauszukriegen."

Nelly hörte nur halb hin, bedankte sich aber für die Information und legte auf. „Mein Chef in Bergen wird sicher nicht begeistert sein, dass ich jetzt hier bin", erklärte sie Damp.

„Das regele ich dann schon", versuchte er sie zu beruhigen. „Das ist ein Notfall. Dafür sind wir doch da."

XLI

Gottschalk hatte, wenn auch mit Murren, akzeptiert, dass Nelly Blohm ohne Rücksprache nach Hiddensee geflogen war. Damp hatte ihn angerufen und ihm die Lage geschildert. Ihr Revierleiter in Bergen hatte eingesehen, dass sie nicht anders handeln konnte, weil Damp in Not war. „Sie ist schon eine gute Polizistin", hatte Gottschalk noch bemerkt, „nur etwas sehr impulsiv, wie wir auch jetzt wieder sehen. Sie haben ja bereits auch am eigenen Leibe erfahren, was ich damit meine. Ihr größter Feind ist sie selbst." Damp hatte schon auflegen wollen, da fügte Gottschalk noch hinzu: „Passen Sie bitte auf Nelly auf."

Carl Groth hatte mit der Hilfe von Mario Zakis den Hubschrauber notdürftig abgedeckt, um ihn vor dem Sturm und Neuschnee soweit es ging zu schützen. Inselarzt Möselbeck war mittlerweile gemeinsam mit Bürgermeister Förster auch im Hotel „Dornbusch" angekommen. Beide hatten die sanierte Vogelwarte auch noch nicht von innen gesehen und staunten nun über die Einrichtung. „Wenn man bedenkt, wie wir hier einst gesessen haben … Das war damals alles sehr provisorisch", meinte Förster, der früher auch in der Vogelwarte gearbeitet hatte, bevor der Chef der Nationalparkverwaltung auf Hiddensee geworden war.

Damp hatte in der Halle des Hotels eine kleine Kommandozentrale eingerichtet. Auf einem herbeigeschafften alten Campingtisch war eine Karte der Insel Hiddensee ausgebreitet, die Damp in der Bibliothek gefunden hatte. Darauf hatte er den Fundort des Schlittens der Kinder, die entdeckte Fußspur und den geplanten Weg der Suchmannschaft eingezeichnet. Daneben stand ein Funkgerät, das ihn mit Barnhöft verband. Auf einem gelben Klebezettel stand die Telefonnummer von Axel Löwe.

„Momentan gehen Barnhöfts Feuerwehrleute mit zwei Hotelgästen durch den Wald bis zum ‚Klausner‘", erläuterte er Nelly Blohm, dem Bürgermeister und dem Arzt sein Vorgehen.

„Wie geht es der Mutter?", erkundigte sich der Arzt.

„Sie ist in der Bibliothek", antwortete Damp. „Ein Gast, der auch Arzt ist, kümmert sich um sie. Sie ist natürlich ziemlich am Ende."

Möselbeck verzog das Gesicht. „Was soll ich dann hier?"

„Ich wollte Sie bei der Suchmannschaft dabeihaben, falls mit den Kindern …", Damp suchte nach einem passenden, nicht allzu erschreckenden Wort, „… ihnen was zugestoßen ist."

„Das ist gut!", unterstützte Förster den Polizisten.

„Unser Problem: Wir haben keine Bilder von den Kindern. Die Mutter wohnt mit ihnen sonst in Stralsund."

In diesem Moment knackte es im Funkgerät. „Damp hört."

„Hier Barnhöft. Wir sind jetzt unterhalb der Gaststätte ‚Klausner‘. Bisher haben wir keine Spur von den Kindern."

„Mein Gott", entfuhr es Nelly. Auch die Umstehenden blickten ernst.

„Wir suchen jetzt weiter im Wald und in Richtung Leuchtturm."

„Okay", bestätigte Damp.

Von draußen war das laute Pfeifen des Windes um die Hauswände zu hören. Der Schneefall war dichter geworden. Damp beugte sich wieder über die Karte und überlegte, wie sie weiter vorgehen könnten.

„Ich geh mal Barnhöft suchen", meldete sich Möselbeck. „Vielleicht kann ich eine Thermoskanne Tee mitnehmen. Wärme werden die Kinder am meisten brauchen, wenn wir sie finden."

„Wird sofort erledigt", erklärte Mario Zakis. „Vielleicht mache ich gleich mehr, dann können wir auch die Männer draußen versorgen."

„Das ist eine gute Idee", erwiderte der Polizist. Zakis rannte in die Küche und gleich darauf hörte man Wasser laufen und das Hantieren mit Töpfen. Möselbeck folgte ihm.

„Ich werde mal nach der Frau sehen", sagte Förster. „Sie haben das hier ja alles im Griff. Hoffentlich finden wir die Kinder."

„Ich habe noch eine Spur", flüsterte Damp Nelly zu, als sie allein waren. Er schaute sich kurz um, ob sie auch keiner hörte. „Zabel war heute Morgen hier und hat Frau Leetz gedroht. Dehne hatte sich wohl bei ihm Geld geborgt. Hunderttausend Euro. Das will er bis heute Abend wiederhaben. Wenn nicht, würde irgendetwas passieren. Vielleicht wollte er seiner Forderung etwas Nachdruck verleihen und hat die Kinder ..."

„Komisch", entgegnete Nelly. „Dehne soll kurz vor Weihnachten einen Großteil seiner Schulden bei der ‚Inselbau' beglichen haben. Das könnte das Geld sein. Und Zabel soll sich bei der Firma auch erkundigt haben, ob es sich lohnt, bei Dehnes Hotelprojekt mit einzusteigen. Vielleicht hat Zabel Dehne das Geld gegeben und will es jetzt wiederhaben, weil er sieht, das Hotel geht pleite. Das würde doch passen."

Damp nickte zustimmend, blieb aber nachdenklich. „Könnte sein. Aber sie hat was gesagt, was mich stutzig gemacht hat. Sie meinte, Zabel hätte davon gesprochen, dass er Dehne das Geld zur Aufbewahrung gegeben hätte. Also nicht als Kredit." Damp fuhr sich immer wieder durch seine wuscheligen Haare. „Wir müssen Zabel mal auf den Zahn fühlen und auch schauen, wo er sich aufhält."

Nelly zog die Augenbrauen hoch, dann schlug sie sich mit der Hand vor den Kopf. „Aber nicht nur Zabel hat vielleicht ein Motiv. Das hätte ich glatt vergessen. Ludwig Matthies, der Besitzer der Lietzenburg, hatte wohl auch noch eine Karte im Spiel. Dehnes Schwester hat mir erzählt, dass er sich Silvester mit ihrem Bruder treffen wollte am Hafen in Vitte, um über eine Beteiligung am Hotel zu sprechen. Uns hat er nichts davon erzählt. Warum wohl?"

Damp schüttelte den Kopf. „Erst hast du keinen Verdächtigen mehr, dann wieder gleich eine ganze Handvoll. Der Fall nervt. Aber ich denke, Zabel sollten wir zuerst unter die Lupe nehmen. Das mit dem Aufbewahren des Geldes beschäftigt mich irgendwie."

„Soll ich nach Vitte fahren und bei ihm vorbeischauen?"

Damp kratzte sich am Kinn. „Ich kann hier eigentlich nicht weg. Andererseits ... Zabel ... Sie haben sich schon die Finger an ihm verbrannt. Es ist auch eine Sache zwischen ihm und mir."

„Und was wird Bökemüller sagen?", fragte Nelly besorgt.

„Das ist mir egal." Damp schaute auf die Uhr. „Ich brauche eine Stunde."

XLII

Aus den Augenwinkeln sah Damp eine dunkle Gestalt neben der Telefonzelle vor dem Hotel „Godewind" stehen, als er die Tür seines Streifenwagens schloss. Sonst hatten der Schnee und der aufkommende Sturm die Straßen auf Hiddensee leer gefegt. Nur das Rauchen der Schornsteine sowie hier und da ein Licht zeigten ihm, dass es hinter den Häuserwänden noch Leben gab.

Damp wollte zu gern wissen, wer sich dort versteckte und auf die erleuchteten Fenster der Hausverwaltung Zabel schaute. Er machte ein paar Schritte auf das „Godewind" zu. Flink verschwand der Schatten in Richtung Sparkasse und dort um die Ecke. Verfolgung war zwecklos, entschied der Polizist. Der andere war viel zu schnell für ihn. Außerdem war es wichtiger, mit Zabel zu reden, falls er mit dem Verschwinden der Kinder zu tun hatte.

Das Ehepaar Zabel schaute erschrocken auf, als hätte Damp die beiden bei etwas Verbotenem ertappt, als er ohne anzuklopfen die Tür zum Büro ihrer Hausverwaltung aufriss.

„Herr Damp", fasste sich die korpulente Marie Zabel als Erste. Die Augen ihres Mannes wanderten noch nervös zwischen dem Computerbildschirm und Damp hin und her. Damp sah, wie sein Finger fast unmerklich die Maus bewegte und dann geräuschlos die linke Maustaste drückte. Sinnlos zu versuchen, jetzt zum Computer zu stürzen, um die letzte Seite wieder zu öffnen, sagte sich Damp. Dafür hatte er zu wenig Ahnung von dieser Technik. Aber das schlechte Gewissen, dass sich in den Augen des Ehepaars zeigte, musste er nutzen.

„Herr Zabel, Sie waren heute Morgen bei Frau Leetz im Hotel ‚Dornbusch' und forderten einhunderttausend Euro zurück, die Sie ihrem Mann, Herrn Dehne, zur Aufbewahrung gegeben haben wollen. Dann haben Sie ihr gedroht, falls sie das Geld nicht bis heute Abend beschafft. Ist das so gewesen?"

Zabel starrte Damp an. Schweißperlen zeigten sich auf seiner Stirn. Frau Zabel war ein paar Schritte zurückgewichen.

„Ich weiß nicht, wovon Sie sprechen", versuchte sich Zabel herauszureden. „Einhunderttausend … wie käme ich denn dazu, Dehne so viel Geld zur Aufbewahrung zu geben. Warum? Er ist doch keine Bank. Wahrscheinlich hat die Frau unser Gespräch falsch verstanden und denkt sich jetzt was aus."

„Ich kann mir kaum vorstellen, dass sich eine Mutter etwas ausdenkt, deren Kinder kurz nach dem Gespräch mit Ihnen verschwunden sind. Spurlos. Also was hat es mit den einhunderttausend Euro auf sich. Und diesmal die Wahrheit bitte. Ich lasse mich von Ihnen nicht noch einmal aufs Kreuz legen."

Das Ehepaar wechselte einen kurzen Blick, der aber weniger verschwörerisch als ängstlich wirkte.

„Ich habe Herrn Dehne das Geld für sein Hotel geborgt", begann Kurt Zabel zögernd und schien jedes Wort zu überlegen. „Ich dachte, vielleicht hat er es noch nicht ausgegeben und ich könnte es noch zurückfordern. Es war so eine Sache unter Ehrenmännern. Per Handschlag. Verstehen Sie?" Zabel hatte seine Fassung wiedergefunden. Doch der Blick seiner Frau verriet Damp, dass dies, wenn überhaupt, nur die halbe Wahrheit war. Er spürte aber auch, dass er Zabel so nicht packen konnte.

„Wissen Sie, wo die Kinder sind?", fragte Damp in scharfem Ton nach. „Dann sagen Sie es besser jetzt. Falls den Kindern was passiert, dann gnade Ihnen Gott. Also, wo sind die Kinder?"

„Wir wissen nichts von irgendwelchen Kindern", antwortete Frau Zabel mit dünner Stimme, dabei immer in ständigem Blickkontakt mit ihrem Mann. „Mein Mann …"

„Marie! Schweig!"

„Was wollten Sie mir sagen, Frau Zabel. Was hat Ihr Mann getan?"

Kurt Zabel versuchte mit seiner bösen Miene, seine Frau am Reden zu hindern. Immer wieder schüttelte er unmerklich den Kopf in ihre Richtung.

Damp hieb mit der flachen Hand auf den Tresen, sodass ihn beide mit aufgerissenen Augen ansahen. „Wenn den Kindern was passiert, dann werde ich dafür sorgen, dass hier alles auf den Kopf gestellt wird. Alles! Da hilft Ihnen auch kein Anwalt mehr. Also: Was haben Sie mit Frau Leetz oder Martin Dehne zu schaffen gehabt."

Marie Zabel wandte sich an ihren Mann. „Wie gesagt, wir haben ihm das Geld geborgt, um seine Schulden zu bezahlen."

„Und wofür war dann die Provision? Ich habe noch von keinem Kredit gehört, wo der Schuldner eine Provision erhält. Sie sicher auch nicht."

Zabels entgleisten die Gesichtszüge. „Das mit der Provision, ja ... äh", stotterte Kurt Zabel. „Das war ... Marie, wie war das denn eigentlich?", blickte er Hilfe suchend zu seiner Frau. Aber auch sie wusste keine Antwort. Damp hatte auch Marie Zabel aus dem Konzept gebracht. „Nur damit Sie Bescheid wissen, das Geld hat Herr Dehne nicht aufbewahrt, sondern damit seine Schulden bei der ‚Inselbau' bezahlt."

Die Zabels wechselten einen angstvollen Blick. Damp kam ein Gedankenblitz. „Woher haben Sie eigentlich das Geld?"

Zabel sammelte sich sichtbar und schien wieder festen Boden unter die Füße zu bekommen. „Aus dem Verkauf meines Geschäfts in Berlin. Ich hatte mehrere Sonnenstudios."

„Und das hat so viel gebracht, dass Sie einhunderttausend Euro plus Provision einem Mann geben, der knapp vor der Pleite steht. Ohne Vertrag. Ohne Sicherheiten." Damps Ton war ironisch, aber jetzt wurde seine Stimme wütend. Er schrie fast. „Wollen Sie mich hier für dumm verkaufen? Sie stecken hinter der Entführung der Kinder, um Druck auszuüben, damit Sie Ihre einhunderttausend Euro plus Provision zurückbekommen!"

Frau Zabel stürzte an den Tresen, griff nach Damps Arm. „Herr Damp, mit den Kindern haben wir nichts zu tun. Das müssen Sie uns glauben. Wir haben mit ihrem Verschwinden nichts zu tun!" Sie betonte jedes einzelne Wort.

„Ich hoffe es für Sie!" Ihm fiel die Gestalt beim „Godewind" ein. „Wir beobachten Sie. Auf Schritt und Tritt!"

Damp drehte sich um, verließ betont langsam das Büro und ließ die Tür ins Schloss fallen. Er bedauerte es, nicht mehr gegen die beiden tun zu können.

Kurt Zabel griff hektisch nach seinem Funktelefon. Seine Finger zitterten, als er die Nummer eingab und wartete, dass sich am anderen Ende jemand meldete.

XLIII

Ludwig Matthies kam mit seinem Hund Caruso in die Hotelhalle, als Nelly gerade per Funk mit Barnhöft redete. Er kündigte seine Rückkehr zum Hotel an. Noch immer gab es keine Spur von den Kindern. Caruso zog an der Leine. Der Geruch von gebratenen Bouletten, die es zum Frühstück gegeben hatte, lag noch ein wenig in der Luft und war sehr verlockend für seine Hundenase.

„Kann ich mich irgendwie nützlich machen? Ich habe den Schneepflug und dann die Feuerwehr gesehen und nun auch noch den Hubschrauber. Der Pilot da draußen sagte mir, zwei Kinder seien verschwunden."

Nelly nickte. „Und bisher haben wir keine Spur."

„Vielleicht kann Caruso helfen. Er ist mal als Spürhund ausgebildet worden."

Der Hund spitzte die Ohren, als es seinen Namen hörte, und sah mit treuseligem Blick sein Herrchen an.

„Vielleicht keine schlechte Idee."

Ein Gedanke nahm sie kurz gefangen. War Matthies vielleicht nur gekommen, um seine eigenen Spuren zu verwischen? Sie sah den Mann von der Seite an, der sich gerade in der Halle umsah und ihren Blick nicht zu bemerken schien.

Barnhöft kam mit seinen Leuten zurück. Sie klopften sich im Eingang den Schnee von den Schuhen. Mario Zakis und Anke Möller kamen herbeigeeilt. Er trug zwei schwere Thermoskannen in der Hand, sie ein Tablett, vollgestellt mit Bechern. Sie begannen an die Feuerwehrleute heiße Getränke auszuteilen.

Barnhöft zog Nelly etwas zur Seite. „Wir haben zwar keine Spur von den Jungen, aber dafür oben an dem Häuschen der Trinkwasserversorgung, am Abzweig zum ‚Klausner', etwas Merkwürdiges entdeckt. Ein Paar Langlaufskier, noch ganz neu. Die stellt doch keiner einfach so in die Landschaft. Die Spur der Skier kommt unten von Grieben hoch, wahrscheinlich den Weg vom Rüben-berg."

Nelly war wie elektrisiert. Die Skier. Sie erinnerte sich an die Langlaufspur, die sie vom Helikopter aus gesehen hatte, aber auch an die Skispur an der „Caprivi" und an Dehnes Hütte im Wald. Das konnte kein Zufall sein.

„Gibt es denn auch eine Fußspur? Wenn dort jemand seine Skier abgestellt hat, muss er doch zu Fuß weiter."

Barnhöft zuckte mit den Schultern. „Der Leuchtturmweg ist völlig platt getreten. Da sind in den letzten Tagen und auch heute immer wieder Leute hoch."

Sie zeigte auf Caruso. „Wir haben hier einen Hund, der vielleicht eine Fährte aufnehmen kann."

Barnhöft sah erst zweifelnd auf den Hund, dann Nelly an. „Ist das Ihr Ernst?"

„Welche Chance haben wir sonst?"

Caruso hatte die Aussicht auf einen Leckerbissen aufgegeben und es sich zu Füßen seines Herrchens bequem gemacht. Es sah nicht so aus, als würde er zur Fährtensuche bereit sein. Noch dazu im Schnee.

Ralf Möller kam aus der Bibliothek. „Gibt es was Neues?", fragte er leise, aber mit aufgeregter Stimme. „Frau Leetz hat gehört, dass die Männer zurück sind. Ich habe sie zwar etwas sediert, aber ich glaube, es wäre nicht gut, sie völlig wegtreten zu lassen."

Nelly schüttelte den Kopf. „Wir haben keine wirkliche Spur." Die Sache mit den Skiern verschwieg sie.

Möselbeck trat hinzu. „Die Zeit wird auch immer knapper. Der Sturm wird heftiger, der Schneefall stärker. Die Temperaturen fallen." Dann wandte er sich an Möller. „Sie sind ein Kollege?" Er reichte ihm die Hand und stellte sich vor.

„Das ist gut, dass Sie hier sind", antwortete Möller. „Ich bin leider nicht so gut ausgerüstet für den Notfall. Vielleicht könnten

Sie mir mit ein paar Sachen aushelfen. Oder Sie übernehmen hier. Frau Leetz ist doch bestimmt Ihre Patientin?"

Möselbeck schüttelte den Kopf. „Aber lassen Sie uns das in Ruhe besprechen. Ich würde mir vielleicht die Patientin auch mal ansehen. Wenn Sie gestatten?"

Nelly verdrehte die Augen über das Höflichkeitsgeplänkel der beiden Mediziner. Als die Ärzte zur Bibliothek gingen, fing sie die beiden noch kurz ab.

„Wir brauchen Kleidungsstücke der beiden Jungen, damit der Hund vielleicht eine Spur aufnehmen kann. Am besten Schuhe oder so was?"

Auch die beiden Ärzte schauten zweifelnd auf den Hund, dann auf Nelly. „Wenn Sie meinen. Ich bitte Frau Ihlow, sich zu kümmern", antwortete Möller.

Nelly nutzte die Zeit und stellte sich neben Ludwig Matthies. „Warum haben Sie uns nichts von Ihrem Gespräch mit Steffi Dehne am Silvestertag erzählt?"

Matthies drehte ruckartig den Kopf zu ihr herüber. Er war rot angelaufen. Das war nicht nur die Wärme des Kamins in der Halle, stellte Nelly fest. „Waren Sie am Abend am Hafen in Vitte und haben auf Martin Dehne gewartet?", hakte sie nach.

Matthies schüttelte heftig den Kopf. „Nein, war ich nicht", stieß er hervor.

„Zeugen?"

„Meine Frau!"

„Ein bisschen wenig. Meinen Sie nicht auch?"

Sie sah ihm direkt ins Gesicht. Er fuhr sich mit der Hand durch die Haare. „Gut! Ich hätte es Ihnen erzählen sollen. Aber … um es kurz zu machen: Stefanie ist für meine Frau ein rotes Tuch. Wir hatten mal was miteinander. Ist lange her. War sogar noch vor ihrer Zeit. Aber meine Frau hat da so ihre Prinzipien. Und dann nervt sie das sowieso hier mit Hiddensee. Es dauert ihr alles zu lange und sie meint, es wäre nur ein Spleen von mir. Wenn sie jetzt noch erfahren würde, dass ich mit Stefanie gemeinsame

Projekte verfolge, dann hätte ich ein ziemliches Problem. Deshalb habe ich es verschwiegen."

„Herr Matthies, immer noch ganz dünnes Eis. Wir werden jeden im Hafen befragen, ob jemand Sie gesehen hat. Darauf können Sie Gift nehmen. Sollten Sie hier eine linke Nummer abziehen …"

Matthies zuckte mit den Schultern. „Es war aber doch auch nicht mehr interessant für mich. Nachdem mir Stefanie den Tipp gegeben hatte, rief ich Frau Wunderlich von der ‚Inselbau' an. Als sie mir aber sagte, Dehne hätte einen Großteil seiner Schulden beglichen und den Rest würden sie ihm stunden, da war für mich das Geschäft passé. Ich habe mich nur gefragt, wer da eingestiegen ist. Vielleicht dieser Zabel. Der schlich öfters hier oben rum."

Nelly antwortete Matthies nicht, fragte auch nichts mehr. Sie warf ihm nur einen ernsten Blick zu, dem er aber standhielt. Laura Ihlow kam die Treppe heruntergelaufen. In jeder Hand ein paar Kinderschuhe und Hosen der Kinder.

Die Polizistin bat Barnhöft, seine Männer zusammenzuholen, die sich auf den Sofas in der Halle ausruhten und ziemlich lautstark alle Möglichkeiten diskutierten, was mit den Kindern geschehen sein könnte. Es wurde auch die eine oder andere Geschichte erzählt, wie man verschwundene Hiddenseer aufgefunden hatte. Meistens hatte es kein Happy End gegeben. Barnhöft gab ein kurzes Kommando. Die Gespräche verstummten sofort. Er trat an Nelly heran. „Die Männer wären dann so weit."

Nelly schaute auf Caruso. „So, jetzt kommt deine Stunde, alter Junge."

XLIV

Die dunkel gekleidete Person stand wieder hinter der Telefonzelle, als Damp aus dem alten ehemaligen Ferienheim der Volkswerft herauskam. Er versuchte nicht hinzuschauen und tat so, als würde er den Unbekannten nicht bemerken. Haltung und Statur nach konnte es nur ein Mann sein. Eigentlich war es genau so, wie er es sich wünschte. Wenn die Zabels aus dem Fenster sahen, würden sie denken, unter Beobachtung zu stehen. Aber was brachte ihm das, fragte sich Damp?

Er ging zu seinem Auto, schloss die Tür auf und setzte sich hinein. Die Person bewegte sich. Damp sah kurz im Schein der Straßenlaterne die Augen des anderen. Der Blick kam dem Polizisten bekannt vor. Aber er konnte ihm kein Gesicht zuordnen, so angestrengt er auch nachdachte.

Damp ließ den Motor an, blinkte und tat so, als würde er wenden, um wieder nach Kloster zurückzufahren. Doch dann schlug er das Lenkrad nach rechts, gab Gas und schoss auf die Person zu. Der Unbekannte verharrte eine Schrecksekunde. Dann bewegte er sich. Allerdings anders, als Damp es sich erhofft hatte. Der Mann stieß sich mit beiden Armen ab. Er hatte Skier an den Füßen, machte zwei Stöße und bog dann nach links ein, in den Weg neben dem „Godewind", Richtung Kielgraben. Damp war schon auf seiner Höhe gewesen. Er bremste, doch das Auto rutschte auf der glatten Straße zwanzig Meter weiter, ehe es zum Stehen kam. Damp schlug auf das Lenkrad. „Scheiß Sommerreifen!", brüllte er. Er legte den Rückwärtsgang ein. Die Reifen drehten durch, als er erneut Gas gab und mit wackelndem Heck zurücksetzte. Er schaute in den Weg und sah den Skifahrer sogar noch. Aber er hätte keine Chance, ihn einzuholen, wenn er ihm jetzt hinterherliefe. Damp überlegte kurz. Es gab zwei Möglichkeiten: Entweder lief der andere durch zum Wiesenweg oder zum Süddeich hinter Vitte. Zum Wallweg gab es kein Durchkommen. Damp entschied sich für den Süddeich. Er wollte gerade losfahren, da klingelte sein Handy. Er stöhnte auf. Musste das jetzt sein. Dann sah er Nellys Nummer im Display. Er ging ran. „Wir haben vielleicht eine Spur. Caruso hat Witterung aufgenommen", berichtete sie atemlos. „Wir sind an der Steilküste, hinter dem Hotel."

Ein kalter Schauer durchfuhr ihn, denn Damp wusste, was das bedeuten konnte. „Ich komme", rief er ins Telefon. Er wagte aber noch einen Blick in Richtung Kielgraben. „Ich krieg dich noch, Bürschchen", sagte er zu sich selbst.

Caruso hatte tatsächlich an der Stelle, wo Laura Ihlow den verlassenen Schlitten gefunden hatte, eine Witterung aufgenommen. Der Hund schlich mehrfach um den Schlitten und schien unentschieden zu sein, in welche Richtung er eine Spur verfolgen sollte. Matthies redete seinem Tier gut zu. Barnhöft murrte leise: „Ich habe mir gleich gedacht, das bringt nichts."

Doch dann hatte Caruso an seiner Leine gezogen und war ein kleines Stück in den Wald gelaufen. Dort gab es noch mehr Spuren. Sie waren zwar nicht genau zu unterscheiden, aber es schienen kleine und große Fußabdrücke zu sein. Sie führten jedoch nicht zum Leuchtturmweg, sondern genau entgegengesetzt zur Steilküste.

„Ein Erwachsener muss mit ihnen unterwegs sein", meinte Barnhöft vielsagend und sah Nelly an. Matthies trieb seinen Hund immer wieder an. „Such, Caruso, such!", denn ab und zu blieb der Hund stehen und drehte sich erwartungsvoll zu seinem Herrchen um. Für ein Leckerchen aus der Jackentasche und nach einem weiteren Schnüffeln an der Kleidung eines der Kinder setzte er seine Suche ziemlich zielstrebig fort.

Nelly schlug das Herz bis zum Hals. In ihrer Fantasie malte sie sich aus, was den Kindern an der Steilküste passiert sein könnte. Dazu beunruhigte sie die Sache mit den kleinen und großen Spuren. Hatte jemand die Kinder entführt oder mitgenommen? Was hatte er vor? Hinzu kam, dass es zu dämmern begann. Sie hatten vielleicht nur noch eine Stunde halbwegs Licht bei der Suchaktion. Nelly war mit ihren Nerven ziemlich am Ende. Sie wollte sich aber gegenüber den Männern keine Schwäche erlauben.

Endlich kamen sie an die Steilküste. Die Fußstapfen führten nach links, in Richtung Kloster. Wenigstens gab es keine Spuren für einen Absturz; der Schnee auf den Büschen und Bäumen der Steilküste war unberührt, es gab keine abgebrochenen Äste. Unten tobte die See. Wellen rollten heran und prallten auf die Eisberge, die sich vor der Hucke, dem Steindamm zum Schutz der Steilküste bei Kloster, aufgetürmt hatten.

Der Suchtrupp kam an eine Kiefer, die sich wie ein Torbogen über den Weg spannte, dahinter war eine Wegkreuzung. Geradeaus führte der Biologenweg nach Kloster, links ging es zur Lietzenburg. Aber auf beiden Wegen war der Neuschnee unberührt. Die Fußabdrücke führten nach rechts. Dort ging es zu einer Holztreppe, die an den Strand hinunterführte.

Barnhöft stoppte seine Leute und bat auch Matthies, Caruso aufzuhalten. Er trat auf Nelly zu. „Offenbar sind sie zum Strand runter. Hoffentlich haben sie sich dabei nicht den Hals gebrochen. Die Stufen sind spiegelglatt. Man sieht es nur nicht durch den vielen Schnee. Da heil runterzukommen, würde an ein Wunder grenzen."

Nelly versuchte ihre Aufregung zu unterdrücken. „Wir sollten zwei meiner Männer mit dem Feuerwehrauto nach Kloster zum Strand schicken", schlug der Feuerwehrchef vor, „ob sie dort vielleicht etwas entdecken können, falls sie es unverletzt bis nach unten geschafft haben sollten. Hier kommen wir mit dem Fahrzeug sowieso nicht durch, wenn wir sie auf der Treppe finden würden. Einer der Ärzte sollte die Feuerwehrleute begleiten, um im Fall der Fälle erste Hilfe leisten zu können."

„Und wir?", fragte Nelly.

„Was bleibt uns übrig. Wir müssen denselben Weg gehen wie die Kinder mit ihrem Begleiter oder Entführer."

„Ich rede mit den Ärzten."

Möller und Möselbeck waren etwas zurückgeblieben. Sie unterhielten sich, als seien sie auf einem Winterspaziergang und nicht Teilnehmer einer Suchaktion, bei der es um Leben und Tod ging. Nelly hatte immer mal Gesprächsfetzen aufgeschnappt. Möller und Möselbeck sprachen über die medizinische Arbeit auf der Insel. Dabei hatte Möselbeck Möller gefragt, ob er nicht Lust habe, seine Praxis zu übernehmen, wenn er in zwei Jahren in Rente ginge. Möller schien nicht abgeneigt zu sein. Er wollte wissen, wie groß der Zeitaufwand für einen Inselarzt sei, was man so verdiene, wann er den Rettungshubschrauber rufe, ob es auf der Insel viele Pflegefälle gäbe und woher er seine Medikamente beziehe. Als sie bei Nelly eintrafen, sprachen sie gerade über die Versorgung mit Medikamenten auf Hiddensee. „Auf der Insel gibt es keine Apotheke, sondern nur so eine Sammelstelle für Rezepte unten in Vitte", erklärte Möselbeck. „Dauert eben immer einen Tag, bis das Zeug da ist. Wenn's mal schnell gehen muss, dann hatte ich bisher eine Quelle in Bergen. Die Apotheke am Markt. Ich habe dort angerufen, dann haben die eigentlich immer einen gefunden, der die Medikamente jemandem von der Insel mitgegeben hat. Einige arbeiten ja in Bergen. Oder der Apotheker hat die Sachen selbst an die Fähre gebracht. Er hatte eine Jagdhütte auf Ummanz. Dann ist er schnell noch vor der Jagd zur letzten Fähre gefahren und wir hatten noch am Abend das Zeug. Die haben aber im Herbst geschlossen."

Nelly erinnerte sich plötzlich an die alte Apotheke am Markt und hielt den Atem an. Was hatte ihr der Kollege aus Bergen mitgeteilt und was hatte Carla Schön berichtet? Heike Theusing hätte nur wenige Minuten gebraucht, um das Verbandszeug zu holen.

„Jetzt versuche ich so was Ähnliches mit der Apotheke in Gingst", erzählte gerade der Inselarzt.

„Sagen Sie", mischte sich Nelly ein, „wie hieß der Apotheker in Bergen?"

Sie spürte, wie sich ihr Puls beschleunigte, ihr Herz heftiger schlug.

„Teuer", antworte Möselbeck. „Nein, quatsch. Theuring, nein", verbesserte er sich noch einmal. „Theusing. Genau, Theusing. Hat er klug angestellt und der Stadt sein Haus samt Apotheke verkauft. Die macht daraus jetzt ein Medienzentrum. Frag mich, wozu Bergen ein Medienzentrum braucht. Aber egal."

„Theusing?", fragte Nelly noch einmal nach. „Sind Sie sich ganz sicher?"

„Klar! Zwanzig Jahre habe ich mit ihm zusammengearbeitet. Hat immer geklappt."

„Ist seine Tochter auch Apothekerin?"

„Seine Tochter? Wie kommen Sie jetzt auf die?"

„Es ist wichtig, Doktor Möselbeck! Ist seine Tochter auch Apothekerin?"

Möselbeck blieb stehen und dachte nach. „Nein, ich glaub nicht. Irgendwas war da. Ach ja. Sie hat das Studium nicht geschafft. Sie war nur Apothekengehilfin. Deshalb konnte sie auch den Laden nicht übernehmen. Wird trotzdem nicht am Hungertuch nagen. Die Stadt hat bestimmt einiges für die Apotheke hingeblättert. Ja stimmt, die Tochter …"

Nelly hörte die letzten Worte kaum noch. Sie hatte ihr Telefon rausgeholt und die Kurzwahltaste ihres Bergener Chefs gedrückt. Während sie wartete, dass der Anruf entgegengenommen wurde, fragte sie Möselbeck, ob es in der Apotheke Chloroform gegeben habe.

„Chloroform? Das wird heute kaum noch gebraucht. Manche haben es noch da, falls Tierärzte danach fragen …"

Nelly hob eine Hand, um besser hören zu können. „Habt Ihr die Kinder?", meldete sich Gottschalk aufgeregt.

„Nein, aber wir verfolgen eine Spur. Ich brauche dringend eine Personenüberprüfung. Heike Theusing, zuletzt wohnhaft am Markt in Bergen. Das hatten die Kollegen schon recherchiert, weil ihr Name bei einer Zeugenvernehmung im Fall Dehne in Samtens aufgetaucht ist. Wir müssen rauskriegen, wo sie ist. Sie könnte irgendwie mit drinhängen. Könnten Sie mir bitte ein Bild der Frau schicken … Wenn sie nicht in Bergen zu finden ist … ihr Vater hatte eine Jagdhütte auf Ummanz."

„Theusing sagen Sie, Jäger soll er sein. Ich habe einen Freund, der auch Jäger ist, den könnte ich fragen", dachte Gottschalk laut nach und rief dann: „Ich kümmere mich."

Nachdem sie aufgelegt hatte, bat sie Möselbeck die Feuerwehrleute zu begleiten, weil er sich besser auf der Insel auskenne. Der stimmte auch sofort zu.

„Wir sollten auch Damp über die Spuren auf der Treppe zum Strand informieren", meinte Barnhöft. „Er ist vielleicht auch näher dran, wenn er von Vitte kommt."

Nelly hatte einzig Barnhöft erzählt, dass Damp noch eine weitere Spur verfolgte, nachdem der Feuerwehrchef sich über dessen Verschwinden gewundert hatte. Sie suchte Damps Nummer heraus und wählte sie. „Die Kinder sind vielleicht am Strand", rief sie ins Telefon, als er sich meldete. Damp fragte, wo genau. Er sei auf dem Rückweg und schon fast am Hotel „Dornbusch", dank Barnhöfts Schneepflug, der aus dem Weg zum Hotel eine befahrbare Piste gemacht hatte. Nelly schaute auf Barnhöft, der mitgehört hatte. Er beugte sich zu Nellys Telefon und rief: „Sie könnten am Strand zwischen Inselmuseum und Harter Ort sein."

XLV

Damp ließ den Wagen rückwärts bis zum Transformato-
renhäuschen rollen und wollte gerade wenden, da tauchte eine dunkle Gestalt vor dem Auto auf. Wie aus dem
Nichts. Damp erschrak und trat auf die Bremse. Erst jetzt erkannte
er Walter Blank. Der Polizist drückte auf den Knopf für den Fens-
terheber und ließ die Scheibe herunter. „Blank, bist du verrückt?
Ich habe mich zu Tode erschreckt."

„Mensch, Damp, ich muss mit dir reden. Dringend", bat der
alte Vogelwart. „Ich hab das grad von den Kindern oben im Hotel
gehört, als ich den Barthel zurückgebracht habe. Ich habe euch
gestern nicht die ganze Geschichte erzählt."

„Blank, ich habe jetzt echt andere Probleme. Wir müssen diese
Kinder finden …"

„Darum geht es doch!", brüllte Blank. „Martins Freundin ist auf
der Insel. Vielleicht hat sie …"

„Welche Freundin?", fragte Damp verdutzt.

Blank schüttelte den Kopf, wedelte mit den Armen und japste
nach Luft. Damp winkte schon ab und wollte die Scheibe hoch-
fahren. ‚Der ist doch verrückt', sagte er sich.

„Martin hatte 'ne Freundin in Bergen. Die war oder ist ein
bisschen …", rief Blank und bewegte wieder hektisch die Arme.
Damp hielt inne.

„Die Freundin ist ein bisschen merkwürdig und total eifersüchtig", lamentierte Blank weiter. „Ich habe sie aber heute gesehen.
Unten am Bessin. Sie ist mit Skiern auf die Insel und dann durch
den Honiggrund zum Leuchtturm hoch …"

Damp versuchte zu begreifen. Skifahrerin im Honiggrund?
Aber er hatte doch einen Skifahrer unten in Vitte gesehen. Warum

gab es plötzlich so viele Skifahrer auf der Insel? Sie waren hier doch nicht in den Bergen. Früher fuhr niemand auf Hiddensee Ski. Und jetzt? Damp hatte eigentlich keine Zeit, darüber nachzudenken. Er war in größter Eile. Er konnte sich nicht länger das Gestotter von Blank anhören. Aber eine innere Stimme sagte ihm, dass da etwas war in Blanks Worten. „Steig ein, Blank, und erzähl mir, was du weißt. Ich muss zum Strand."

Blank schlitterte um die Motorhaube, riss die Beifahrertür auf und schwang sich erstaunlich behände auf den Sitz. Damp legte den Rückwärtsgang ein, fuhr bis zum Stromhäuschen zurück, wendete und raste dann so schnell es ging durch den Hügelweg.

„Martin hatte in Bergen eine Freundin, schon seit Jahren", begann Blank zu erzählen. Er hielt sich dabei am Haltegriff fest, schien aber trotz der rasanten Fahrt auf schneeglatter Fläche nicht besonders verängstigt. „Da lebte seine erste Frau noch. Damals hatte er schon das Verhältnis. Die Heike war wie er im Chor."

„Heike?", fragte Damp nach, während er mit Mühe das Auto in der Spur hielt.

„Heike Theusing, die Tochter des Apothekers in Bergen. Sie hat mir auch das Chloroform besorgt."

Damp schaute Blank mit scharfem Blick an. Der hob entschuldigend die Augenbrauen. „Sie wollte Martin immer heiraten, mit ihm zusammenleben. Aber er hatte ein wenig Angst vor ihr."

„Angst vor ihr?", fragte Damp. „Wieso?"

„Martin hatte immer den Eindruck, sie ist …", er machte mit dem Finger eine rotierende Bewegung um seinen Kopf, „sie ist etwas plemplem, total fixiert auf ihn. Aber er … er wollte nicht mehr als eine Geliebte … Im Bett lief es wohl immer ziemlich gut."

Damp schüttelte kurz den Kopf. Wie wollte ausgerechnet Blank das beurteilen. Der deutete Damps Geste anders. „Ja, ist nicht ganz moralisch, aber darauf kommt's jetzt nicht an. Jedenfalls hat Dehne dann diese Isa Leetz kennengelernt. Die ist sicher Geschmacksache. Meiner ist sie nicht."

Damp bog nach rechts in den Kirchweg ein, bekam gerade so die Kurve, aber Blank blieb weiter vom Fahrstil des Polizisten unbeeindruckt. „Jedenfalls wollte sich Martin nun von dieser Heike trennen, hatte aber Schiss, weil sie immer gleich eine Szene machte und mit sonst was drohte. Außerdem war da noch die Sache mit ihren Eltern. Da ist er eben weiter zweigleisig gefahren."

Damp bremste und hielt dann am Inselmuseum. „Was war mit ihren Eltern?"

Blank zuckte kurz mit den Schultern. „Na ja, kurz nachdem sie die Apotheke verkauft haben, sind sie bei einem Autounfall ums Leben gekommen. Martin vermutete, dass Heike vielleicht etwas nachgeholfen hat. Ihre Eltern waren immer gegen ihre Beziehung zu Martin. Jedenfalls neues Auto und dann ohne zu bremsen den Abhang runter. Angeblich hatten die Eltern Massen von Schlafmitteln intus. Selbstmord wurde vermutet. Aber wer kauft sich denn vor einem Selbstmord noch ein neues Auto? Jedenfalls heute habe ich sie gesehen. Sie kam vom Bug übers Eis, lief über den Bessin und dann hinter Grieben zum Leuchtturm hoch. Und als ich dann im Hotel den Barthel abgeliefert habe, dem ich die Vögel auf dem Bessin gezeigt habe, und das mit den Kindern hörte, da habe ich eins und eins zusammengezählt."

„Und das hättest du uns nicht gestern schon erzählen können?", schrie Damp empört. Er wartete die Antwort nicht ab, sondern stieg aus dem Auto. Er beugte sich noch kurz runter. „Du bleibst hier und rührst dich nicht von der Stelle. Verstanden?"

Blank tippte an die Stirn wie ein Soldat.

XLVI

Der Wind pfiff durch die Dünen und schickte immer wieder Schneewehen. Damp zog seine Mütze tiefer in die Stirn. Er kletterte auf eine der Bänke vor dem Museum, deren Sitzflächen der Wind frei geblasen hatte, und schaute in Richtung Ostsee. Er konnte nichts erkennen. Niemand war zu sehen. Damp sprang von der Bank, lief um das Museum und kletterte dann dahinter auf die Düne. Früher war hier noch ein Weg zum Strand gewesen, doch nun hatten Bürgermeister und Nationalparkchef, also Förster in einer Person, beschlossen, diesen Weg zu sperren und weiter vorn, in Richtung Vitte, einen neuen Strandübergang anzulegen. Bei dem Schnee war es sowieso egal. Damp lief zum Strand. Dort entdeckte er jetzt eine Menge Fußspuren. Sie führten nach Süden. Damp folgte ihnen. Die Steinmole bot ein wenig Schutz vor dem eisigen Wind. Durch den hochgeschlagenen Jackenkragen konnte er kaum etwas erkennen, sondern musste sich an den Fußspuren orientieren. Als er einige Hundert Meter gelaufen war, endete der Steinwall. Die Hiddenseer nannten den Strandabschnitt „Harter Ort". Irgendwann in grauer Vorzeit war hier mal ein Schiff untergegangen. Plötzlich hörte er merkwürdige Geräusche. Irgendwo schlug eine Tür an. Dazwischen gab es ein Kreischen. Es klang fast wie von einer Möwe, aber da schrie wahrscheinlich ein Mensch. Damp schaute hoch. Im Schneetreiben sah er den kleinen Bauwagen, der den Rettungsschwimmern im Sommer als Aufenthaltsraum diente. Über den Winter war er hier im Schutz einer alten Kiefer in der Düne geparkt worden. Er ging um den Wagen herum. Damp klappte die Kinnlade herunter. Die anderen waren trotz steiler Treppe und tiefen Schnee am Strand doch schneller gewesen als er. Nelly Blohm stand vor dem Wagen mit der Waffe im Anschlag, gegen den Wind schreiend. Dessen offene Tür schwang im Wind hin und her und schlug an die Wände und den Türrahmen. Barnhöft kam geduckt auf Damp zugerannt. Möller und die Feuerwehrmänner hielten sich in einer Schneekuhle versteckt, die sich hinter ein paar am Strand liegenden Felssteinen gebildet hatte. Dort lag auch Matthies mit Caruso. Er hatte den Hund ganz nah an seinen Körper gedrückt und hielt ihm sanft die Schnauze zu.

„Gut, dass Sie endlich kommen", rief er aufgeregt und blieb dabei in gebückter Haltung. Damp musste sich zu ihm runterbeugen, um ihn im Sturmgetöse zu verstehen. „Ich fürchte, die Situation könnte aus dem Ruder laufen. Ihre Kollegin …"

„Was ist hier eigentlich los?", fragte Damp.

„Diese Frau ist mit den Kindern in dem Wagen. Sie war mal kurz mit den beiden draußen, als wir hier ankamen, ist dann aber wieder drinnen verschwunden, nachdem ihre Kollegin sie angerufen hat. Dem Älteren hat sie ein Messer an den Hals gehalten, den Jüngeren mitgeschleift … einfach furchtbar … Ich fürchte, Ihre Kollegin könnte die Nerven verlieren!"

„Aber die Kinder leben noch?"

Barnhöft sah ihn mit fassungslosem Blick an. „Ich hoffe es."

Damp überlegte kurz. „Ich gehe da jetzt mal hin und sehe mir das an. Verziehen Sie sich mit Ihren Leuten vom Strand, bleiben Sie aber in Sichtweite." Er kramte seinen Autoschlüssel aus der Jacke und gab ihn Barnhöft. „Holen Sie Feuerwehr, Krankenwagen und mein Auto ran bis an den Strandaufgang und gehen Sie dann dort in Deckung." Barnhöft nickte.

„Doktor Möller soll aber in der Kuhle bleiben. Da ist er näher dran, falls was passiert." Barnhöft salutierte fast und verschwand dann in Richtung Kuhle. Bald darauf sah Damp, wie die Männer und der Hund schnell heraussprangen und mit dem Feuerwehrchef zur Düne liefen. Nur der Kopf von Doktor Möller schaute noch knapp über den Rand der Vertiefung. Damp winkte ihm kurz und bekam als Antwort einen gehobenen Daumen zu sehen.

Langsam näherte er sich nun Nelly Blohm. Sie verharrte immer noch in der Stellung mit Waffe im Anschlag. Wie erstarrt. Damp erschrak, als er die Angst in den Augen seiner Kollegin sah. Nelly drehte sich zu ihm um, als er bei ihr war, und blickte ihn an. Ihr Atem rasselte. Ihre Lippen bebten beim Sprechen. „Sie hat die Kinder", stammelte sie. „Sie will sie umbringen! Sie …"

Damp wusste nicht, wie er seine Kollegin beruhigen sollte. „Ist es diese Heike?"

Nelly nickte. „Heike Theusing", stieß sie hervor. „Ihre Eltern hatten eine Apotheke in Bergen …"

„Ich weiß", entgegnete Damp, so ruhig er konnte, obwohl er spürte, wie auch ihn langsam Angst und Unruhe ergriff.

„Wir konnten noch nicht mit ihr sprechen, ob sie Forderungen hat."

„Wie ist sie eigentlich in diesen Wagen gekommen?", fragte Damp, um Nelly etwas abzulenken.

„Keine Ahnung. Aber das Schloss zu knacken, ist sicher auch keine Zauberei." Nelly richtete ihren Blick wieder auf den Wagen. Ihr Körper spannte sich wieder an. „Wenn sie den Kindern etwas antut? Wie sollen wir das der Mutter erklären?"

„Noch sind wir nicht so weit", sagte Damp so abgeklärt, wie er konnte. Dann legte er seine Hand auf Nellys ausgestreckten Arm mit der Waffe. „Und wir sollten es auch nicht dazu kommen lassen."

Langsam drückte er Nellys Arm nach unten. „Das könnte die Panik der Frau nur steigern. Versuchen wir noch einmal Kontakt aufzunehmen."

Damp ließ Nelly stehen und ging weiter auf die offene Wagentür zu, die immer noch hin und her schwang. Damp hielt sie auf. Er versuchte in den kleinen Raum zu blicken, konnte aber in der Dunkelheit nichts erkennen. Wahrscheinlich hatte sich die Frau mit den Kindern hinter dem Tisch versteckt, der die ganze rechte Seite verdeckte. Nur ein leises Wimmern war zu hören. Wahrscheinlich von einem der Kinder.

„Frau Theusing, hören Sie mich?", rief er, so laut er konnte, aber ohne Schärfe. „Mein Name ist Damp. Ich bin von der Polizei. Können wir miteinander reden?"

„Hauen Sie ab!", rief eine weibliche Stimme aus der Tiefe des Raumes.

„Sie haben zwei Kinder entführt! Lassen Sie die Kinder frei! Das sind doch unschuldige Wesen. Oder nennen Sie mir wenigstens Ihre Forderungen!"

„Ich habe keine Forderungen!"

Damp glaubte, er hätte nicht richtig verstanden. „Sie haben keine Forderungen? Was wollen Sie dann?"

Da bewegte sich etwas. Ein Kinderkopf erschien hinter dem Schreibtisch. Es war der Ältere der beiden Jungen. Ihm wurde ein Messer an den Hals gehalten. Dahinter erhob sich ein dunkler Schatten. Mehr konnte Damp nicht erkennen.

„Ich will Rache! Ich will, dass diese Frau leidet!" Der Ton war giftig und böse. „Ich will, dass diese Schlampe spürt, wie es ist, wenn man betrogen wird!"

Damp war geschockt von dem Hass, der ihm entgegenschlug. Er kramte in seinem Gedächtnis nach ein paar Kenntnissen, die aus Seminaren an der Polizeischule über den Umgang mit entschlossenen Gewalttätern hängen geblieben sein konnten. Doch da tauchte Nelly Blohm erneut neben ihm auf, wieder mit der Waffe im Anschlag.

„Lassen Sie das Kind los oder ich schieße!", schrie seine Kollegin. „Lassen Sie sofort das Kind los!"

Nelly umklammerte den Griff der Pistole. Damp sah mit Entsetzen, dass sie den linken Zeigefinger um den Abzug gelegt hatte.

„Nehmen Sie die Waffe runter", zischte er ihr zu.

„Das werde ich nicht tun", flüsterte Nelly zurück.

„Nehmen Sie die Waffe runter! Wollen Sie hier eine Katastrophe?"

Zwei Frauen, die austickten. Das war Damp echt zu viel. Er stellte sich vor Nelly und blockierte so ihre Schussrichtung. Sie versuchte ihn beiseitezuschieben, doch Damp drängte sie weiter von der Wagentür weg. „Gehen Sie zurück! Lassen Sie mich das machen!"

Er spürte Nellys Widerstand. „Ich habe selbst einen Sohn. Ich werde nicht zulassen, dass hier ein Kind stirbt."

„Und glauben Sie wirklich, es so zu verhindern? Gehen Sie neben dem Arzt in Deckung. Das ist ein Befehl."

Aus den Augenwinkeln sah Damp, wie Heike Theusing die Chance nutzte und mit Florian in der Tür auftauchte. Ihm das Messer an den Hals haltend, bewegte sie sich langsam auf die Ostsee zu. Der Junge taumelte. Seine Arme schlenkerten wie bei einer Marionette neben seinem schmalen Körper. Er schien wie betäubt. Damp wusste nicht so recht, was er zuerst tun sollte. Mit einem Arm hielt er Nelly zurück, während er sich zu Heike Theusing umdrehte. „Wo ist Jonas?", rief Damp ihr zu. Nelly wehrte sich wie ein störrisches Tier und versuchte aus Damps Halt auszubrechen. „Wo ist der zweite Junge? Wo ist Jonas?", wiederholte er seine Frage.

„Sehen Sie doch selbst nach", antwortete die Frau mit hässlichem Tonfall und deutete zum Rettungsschwimmerhäuschen. Nelly stürmte sofort los in den Wagen. Dort lag Jonas in einer Ecke. Aber er rührte sich nicht. „Jonas", schrie sie das Kind an und schüttelte es. Möller kam aus seiner Deckung angestürzt, drängte die Polizistin zur Seite. Das Gesicht des Jungen war kalt und blass, seine Hose durchnässt. „Er ist betäubt, aber atmet", murmelte der Arzt. „Wir müssen ihn dringend wärmen."

Da erschien plötzlich Walter Blank im Eingang. Blohm und Möller waren kurz irritiert, weil sich der Raum so plötzlich verdunkelte. Der Vogelwart zog seinen weiten Umhang aus, beugte sich herunter und wickelte ihn um den kleinen Jungen. Dann strich ihm der alte Mann über die Stirn. Möller hielt Jonas ein kleines Fläschchen unter die Nase und versuchte ihn anzusprechen. Jonas' geschlossene Augenlider flatterten „Er könnte auch mit Chloroform betäubt worden sein", meinte der Arzt, „aber zeigt erste Lebenszeichen. Er kommt wahrscheinlich langsam zu sich. Er muss aber so schnell wie möglich ins Krankenhaus. Er könnte eine schwere Unterkühlung haben."

Nelly, die bisher neben dem Kind gehockt hatte, entspannte sich ein wenig und setzte sich hin. Sie zog ihr Handy aus der Jacke. Um den Jungen schnell in ein Krankenhaus zu bringen, gab es nur eine Möglichkeit.

XLVII

Damp folgte Heike Theusing, die Florian mit sich zog. Sie bewegte sich auf das Meer zu. Hier am Harten Ort war der Steindamm zum Schutz gegen die Brandung zu Ende. Das wäre ein großes, schwer zu überwindendes Hindernis für Heike Theusing gewesen. Mit einem halb bewusstlosen Kind wäre es ihr kaum gelungen, darüberzusteigen. Doch nun lag vor ihr der Eispanzer mit den Treibeisbergen, dahinter die offene Ostsee. Jede ihrer Bewegungen signalisierte ihr Ziel. Sie wollte mit dem Kind auf das Eis. Damp vermutete, dass es durch den ständigen Wellengang nicht so dick und stabil sein würde. Es war auch keine glatte Fläche. Schollen hatten sich zu Bergen zusammengeschoben und aufgetürmt. Dazwischen gab es immer wieder Löcher und Spalten. Darunter gluckste die eisige See. Darüber zu balancieren, war lebensgefährlich. Zugleich trieben hohe Wellen heran, die sich am Rande des Eispanzers mit hohen Fontänen brachen. Damp war klar, Heike Theusing wollte keine Wiederkehr. Wenn sie mit dem Jungen einbrach und in die Ostsee stürzte, gäbe es keine Rettung. Das musste er um jeden Preis verhindern. Er versuchte wieder mit ihr Kontakt aufzunehmen.

„Warum sind Sie so wütend?", rief er ihr zu.

Sie hielt kurz inne und schaute zu ihm. „Diese Frau hat mir den Mann gestohlen!"

Was sollte er darauf antworten? War er Eheberater? „Wie kommen Sie darauf? Man kann doch keinen Mann stehlen, wenn er es nicht will?"

Heike Theusing hatte wieder ein paar Schritte aufs Eis hinaus gemacht.

„Er wollte immer Kinder! Und sie hat ihn mit den Kindern gelockt. Dabei hatte er versprochen, mit mir eine Familie zu gründen. Aber sie hatte schon die Kinder … ich nicht!"

Damp machte keine Schritte, sondern rutschte langsam im Schnee weiter. Die Frau sollte nicht bemerken, wie er sich ihr langsam näherte.

„Jahre habe ich auf ihn gewartet! Jahre! Wissen Sie, wie das ist? Und dann kommt diese Schlampe … Sie soll jetzt spüren, wie es ist, wenn man sein Glück verliert und plötzlich unendlich einsam ist! Da bin ich doch noch gnädig und nehme ihr nur ein Kind?"

Sie schaute Damp an. „Wissen Sie, wie es ist, einsam zu sein?"

Damp nickte. „Das weiß ich sogar sehr gut!"

„Ach, reden Sie doch keinen Quatsch! Sie wissen nicht, wie sich Einsamkeit anfühlt!"

„Doch das weiß ich", beharrte Damp. „Und ich bin oft einsam."

„Hier auf der Insel kennt doch jeder jeden. Da ist man nicht einsam!", beharrte sie. „Martin war hier nie einsam."

„Aber er kam auch von der Insel. Ich komme wie Sie von Rügen. Da ist es schwer, hier Anschluss zu finden! Da ist man schnell einsam, ohne allein zu sein."

Er sah mit Schrecken, wie sie sich jetzt mit dem Rücken zur Ostsee drehte. Florian hatte sie den rechten Arm mit dem Messer in der Hand um die Brust gelegt und zog den regungslosen Jungen hinter sich her. Immer näher kam sie der Eiskante.

Damp schaute sich um. Barnhöft und seine Leute standen jetzt am Strand. Sie hatten sich hinter der Felskante am Ende des Steinwalls versteckt. Da war auch Nelly. Am Strandaufgang „Harter Ort" standen jetzt Feuerwehr und Rettungswagen. Möselbeck hatte mit einem Fernglas auf der Düne Stellung bezogen. Auch einige Hiddenseer beobachteten von dort, was passierte.

Als Damp sich wieder umdrehte, war Heike Theusing noch näher ans offene Meer gelangt. Damp musste dichter heran, wenn er einen Zugriff wagen wollte. Dazu müsste man sie kurz ablenken. Als wäre sein Gedanke erhört worden, tauchte plötzlich von

Kloster kommend der Helikopter Groths auf. Tief flog er über den Strand.

Heike Theusing duckte sich, um sich vor dem aufgewirbelten Schnee zu schützen. Damp erkannte seine Chance. Er sprang auf die Frau zu, brüllte dabei: „Rettet das Kind!" Da fiel ein Schuss. Stille.

XLVIII

Nelly saß auf ihrem Bett. Sie hatte die Beine angezogen, die Arme darum geschlungen und das Kinn auf die Knie gelegt. Sie blickte aus dem Giebelfenster ihres Pensionszimmers auf den Bodden. Dort blinkten die grünen und roten Lichter der Tonnen an der Fahrrinne, auch wenn der Bodden vereist war und kein Schiff fuhr. Sie konnte nicht verstehen, wie alles so weitergehen konnte, obwohl in den letzten zwölf Stunden so viel passiert war.

Damp hatte sie vor gut zwei Stunden bei Malte abgesetzt. Dora Ekkehard hatte nur ein Blick gereicht. Dann hatte sie sofort den Arm um Nelly gelegt und sie ins Wohnzimmer geführt. Malte lag auf dem Sofa. Er hatte noch immer starke Kopfschmerzen von dem Schlag und Dora kümmerte sich um ihn. Sie kochte für Nelly schnell einen Tee und stellte ihn vor die Polizistin, die aber kein Wort sagte. „Nun nehmen Sie sich das doch alles nicht so zu Herzen", versuchte Dora die Polizistin zu trösten.

Nelly hatte sie kurz angesehen, dann aber wieder auf die dampfende Tasse geschaut. Irgendwann war sie einfach aufgestanden und in ihrem Zimmer verschwunden. Seitdem saß sie auf dem Bett und starrte in die Ferne. Immer wieder tauchten die Bilder vom Nachmittag auf. Wie Ole Damp sich auf Heike Theusing gestürzt und ihr den Arm mit dem Messer in der Hand weggerissen hatte. Im gleichen Augenblick hatte Nelly geschossen. Florian war wie ein Sack aus der gelösten Umklammerung gerutscht. Sie wusste nicht mehr, wie lange die Stille und Schockstarre bei allen gedauert hatte. Dann war einer der Feuerwehrmänner auf den Jungen zugerannt und hatte ihn weggezogen, während Damp Heike

Theusing das Messer entwand und es ihm gelang, der schreienden und sich heftig wehrenden Frau die Arme auf den Rücken zu biegen, sie mit seinem Gewicht nach unten zu drücken, um ihr Handschellen anzulegen. Endlich kamen zwei der Feuerwehrleute dazu und halfen ihm. „Bringt sie in den Polizeiwagen und lasst sie nicht aus den Augen", befahl Damp atemlos.

Möselbeck kam angelaufen und beugte sich über das Kind. Nelly war auf die Knie gesunken. Sie war sich sicher, dass sie Florian tödlich getroffen hatte, denn der Junge regte sich nicht. Möselbeck riss die Jacke des Jungen auf und fühlte Herzschlag und Puls, hielt sein Gesicht vor den Mund des Kindes. Dann machte er ein paar sanfte Schläge auf seine Wangen. Die Mutter der Kinder, Isa Leetz, tauchte schreiend am Strand auf. Sie war mit Carl Groth mitgeflogen. Groth versuchte Isa Leetz zurückzuhalten. Aber es gelang ihm nicht. Da bewegten sich Florians Hände. Er schlug die Augen auf. „Okay, er ist wieder da und nicht verletzt, aber wir müssen ihn so schnell wie möglich ins Krankenhaus bringen."

Möselbeck wollte Damp anerkennend auf die Schulter schlagen. Doch Damp wehrte ab und lief ein Stück davon. Plötzlich ließ er sich in den Schnee fallen. Nachdem er ein paar Minuten regungslos verharrt hatte, kam wieder Leben in ihn. Er holte sein Telefon hervor und meldete Gottschalk in Bergen, dass der Einsatz beendet, die Kinder gerettet und die Geiselnehmerin verhaftet sei. Danach steckte er das Telefon ein und starrte wieder vor sich hin. Auf die offene See.

Möselbeck trug Florian, begleitet von seiner Mutter, zum Hubschrauber. Möller hatte schon Jonas auf einem der Sitze platziert und mit Decken aus dem Rettungswagen abgedeckt. Nachdem auch Florian mit seiner Mutter Platz genommen hatte und angeschnallt war, klärte Möselbeck mit Möller, dass er als ausgebildeter Notfallmediziner besser mit nach Bergen fliegen sollte. Dann startete Groth den Hubschrauber, obwohl nach wie vor ein heftiger Wind wehte und die Sicht schlecht war.

Möselbeck drehte sich zu Damp und Blohm um. Beide saßen noch immer im Schnee. Völlig apathisch. Der Inselarzt ging zu den beiden hin. „Wir fliegen die Kinder und Frau Leetz nach Bergen. Möller begleitet sie", rief er ihnen zu. „Steht auf, sonst holt ihr euch noch den Tod hier im Schnee."

Damp nickte. Nelly zeigte keine Reaktion. Sie hatte auch noch immer die Pistole in der Hand. Damp stand auf, ging zu ihr und legte ihr die Hand auf die Schulter. „Schön, dass Sie mich nicht getroffen haben", meinte er lakonisch.

„Ich habe immer nur Lukas vor meinen Augen gesehen", klagte sie völlig verstört. „Ich wollte nicht schießen … Wenn ich nun den Jungen getroffen hätte."

„Haben Sie aber nicht."

Sie sah Damp mit glasigen Augen an. „Aber ich hätte ihn treffen können."

Damp griff ihr mit der Hand unter die Achseln und zog sie hoch. „Kommen Sie jetzt. Ich bringe Sie zu Malte."

So schnell war es dann aber nicht gegangen. Carl Groth war zweimal geflogen. Trotz des schlechten Wetters. Nachdem er Isa Leetz mit ihren Kindern im Klinikum Bergen abgesetzt hatte, waren zwei Polizeibeamte mit ihm nach Hiddensee zurückgekehrt und hatten Heike Theusing übernommen, um sie erst mal in einer Zelle in Bergen unterzubringen. Möselbeck hielt zwar eine Verlegung in eine psychiatrische Klinik oder geschlossene Abteilung eines Krankenhauses für sinnvoller, aber das würden erst am nächsten Tag Staatsanwaltschaft und Haftrichter entscheiden, teilten die Beamten mit. Damp war froh gewesen, die Täterin loszuwerden. Er war zu ihr ins Auto gestiegen und hatte sie gefragt, ob sie Martin Dehne getötet habe.

„Das war ein Versehen!"

„Das war kein Versehen! Sie haben ihn auf die ‚Caprivi' gelockt, weil sie erfahren hatten, dass er wieder geheiratet hat und Ihnen klar wurde, dass Sie für ihn nicht mehr als eine Geliebte waren. Daraufhin haben Sie ihn mit dem Chloroform betäubt. Als Tochter eines Apothekers wussten Sie über die Wirkung genau Bescheid und konnten sich ausrechnen, dass er bei der verwendeten Dosis auf dem Schiff bei Temperaturen weit unter null erfrieren würde. Es war kein Versehen, Frau Theusing. Es war Mord."

Darauf sagte sie kein Wort mehr, sondern starrte nur noch vor sich hin.

Einer der Feuerwehrmänner, der in Vitte in einer Pension am Hafen als Hausmeister arbeitete, hatte außerdem Heike Theusing wiedererkannt. Sie war zwischen Weihnachten und Neujahr Gast in der Pension gewesen und am Silvesterabend verschwunden. Das hatte niemanden verwundert, denn es hatte schon immer Alleinreisende gegeben, die dann kurz vor dem Jahreswechsel die Nerven verloren hatten bei dem Gedanken, jetzt allein auf der Insel zu sein und dann noch schnell abgereist waren.

Gern hätte Damp auch Bökemüller mitgeteilt, dass der Fall Dehne gelöst und die Kinder gerettet seien, aber Bökemüller war nicht zu erreichen gewesen. Er sei auf einem wichtigen Außentermin, hatte ihm seine Sekretärin lapidar mitgeteilt.

Damp und Nelly hatten dann auch noch eine Weile am Strandaufgang zum Harten Ort im Polizeiauto gesessen, nachdem alle anderen schon lange abgezogen waren. Sie hatten schweigend auf den Eispanzer geschaut, der immer mal wieder hell glänzte, wenn das Mondlicht durch die ziehenden Wolken brach. Damp hatte ihr plötzlich die Hand aufs Knie gelegt. Sie hatte ihn erschrocken angesehen. Damp war sofort zurückgezuckt. „Verstehen Sie mich nicht falsch", hatte er stockend hervorgebracht, „ich wollte Ihnen nur sagen, Sie haben nichts falsch gemacht …"

„Ich habe die Nerven verloren. Ich hätte …"

Er lächelte kurz vor sich hin, worauf Nelly ihn verwundert anschaute. „Ich musste dran denken, was Malte immer sagt. ‚Der alte Hättich ist tot.'" Er wandte sich zu ihr um. „Für solche Situationen gibt es zwar viele Lehrbücher und Vorschriften, aber wir sind auch nur Menschen. Sie haben versucht, Florian und Jonas zu retten. Auf Ihre Weise. Es ist eine Erfahrung …"

Nelly schüttelte heftig den Kopf. „Ich bin unfähig … ich denke, wenn Gottschalk und Bökemüller den Bericht gelesen haben, werden sie mich zur Fußtruppe schicken. Für unfähig hielt mich Bökemüller eh schon. Zu Recht. Ich höre lieber gleich von selbst auf."

„Quatsch", erwiderte Damp. Langsam nervte ihn das Selbstmitleid seiner Kollegin. Er selbst war auch völlig am Ende. „In meinem Bericht wird es so stehen, wie ich es erlebt habe. Es war ein Warnschuss, total gerechtfertigt in dieser Situation."

Er sah sie noch einmal an. „Jedenfalls weiß ich jetzt, dass es stimmt, wenn jemand sagt, ihm seien die Kugeln um die Ohren gepfiffen. Sie pfeifen wirklich."

Dann hatte er sie zu Malte gefahren.

XLIX

Trotz dieser Ermunterung haderte Nelly in ihrem Zimmer immer noch mit sich. Ihr Körper wurde von Schüttelfrostattacken geplagt. Was hatte sie falsch gemacht, fragte sie sich immer noch. Warum hatte sie die Nerven verloren? War es die Angst gewesen, dass ihrem Sohn auch etwas passieren könnte?

Sie musste zur Ruhe kommen. Vielleicht sollte sie doch noch was Heißes trinken. Sie stand vom Bett auf, griff nach einem Papiertaschentuch und schnäuzte sich. Dann ging sie auf den Flur und runter in die Küche. Dora Ekkehard wusch Geschirr ab. „Geht es Ihnen etwas besser?"

Nelly zuckte mit den Schultern. „Ich weiß nicht, was passiert wäre, wenn Damp nicht gewesen wäre …"

„Damp war aber da", kam es von hinten. Malte stand mit verbundenem Kopf im Flur. „Er ist ein guter Polizist, auch wenn wir das alle nicht wahrhaben wollen." Dabei konnte er sich ein Grinsen nicht verkneifen und auch Nelly musste lächeln. „Da haben Sie recht."

„Leider", erwiderte Malte. „Wir sollten mal was Richtiges essen. Nichts für ungut, Dora, deine Gemüsesuppe ist vortrefflich, aber wie wäre es mal mit ein paar Dorschfilets und Bratkartoffeln?"

Dabei schaute er mit einem so herzensguten Blick auf seine Nachbarin, dass Dora lachen musste.

Bald duftete es im Haus nach gebratener Butter. Drei in Mehl gewälzte Filets warteten darauf, knusprig und goldbraun gebraten zu werden. Malte war dabei, Zwiebeln und Schinkenspeck für die Bratkartoffeln zu schneiden. Nelly hatte in ihrem Zimmer mit Lukas telefoniert. Als sie wieder auf dem Weg nach unten war, hörte sie einen Knall. Nicht nah. Sie hielt inne. Was war das gewesen?

Da knallte es noch zweimal. Kurz hintereinander. Wie Schüsse. Sie schaute zu Malte und Dora. „Haben Sie das gehört?"

Die beiden standen wie erstarrt in der Küche.

„Das waren Schüsse!", rief Nelly. Sie riss ihre Jacke vom Haken. Da war Malte neben ihr. „Das war bestimmt nur das Krachen des Eises. Das passiert manchmal im Winter."

„Ich weiß doch, wie sich Schüsse anhören." Sie lief zur Tür. „Seit heute weiß ich es ganz genau."

Malte stellte sich ihr in den Weg. „Oder Jäger. Irgendwann müssen sie ja die Wildschweine jagen. Da sollten Sie jetzt nicht rausgehen. Das ist gefährlich, die schießen querfeldein."

Nelly schob Malte zur Seite und stürmte nach draußen. Malte rannte ihr hinterher. „Nelly, bleiben Sie besser hier", rief er ihr nach. Sie blieb stehen, drehte sich um und schaute ihn an, wie er dort mit flehenden Augen und hängenden Armen in der Tür stand. Dora tauchte neben ihm auf und sah ihn fragend an. „Malte, was wird hier gespielt?"

Nelly hörte die Antwort nicht mehr. Sie lief schon zur Sprenge. Der Weg war dunkel. Da stieg ein rotes Licht im Süden der Insel in den Himmel auf. Eine Leuchtrakete! Sie versuchte sich zu orientieren. Für die Dünenheide war es zu nah am Boddenufer. Sie rannte weiter, bog vor dem Deich links ab. Ein Weg führte nah am Wasser zur Fährinsel. Sie wunderte sich, warum es hier so viele Fußspuren im Schnee gab. Daneben lief eine Skispur. Wer hatte diesen Pfad getreten? Wer lief hier Ski? Waren es die Spuren von Heike Theusing? Aber Blank hatte doch berichtet, dass sie über den Bessin nach Hiddensee gelangt war. Außerdem hatte es inzwischen geschneit. Egal. Nelly zog im Laufen ihre Waffe. Unter der dicken Jacke wurde ihr heiß. Sie schwitzte und schnaufte. Es ging leicht bergan. Nelly blieb stehen, um sich kurz auszuruhen. Während sie heftig atmete, um wieder zu Kräften zu kommen, blickte sie über die verschneiten Wiesen, die im Mondschein silbern glitzerten. Vom Bodden hörte sie ein Brummen. Hubschrauber! Plötzlich wurde die Eisfläche erhellt. Zwei Suchscheinwerfer in der Luft. Dann konnte sie die beiden Helikopter erkennen. Sie schwebten über der Fährinsel. Aus den geöffneten Seitentüren seilten sich dunkle Gestalten ab und verschwanden im Dickicht. Nelly war erstarrt. Was passierte dort? Sie lief weiter. Am Mast des Seezeichens mit dem umgekehrten Dreieck stellte sich ihr ein Vermummter in den Weg. Nur die Augen waren durch einen Seeschlitz zu sehen. Sie erschrak und riss ihre Waffe hoch, doch der Mann war schneller und schlug mit seiner Maschinenpistole gegen ihren rechten Arm. Ihre Pistole flog in den Schnee. „Hände hoch!", kam es dumpf durch die Maske. „Wer sind Sie?"

„Polizistin. Ich bin Polizistin." Die Angst war wieder da.

„Unbekannte Person mit Waffe am Seezeichen, gibt sich als Polizistin aus", flüsterte der Mann wahrscheinlich in ein Funkgerät.

Wenig später tauchten in der Dunkelheit weitere vermummte Gestalten auf, alle bis auf einen mit Maschinenpistolen bewaffnet.

„Wer sind Sie?", fragte der Mann streng, der nur eine Pistole am Gürtel trug.

„Sie sagt, sie sei Polizistin", antwortete der Vermummte, der sie aufgehalten hatte, bevor Nelly selbst etwas sagen konnte. Neben ihr tauchte plötzlich Malte auf, völlig außer Atem, mit erhobenen Händen. Mit seinem Verband unter seiner Pelzmütze, der übergeworfenen Jacke und den Filzstiefeln sah er aus wie ein verwundeter Soldat. „Warum haben Sie nicht auf mich gehört?", flüsterte er ihr zu. An die Vermummten gewandt erklärte er, „Das ist ein Versehen. Die Frau ist Polizistin."

„Halten Sie den Mund, bis Sie dran sind", wurde er barsch zurechtgewiesen.

„Warum sind Sie hier?", fragte der Mann ohne Waffe Nelly.

„Ich habe Schüsse gehört?" Nelly zitterte am ganzen Leib. Die Hitze unter der Jacke war verflogen. Kalte Schauer jagten jetzt über ihren Körper.

„Gutes Gehör. Auf die Entfernung. Und wer ist der da?" Er zeigte in Maltes Richtung.

„Mein Pensionswirt."

„Malte Fittkau?"

Woher wusste dieser Mann Maltes Namen, schoss es Nelly durch den Kopf? Sie nickte.

„Wo ist Ihr Dienstausweis?"

„In meiner linken Jackentasche."

Einer der Männer griff hinein und reichte ihren Dienstausweis weiter. Der Mann, der offenbar das Kommando hatte, hielt den Ausweis ins Licht einer kleinen Taschenlampe. Dann wandte er sich ab. Nelly sah, wie er den Arm hob und in ein Mikrofon in seinem Ärmel flüsterte. Sie konnte nichts verstehen. Offenbar musste er auf eine Antwort warten. Nach einigen Sekunden, die Nelly wie eine Ewigkeit vorkamen, drückte er eine Hand an sein Ohr unter der Sturmhaube. Dann nickte er, drehte sich und hob seinen Daumen.

„Alles okay. Die sind sauber."

Die anderen Männer nahmen die Waffen runter. Nelly atmete auf, ließ ihre Arme sinken und wäre fast umgekippt, wenn ihr nicht Malte geistesgegenwärtig unter die Arme gegriffen hätte. Sie bewunderte seine Ruhe und Gelassenheit.

Der Kommandierende bückte sich und hob Nellys Waffe auf. Er kontrollierte sie, dann hielt er sie ihr hin. Ihre Angst schlug in Wut um. „Darf ich mal erfahren, was Sie hier tun?"

Sie glaubte zu sehen, dass der Mann unter der Sturmhaube lächelte.

„Hier läuft eine Polizeiaktion, Kollegin. Wir sind vom MEK Schwerin."

„Vom MEK? Wieso? Warum wissen wir nichts davon?"

Er zuckte mit den Schultern. „Das müssen Sie nicht mich fragen. Da hinten sind die beiden Chefs der Aktion. Fragen Sie die."

Nelly sah Malte an. „Verstehen Sie das?"

Malte sagte nichts, aber seine Miene kam ihr komisch vor.

„Malte?"

Er machte eine hilflose Geste. Sie ließ ihn stehen und marschierte weiter auf den Pulk von Personen zu, in dem sie die „Chefs" vermutete. Als sie näher kam, sah sie einen Menschen im Schnee liegen, abgedeckt mit einer Jacke. Daneben saßen ein Mann und eine weinende Frau. Es war das Ehepaar Zabel. Man hatte ihre Hände mit Kabelbindern auf dem Rücken gefesselt. Zwei Leute des Einsatzkommandos bewachten sie. Ein Mann in Zivil durchsuchte daneben eine Reisetasche. Sie erkannte Holm Behm, den Chef der Stralsunder Spurensicherung. Immer wieder hob er Geldbündel heraus und warf sie dann mit wütenden Bewegungen wieder in die Tasche.

„Holm?"

„Hallo, Nelly."

„Kannst du mir das hier erklären?"

Holm stand auf. „Hat dir denn niemand was gesagt?"

Nelly stemmte die Hände in die Hüften. „Wer bitte schön hat mir nichts gesagt?"

Holm kratzte sich am Kopf. „Na Bökemüller. Bei der Aktion sollte Ulrike Stein festgenommen werden." Holm Behm trat zu der leblosen Person, hob etwas die Jacke an. „Hat nicht ganz so geklappt wie erwartet. Sie ist tot, schoss sofort, nachdem sie bei der Geldübergabe gestellt wurde." Er zeigte auf das Ehepaar. „Die Zabels hatten das Geld aus dem Tresor von Steins Ehemann hier in der Ruine auf der Fährinsel gebunkert. Die Stein wollte es abholen und dann für immer verschwinden. Wahrscheinlich hat die Aktion den Zabels das Leben gerettet. Zeugen hatte Ulrike Stein ja nicht so gern, außerdem hatten sie wohl einen Teil des Geldes schon selbst verbraucht oder zweckentfremdet."

„Wer hat Ulrike Stein gestellt?"

Bevor Holm Behm antworten konnte, bremste Damp mit seinem Polizeiwagen. Er bekam den Wagen nur mit Mühe zum Stehen, sprang heraus und brüllte sofort Nelly an: „Können Sie mir mal sagen, was Sie hier schon wieder hinter meinem Rücken treiben? Warum sind die Leute vom Mobilen Einsatzkommando hier? Habe ich Ihnen nicht heute den Arsch gerettet?"

„Ich weiß doch auch nichts", schrie Nelly zurück.

Da entdeckte sie Polizeichef Bökemüller. Er trug eine schusssichere Weste und lehnte entspannt am Krankenwagen, in dem offenbar jemand behandelt wurde. Jedenfalls sah sie durch die

Milchglasscheibe die Schatten von zwei Personen. Der eine beugte sich immer wieder über den anderen. Wieso waren die Sanitäter und der Arzt so schnell hier gewesen, überlegte sie? Nelly marschierte dahin.

„Mensch, Sie haben echt sieben Leben wie eine Katze", hörte sie Bökemüller lästern, als sie näher kam.

Von drinnen antwortete jemand. „Ich muss etwas sparsamer damit umgehen. Zwei hat mich dieser Fall schon gekostet. Und die Stein hätte ruhig die andere Schulter treffen können. Die linke war gerade erst wieder geheilt."

„Beinah wäre die Aktion noch schiefgegangen und der ganze schöne Undercover-Einsatz in den letzten Monaten und die Geschichte mit dem Wachkoma für die Katz gewesen. Erst dieser Mord an diesem Hotelier und dann ist uns die Blohm auch ganz schön in die Quere gekommen."

„Kluges Mädchen", meinte der Mann im Krankenwagen. „Die Leute vom LKA haben eine ganze Woche gebraucht, um zu schnallen, dass die Stein das Geld nicht dabeihatte, als sie über Hamburg abgehauen ist. Nelly hat es gleich auf dem Foto gesehen."

„Stimmt schon", räumte Bökemüller ein, „aber sie ist zu weit gegangen. In den LKA-Computer hacken ..."

„Mir tut auch leid, dass ich Malte Fittkau niederschlagen musste. Trotzdem hat er dichtgehalten vor Nelly und Damp. Und Damp kam mir auch gefährlich nah. Als er heute bei den Zabels auftauchte und ich dort vor dem Haus stand, dachte ich schon, er hätte mich erkannt. Sein Blick ..."

„Der Damp hat heute einen tollen Job gemacht", hakte der Polizeidirektor ein. „Was mir Möselbeck erzählt hat, als wir in seiner Praxis auf das Signal gewartet haben, Junge, Junge, der ist schon ..."

„... ein harter Hund", vollendete der andere den Satz.

Nelly war stehen geblieben und hatte dem Gespräch gelauscht, während Damp, der ihr gefolgt war, sich für ein Paar Skier interessierte, das an den Krankenwagen gelehnt war. Plastiksohle mit eingepressten Lamellen. Umso länger sie den Männern zugehört hatte, desto heftiger hatte ihr Herz angefangen zu schlagen. Sie erkannte die Stimme im Krankenwagen, rannte um das Auto und schaute hinein.

„Stefan!", schrie sie.

Stefan Rieder schaute sie an. Sie erkannte ihn nur an seinen blitzenden Augen wieder. Sein Gesicht war sonst von einem dicken Vollbart überwuchert. Auf dem Kopf trug er ein braunes Basecap. Damp, der hinter ihr auftauchte, erkannte den Mann, den er vor Zabels Büro gesehen hatte. „Rieder?", fragte er entgeistert. Möselbeck war dabei, Rieders Schulter zu verbinden. Auf dem weißen Verband bildeten sich aber schon wieder rote Blutflecke.

„Hallo, Nelly. Hallo, Damp."

Stefan Rieder hob lässig den rechten Arm.

Nelly antwortete nicht, sondern drehte sich um und rannte davon.

Rieder schob Möselbeck zur Seite und sprang aus dem Krankenwagen. Er stöhnte auf vor Schmerz. „Nelly, warte doch! Ich kann dir das alles erklären", rief er ihr hinterher.

Aber Nelly blieb nicht stehen.

Insel-Krimi

Tim Herden
Gellengold

216 S., Br.
ISBN 978-3-89812-705-9
9,90 €

Um ein wenig Ruhe zu finden, lässt sich Hauptkommissar Stefan Rieder von Berlin auf die Ostseeinsel Hiddensee versetzen.
Hier soll er als Zivilbeamter ein Auge auf die Sicherheit der Touristen haben – sehr zum Missfallen des hiesigen Inselpolizisten Ole Damp. Als jedoch schon bald am Südstrand der Insel, nahe dem Leuchtfeuer Gellen, eine Leiche auftaucht, ist es schnell vorbei mit der erhofften Ruhe und das ungleiche Duo muss sich zusammenraufen, um gemeinsam einen Mörder zu finden. Ihre einzige Spur: eine kleine Goldmünze in der Hand des Toten …

Tim Herden
Toter Kerl

288 S., Br.
ISBN 978-3-89812-894-0
9,95 €

Prominenz aus Politik und Kultur ist nach Hiddensee gereist, um der Verleihung des Deutschen Literaturpreises an Inselpfarrer Schneider beizuwohnen. Doch zwei Tage später wird die Leiche des Pfarrers auf den Klippen der Steilküste entdeckt. Ein neuer Fall für Rieder und Damp.
Ein Mord, die Eigenarten der Insulaner und ein skurriles Ermittlerpaar: Tim Herden, ein Kenner der Küstenmentalität, verbindet zum zweiten Mal erfolgreich diese drei Zutaten, um einen originellen wie spannenden Krimi in der Idylle von Hiddensee zu kochen.

Insel-Krimi

Tim Herden
Norderende

368 S., Br.
ISBN 978-3-95462-241-2
12,95 €

Der Hiddenseer Bauunternehmer Peter Stein liegt tot im Kinowäldchen von Vitte. Der Fall scheint schnell gelöst. Bei der Kinobesitzerin Dora Ekkehard wird die vermeintliche Tatwaffe entdeckt. Sie hat zudem ein klares Motiv. Stein wollte ihr Kino im Ortsteil Norderende abreißen und dafür ein Erlebnisbad bauen. Die Kriminalisten Rieder und Damp stoßen bei ihren Ermittlungen auf ein Geflecht von Vetternwirtschaft und Gier, Liebe und Hass – bis Rieder plötzlich abgezogen wird, um auf Rügen den Überfall auf eine Frau aufzuklären. Doch die Spur führt zurück nach Hiddensee.

Andreas H. Apelt/Cornelia Klauß (Hg.)
Hiddensee – die Insel der Anderen
Geschichten von Zeitzeugen

192 S., KlBr., mit Farb- und s/w-Abb.
ISBN 978-3-89812-876-6
19,95 €

Das kleine Ostseeeiland Hiddensee war schon Anfang des 20. Jahrhunderts ein Eldorado für Künstler und Lebenskünstler. Auch zu DDR-Zeiten gaben sich hier Maler, Musiker, Schriftsteller und alle, die sich dafür hielten, ein Stelldichein. Dass die Insel Sperrgebiet war, änderte daran nichts. Denn schon der Versuch, Hiddensee gegenüber unangemeldeten Personen abzuschirmen, provozierte jene, die keine Lust auf FDGB-Urlaub und Bevormundung hatten, sondern sich ihr Recht auf freies Reisen in einem unfreien Land nicht nehmen ließen. Fortan kultivierte die Insel das Lebensgefühl der Unangepassten.

www.mitteldeutscherverlag.de

2016
© mdv Mitteldeutscher Verlag GmbH, Halle (Saale)
www.mitteldeutscherverlag.de

Alle Rechte vorbehalten.

Umschlagabbildung: Tim Herden
Gesamtherstellung: Mitteldeutscher Verlag, Halle (Saale)

ISBN 978-3-95462-636-6

Printed in the EU

Tim Herden

Harter Ort